Annales Brevet 2022

NOUVEAU BREVET

SUJETS et CORRIGÉS

Sciences

Physique-Chimie / SVT / Techno

Sébastien Dessaint
Professeur certifié de Physique-Chimie

Malorie Gorillot
Professeur certifié de SVT

hachette
ÉDUCATION

MODE D'EMPLOI

Conception graphique

Couverture : Mélissa Chalot/Audrey Izern
Intérieur : Laura Thomas, Sylvie Fécamp

Réalisation

Intérieur : SoftOffice ; Grafatom
Couverture : Audrey Izern

ISBN : 978-2-01-715119-7

Crédits photographiques : pp. 10, 16, 41, 47, 48, 80, 100, 130, 182, 184 : © Shutterstock ; p. 35 : © Paul et Paveena McKenzie / Visuals Unlimited / SPL – Science Photo Library / Biosphoto.
© Scratch : pp. 173, 175, 179, 181, 198, 202. Scratch est développé par le groupe Lifelong Kindergarten auprès du MIT Media Lab.
Voir http://scratch.mit.edu.
pp. 57, 192, 195 : DR.

58 rue Jean Bleuzen CS 70007 92178 Vanves Cedex
www.parascolaire.hachette-education.com

Tous les corrigés

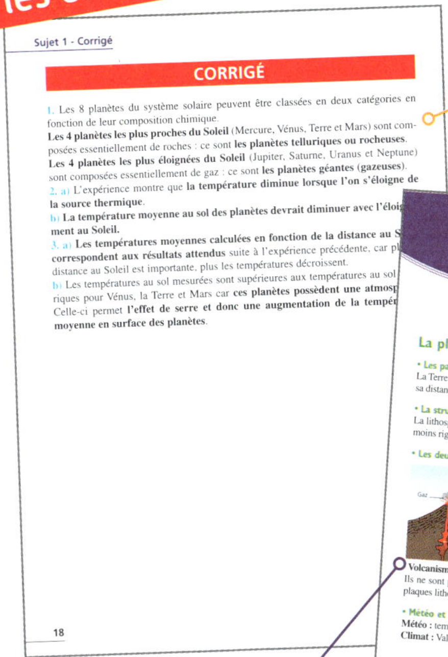
Sujet 1 - Corrigé

CORRIGÉ

1. Les 8 planètes du système solaire peuvent être classées en deux catégories en fonction de leur composition chimique.
Les 4 planètes les plus proches du Soleil (Mercure, Vénus, Terre et Mars) sont composées essentiellement de roches : ce sont **les planètes telluriques ou rocheuses**.
Les 4 planètes les plus éloignées du Soleil (Jupiter, Saturne, Uranus et Neptune) sont composées essentiellement de gaz : ce sont **les planètes géantes (gazeuses)**.
2. a) L'expérience montre que **la température diminue lorsque l'on s'éloigne de la source thermique**.
b) **La température moyenne au sol des planètes devrait diminuer avec l'éloi[gne]ment au Soleil.**
3. a) **Les températures moyennes calculées en fonction de la distance au S[oleil] correspondent aux résultats attendus** suite à l'expérience précédente, car pl[us la] distance au Soleil est importante, plus les températures décroissent.
b) Les températures au sol mesurées sont supérieures aux températures au sol [théo]riques pour Vénus, la Terre et Mars car **ces planètes possèdent une atmosp[hère]**. Celle-ci permet **l'effet de serre et donc une augmentation de la tempé[rature] moyenne en surface des planètes**.

18

Des corrigés détaillés et rédigés.

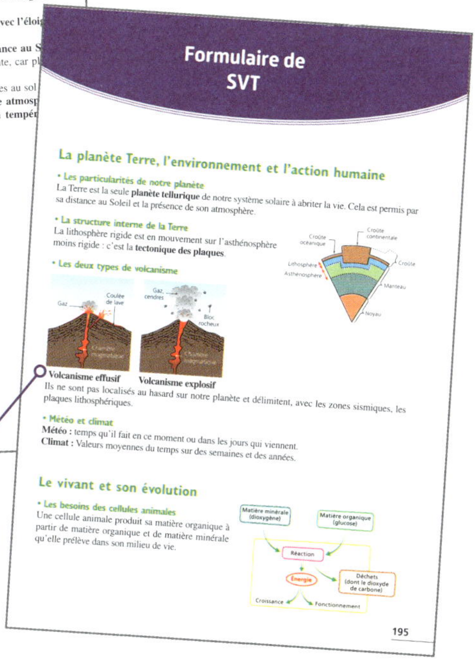
Formulaire de SVT

La planète Terre, l'environnement et l'action humaine

• **Les particularités de notre planète**
La Terre est la seule **planète tellurique** de notre système solaire à abriter la vie. Cela est permis par sa distance au Soleil et la présence de son atmosphère.

• **La structure interne de la Terre**
La lithosphère rigide est en mouvement sur l'asthénosphère moins rigide : c'est la **tectonique des plaques**.

• **Les deux types de volcanisme**

Volcanisme effusif **Volcanisme explosif**
Ils ne sont pas localisés au hasard sur notre planète et délimitent, avec les zones sismiques, les plaques lithosphériques.

• **Météo et climat**
Météo : temps qu'il fait en ce moment ou dans les jours qui viennent.
Climat : Valeurs moyennes du temps sur des semaines et des années.

Le vivant et son évolution

• **Les besoins des cellules animales**
Une cellule animale produit sa matière organique à partir de matière organique et de matière minérale qu'elle prélève dans son milieu de vie.

195

Un formulaire en SVT et Physique-Chimie pour retrouver l'essentiel du cours.

Et aussi !

LE BREVET

TOUT CE QU'IL FAUT SAVOIR POUR BIEN RÉUSSIR SON ÉPREUVE

Modalités d'attribution du diplôme national du brevet

8

Une présentation de l'épreuve du brevet.

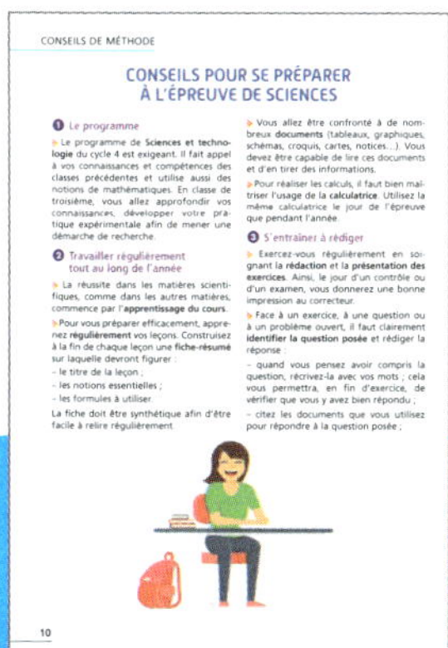
CONSEILS DE MÉTHODE

CONSEILS POUR SE PRÉPARER À L'ÉPREUVE DE SCIENCES

1 Le programme
2 Travailler régulièrement tout au long de l'année
3 S'entraîner à rédiger

10

Des conseils de méthode.

TABLEAUX DES SUJETS/EXERCICES PAR THÈMES

SVT

12

Les tableaux des sujets par matières et par thèmes.

SOMMAIRE

Présentation de l'épreuve du brevet 8
Conseils de méthodes 10
Tableau des sujets par thèmes 12

SUJETS COMPLETS 2021 pages 182 à 202

SVT

La planète Terre, l'environnement et l'action humaine

Sujet 1 La Terre dans le système solaire 16
Sujet 2 Phénomènes géologiques 19
Sujet 3 Phénomènes météorologiques 21
Sujet 4 Exploitation et gestion d'une ressource naturelle 24
Sujet 5 Exploitation et gestion d'une ressource naturelle 26
Sujet 6 Exploitation et gestion d'une ressource naturelle 28
Sujet 7 Exploitation et gestion d'une ressource naturelle 31
Sujet 8 Exploitation et gestion d'une ressource naturelle 33
Sujet 9 Activités humaines 35

Le vivant et son évolution

Sujet 10 Nutrition des organismes chlorophylliens 37
Sujet 11 Nutrition des organismes chlorophylliens 40
Sujet 12 Parenté et évolution des êtres vivants 44
Sujet 13 Diversité des êtres vivants 47
Sujet 14 ADN et génétique 49
Sujet 15 ADN et génétique 51

Le corps humain et la santé

Sujet 16 Système nerveux 53
Sujet 17 Système nerveux 56
Sujet 18 Système cardio-respiratoire et efforts musculaires 60
Sujet 19 Alimentation – Digestion 63
Sujet 20 Réactions immunitaires 65
Sujet 21 Vaccination 68
Sujet 22 Vaccination 70
Sujet 23 Reproduction humaine 74
Sujet 24 Reproduction et sexualité 77

PHYSIQUE-CHIMIE

Organisation et transformations de la matière

Sujet 25 Constitution et états de la matière 80
Sujet 26 Constitution et états de la matière 83
Sujet 27 Constitution et états de la matière 86
Sujet 28 Les transformations chimiques 88
Sujet 29 Les transformations chimiques 91
Sujet 30 Les transformations chimiques 93
Sujet 31 Les transformations chimiques 95
Sujet 32 Les transformations chimiques 97
Sujet 33 Organisation de la matière dans l'univers 100
Sujet 34 Constitution et états de la matière 102
Sujet 35 Constitution et états de la matière 105

Mouvement et interaction

Sujet 36 Caractérisation des mouvements 109
Sujet 37 Modélisation d'une interaction par une force 114
Sujet 38 Modélisation d'une interaction par une force 117

Énergie et ses conversions

Sujet 39 Sources, transferts, conversions et formes d'énergie 120
Sujet 40 Sources, transferts, conversions et formes d'énergie 122

Sujet 41 Sources, transferts, conversions et formes d'énergie 124
Sujet 42 Sources, transferts, conversions et formes d'énergie 127
Sujet 43 Sources, transferts, conversions et formes d'énergie 130
Sujet 44 Circuits électriques et lois de l'électricité 132
Sujet 45 Circuits électriques et lois de l'électricité 135
Sujet 46 Circuits électriques et lois de l'électricité 137

Des signaux pour observer et communiquer
Sujet 47 Les différents types de signaux 139
Sujet 48 Les différents types de signaux 142
Sujet 49 Les propriétés des signaux 144

TECHNOLOGIE

Création, innovation et créativité
Sujet 50 Répondre à un besoin, matérialiser une idée en intégrant une dimension design 148
Sujet 51 Objet communicant 153

Objets techniques, service et changement induits dans la société
Sujet 52 Évolutions des objets techniques 156
Sujet 53 Outils de description 160

Modélisation et simulation des objets et systèmes techniques
Sujet 54 Fonctionnement et structure d'un objet 163

Informatique et programmation
Sujet 55 Programmation 168
Sujet 56 Réseau informatique – Programmation 170
Sujet 57 Objet innovant 176

SUJETS COMPLETS 2021

Sujet 58 **Amérique du nord Juin 2021** 182
PHYSIQUE-CHIMIE La neige 182
SVT 184
Corrigés 187

Sujet 59 **Centres étrangers Juin 2021** 191
PHYSIQUE-CHIMIE Triathlon 191
TECHNOLOGIE Aide au strationnement 195
Corrigés 198

Retrouvez le sujet
France métropolitaine 2021 et son corrigé
sur le site **www.parascolaire.hachette-education.com**

Formulaire de SVT 203
Formulaire de Physique-Chimie 206

LE BREVET

TOUT CE QU'IL FAUT SAVOIR POUR BIEN RÉUSSIR SON ÉPREUVE

Modalités d'attribution du diplôme national du brevet

> Depuis la session 2018, le diplôme national du Brevet (DNB) s'obtient en ajoutant deux types de résultats :

Résultats acquis en cours de scolarité (maîtrise du socle commun)	Notes obtenues aux cinq épreuves terminales de l'examen du DNB
✓ Total maximum de **400 points**	✓ Total maximum de **400 points**

> Pour être **déclaré admis** au diplôme national du brevet, vous devez obtenir un **minimum de 400 points sur le total de 800.**

> Des **mentions** sont attribuées selon le barème suivant :

- la mention **assez bien,** pour un **total de points au moins égal à 480 sur 800 ;**
- la mention **bien,** pour un total de points **au moins égal à 560 sur 800 ;**
- la mention **très bien,** pour un total de points **au moins égal à 640 sur 800.**

Le jour de l'épreuve, prévoyez d'avoir **votre carte nationale d'identité** ou un autre document officiel comportant une photographie : vous devez faire preuve de votre identité au moment de l'examen.

1 Le niveau de maîtrise du socle commun

> Les résultats obtenus en cours d'année sont pris en compte dans toutes les disciplines pour évaluer votre niveau de maîtrise des compétences attendues dans les huit composantes du socle commun. Ce niveau est converti en points.

> Pour chaque composante, il est attribué :

- 10 points si vous avez obtenu le niveau « maîtrise insuffisante » ;
- 25 points pour le niveau « maîtrise fragile » ;
- 40 points pour le niveau « maîtrise satisfaisante » ;
- 50 points pour le niveau « très bonne maîtrise ».

> Peuvent s'y ajouter 10 points (objectif atteint) ou 20 points (objectif dépassé) si vous avez suivi un enseignement facultatif (langues et culture de l'Antiquité / européennes / régionales ; découverte professionnelle ; langue des signes française).

> **Le total maximum de points est de 400** (50 points x 8 composantes = 400), **plus l'éventuel bonus de l'enseignement facultatif**.

2 L'examen

> L'examen terminal en fin de classe de 3e comporte quatre épreuves écrites et une épreuve orale obligatoires.

> Épreuve écrite de français

Durée de l'épreuve : **3 heures**

Notation : **100 points**

> Épreuve écrite de mathématiques

Durée de l'épreuve : **2 heures**

Notation : **100 points**. Les points attribués à chaque exercice sont indiqués dans le sujet.

> Épreuve écrite d'histoire-géographie, enseignement moral et civique

Durée de l'épreuve : **2 heures**

Notation : **50 points**

Les points attribués à chaque exercice sont indiqués dans le sujet.

> Épreuve écrite de sciences (physique-chimie, sciences de la vie et de la Terre, technologie)

Durée de l'épreuve : **1 heure**

Notation : **50 points**

Les points attribués à chaque exercice sont indiqués dans le sujet.

> Épreuve orale de soutenance

Durée de l'épreuve : **15 minutes**

Notation : **100 points**

Maîtrise de l'expression orale : **50 points**.

Maîtrise du sujet présenté : **50 points**.

ÉPREUVE ÉCRITE DE SCIENCES :
PHYSIQUE-CHIMIE, SCIENCES DE LA VIE ET DE LA TERRE, TECHNOLOGIE

À chaque session de l'examen, **deux disciplines** seulement sur les trois citées – physique-chimie, sciences de la vie et de la Terre, technologie – **sont retenues**. Le choix des deux disciplines est signifié **deux mois avant la date de l'examen**. Ce choix est valable pour la session normale (en fin d'année scolaire) et la session de remplacement (en septembre). Il peut être différent pour les sessions des centres étrangers.

Par exemple, pour la session 2018 de France métropolitaine, les disciplines retenues ont été les SVT et la technologie.

Le candidat traite une série d'exercices indépendants les uns des autres. Certains exercices exigent de la part du candidat une prise d'initiative dans le cadre d'une question ouverte où les élèves exercent leur capacité à chercher et à raisonner.

Les exercices peuvent prendre appui sur des situations issues de la vie courante ou d'autres disciplines. Ils peuvent adopter toutes les modalités possibles, y compris la forme de questionnaires à choix multiples. Le sujet de l'épreuve est construit afin d'évaluer l'aptitude du candidat :

– à maîtriser les compétences et connaissances prévues par les programmes;

– à exploiter des données chiffrées et/ou expérimentales;

– à analyser et comprendre des informations en utilisant les raisonnements, les méthodes et les modèles propres aux disciplines concernées.

Le candidat traite les exercices de chacune des deux disciplines retenues sur une même copie.

CONSEILS POUR SE PRÉPARER À L'ÉPREUVE DE SCIENCES

1 Le programme

> Le programme de **Sciences et technologie** du cycle 4 est exigeant. Il fait appel à vos connaissances et compétences des classes précédentes et utilise aussi des notions de mathématiques. En classe de troisième, vous allez approfondir vos connaissances, développer votre pratique expérimentale afin de mener une démarche de recherche.

2 Travailler régulièrement tout au long de l'année

> La réussite dans les matières scientifiques, comme dans les autres matières, commence par l'**apprentissage du cours**.

> Pour vous préparer efficacement, apprenez **régulièrement** vos leçons. Construisez à la fin de chaque leçon une **fiche-résumé** sur laquelle devront figurer :

– le titre de la leçon ;

– les notions essentielles ;

– les formules à utiliser.

La fiche doit être synthétique afin d'être facile à relire régulièrement.

> Vous allez être confronté à de nombreux **documents** (tableaux, graphiques, schémas, croquis, cartes, notices...). Vous devez être capable de lire ces documents et d'en tirer des informations.

> Pour réaliser les calculs, il faut bien maîtriser l'usage de la **calculatrice**. Utilisez la même calculatrice le jour de l'épreuve que pendant l'année.

3 S'entraîner à rédiger

> Exercez-vous régulièrement en soignant la **rédaction** et la **présentation des exercices**. Ainsi, le jour d'un contrôle ou d'un examen, vous donnerez une bonne impression au correcteur.

> Face à un exercice, à une question ou à un problème ouvert, il faut clairement **identifier la question posée** et rédiger la réponse :

– quand vous pensez avoir compris la question, récrivez-la avec vos mots ; cela vous permettra, en fin d'exercice, de vérifier que vous y avez bien répondu ;

– citez les documents que vous utilisez pour répondre à la question posée ;

– si vous réalisez un schéma ou un graphique, n'oubliez pas de l'annoter et de lui donner un titre ;

– si la réponse vous conduit à faire un calcul, il faut faire apparaître ses étapes ;

– n'oubliez pas de préciser les unités dans la phrase réponse ; si le résultat est un nombre très grand ou très petit, pensez à utiliser les puissances de dix.

Justifiez toujours vos réponses de façon rigoureuse, en écrivant une phrase complète et rédigez une conclusion : elle doit répondre à la question que vous avez écrite au début.

4 S'entraîner sur de vrais sujets

> Placez-vous dans les **conditions réelles de l'épreuve** : mettez-vous au calme, téléphone éteint, choisissez un sujet d'annales et traitez-le complètement.

> **Respectez le temps imparti** à chaque discipline (1 heure pour les Sciences et technologie), comme le jour de l'examen. Vous pouvez déclencher un chronomètre pour vous aider à gérer votre temps.

> **Lisez l'ensemble du sujet** avant de commencer à rédiger. Identifiez les connaissances dont vous allez avoir besoin et repérez les informations que les documents vous apportent.

> Si vous n'avez pas réussi à faire un exercice, consultez son corrigé puis, deux ou trois jours plus tard, reprenez-le et refaites-le : c'est la meilleure façon de progresser !

5 Quelques jours avant l'épreuve et le jour de l'épreuve

> Vous devez avoir prévu **votre matériel** ; si le papier est fourni, il vous faut en revanche apporter crayons (de différentes couleurs), compas, règle, équerre, calculatrice, gomme et rapporteur.

> Vous devez vous rendre à l'épreuve avec une **pièce d'identité** et votre **convocation**.

> **Sciences physiques et technologie**

– Parcourez le sujet et **identifiez clairement les deux disciplines évaluées**. Vous pouvez traiter les sujets dans l'ordre ou commencer par celui que vous préférez, mais, attention, vous devez traiter les deux sujets.

– Vous devez consacrer un maximum de 30 minutes à chaque sujet : lecture complète du sujet (5 minutes), recherche et rédaction (20 minutes), relecture (5 minutes).

– Soignez l'orthographe, la rédaction et la présentation qui sont évaluées sur 5 points.

> Un sujet peut contenir plusieurs exercices indépendants. Si vous bloquez sur une question, laissez de la place pour y répondre et passez à l'exercice ou à la question suivante.

> Utilisez le brouillon mis à votre disposition pour réaliser au préalable les calculs, les schémas et la conclusion.

TABLEAUX DES SUJETS/EXERCICES PAR THÈMES

SVT	
La planète Terre, l'environnement et l'action humaine	
La Terre dans le système solaire	**1**
Phénomènes géologiques	**2**
Phénomènes météorologiques	**3**
Exploitation et gestion d'une ressource naturelle	**4, 5, 6, 7, 8**
Biocarburants	**59**
Activités humaines	**9**
Le vivant et son évolution	
Nutrition des organismes chlorophylliens	**10, 11**
Parenté et évolution des êtres vivants	**12**
Diversité des êtres vivants	**13**
ADN et génétique	**14, 15**
Le corps humain et la santé	
Système nerveux	**16, 17**
Système cardio-respiratoire et efforts musculaires	**18**
Alimentation – Digestion	**19**
Réactions immunitaires	**20**
Vaccination	**21, 22**
Reproduction humaine	**23**
Reproduction et sexualité	**24, 58**

PHYSIQUE-CHIMIE	
Organisation et transformations de la matière	
Constitution et états de la matière	**25, 26, 27, 34, 35, 58, 59**
Les transformations chimiques	**28, 29, 30, 31, 32, 59**
Organisation de la matière dans l'univers	**33**
Mouvement et interaction	
Caractérisation des mouvements	**36, 58, 59**
Modélisation d'une interaction par une force	**37, 38, 58, 59**
Énergie et ses conversions	
Sources, transferts, conversions et formes d'énergie	**39, 40, 41, 42, 43, 59**
Circuits électriques et lois de l'électricité	**44, 45, 46**
Des signaux pour observer et communiquer	
Les différents types de signaux	**47, 48**
Les propriétés des signaux	**49**

TECHNOLOGIE	
Création, innovation et créativité	
Répondre à un besoin, matérialiser une idée en intégrant une dimension design	**50**
Objet communicant	**51**
Objets techniques, service et changement induits dans la société	
Évolutions des objets techniques	**52**
Outils de description	**53**
Modélisation et simulation des objets et systèmes techniques	
Fonctionnement et structure d'un objet	**54, 59**
Informatique et programmation	
Réseau informatique – Programmation	**55, 56, 57, 59**

SVT

Sujet 1

La planète Terre, l'environnement et l'action humaine

Exercice : 14 points

ÉNONCÉ La Terre dans le système solaire

Température et distance au Soleil

1. La composition des planètes qui gravitent autour de notre Soleil peut être déterminée par des observations directes ou à l'aide de sondes.

Document 1 : Composition des planètes du système solaire.

	Mercure	Vénus	Terre	Mars	Jupiter	Saturne	Uranus	Neptune
Distance au Soleil (en millions de km)	57,9	108,2	149,6	227,9	778,6	1 433,5	2 872,5	4 495,1
Composition chimique	Fer Nickel Roches	Fer Nickel Roches	Fer Nickel Roches	Fer Soufre Roches	Hydrogène Hélium	Hydrogène Hélium	Hydrogène Hélium	Hydrogène Hélium

Comparer les compositions chimiques des différentes planètes du système solaire et justifier leur classement en deux catégories : planètes telluriques (rocheuses) et planètes géantes (gazeuses).

2. Le Soleil libère de l'énergie thermique (chaleur) qui parvient jusqu'en surface des différentes planètes du système solaire.
Il est possible de réaliser une modélisation pour montrer l'influence de la distance au Soleil sur l'énergie therm ique reçue par les planètes.

Document 2 : Schéma du protocole expérimental et résultats.

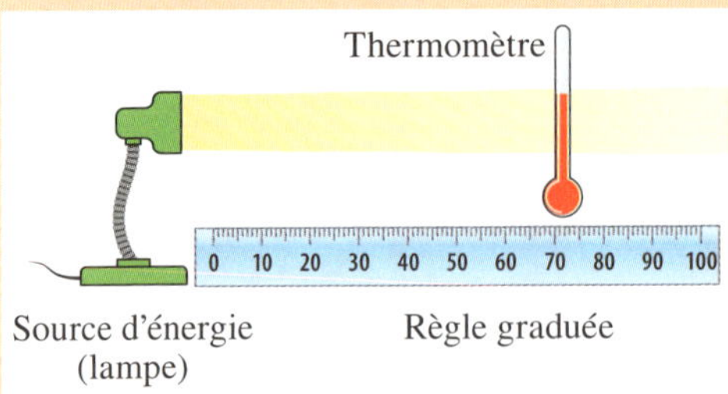

Distance entre la lampe et le thermomètre (en cm)	10	20	30	40	50	60
Température (°C)	28	24	23	21,9	21,5	21

a) À l'aide des résultats obtenus, établir le lien entre température mesurée et distance par rapport à la source d'énergie thermique.
b) En déduire comment devrait varier la température moyenne des planètes du système solaire en fonction de leur distance au Soleil.
3. Les températures moyennes au sol des planètes peuvent être mesurées et mises en parallèle avec les températures théoriques calculées en fonction de leur distance au Soleil.
Le graphique ci-dessous illustre ces températures pour les planètes telluriques.

Document 3 : Températures (mesurées et théoriques) des planètes du système solaire.

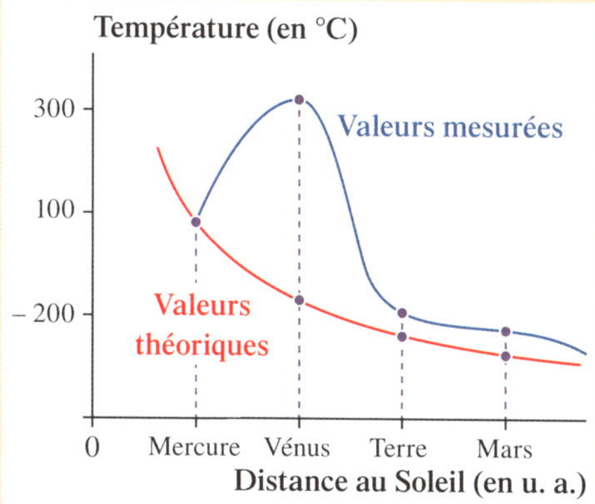

a) Préciser si les températures moyennes théoriques correspondent aux résultats attendus suite à l'expérience de la question précédente.
b) À l'aide de vos connaissances, expliquer simplement pourquoi les températures mesurées sont supérieures aux températures théoriques pour Vénus, la Terre et Mars et pas pour Mercure.

CORRIGÉ

1. Les 8 planètes du système solaire peuvent être classées en deux catégories en fonction de leur composition chimique.
Les 4 planètes les plus proches du Soleil (Mercure, Vénus, Terre et Mars) sont composées essentiellement de roches : ce sont **les planètes telluriques ou rocheuses**.
Les 4 planètes les plus éloignées du Soleil (Jupiter, Saturne, Uranus et Neptune) sont composées essentiellement de gaz : ce sont **les planètes géantes (gazeuses)**.
2. a) L'expérience montre que **la température diminue lorsque l'on s'éloigne de la source thermique**.
b) **La température moyenne au sol des planètes devrait diminuer avec l'éloignement au Soleil.**
3. a) **Les températures moyennes calculées en fonction de la distance au Soleil correspondent aux résultats attendus** suite à l'expérience précédente, car plus la distance au Soleil est importante, plus les températures décroissent.
b) Les températures au sol mesurées sont supérieures aux températures au sol théoriques pour Vénus, la Terre et Mars car **ces planètes possèdent une atmosphère**. Celle-ci permet **l'effet de serre et donc une augmentation de la température moyenne en surface des planètes**.

Sujet 2

La planète Terre, l'environnement et l'action humaine

Exercice : 10 points

ÉNONCÉ Phénomènes géologiques

Énergie interne du globe

1. De l'énergie provient de la Terre elle-même et induit des phénomènes visibles en surface. En effet, la tectonique des plaques (mouvements des plaques lithosphériques sur l'asthénosphère) est due à la dissipation de l'énergie thermique d'origine interne.

À l'aide de vos connaissances, préciser deux types de mouvements possibles à la frontière des plaques lithosphériques.

2. En frontière de plaques lithosphériques, des phénomènes sismiques sont observables. Un séisme est dû à une rupture brutale des roches suite à une accumulation de contraintes. Cette rupture entraîne la formation d'une faille le long de laquelle les deux blocs rocheux coulissent. Les vibrations du sol se propagent sous la forme d'ondes sismiques et causent des dégâts en surface.

À l'aide de ces informations et de vos connaissances, annoter et décrire le schéma ci-dessous de chacune des étapes d'un séisme.

Document : Schéma de chacune des étapes d'un séisme.

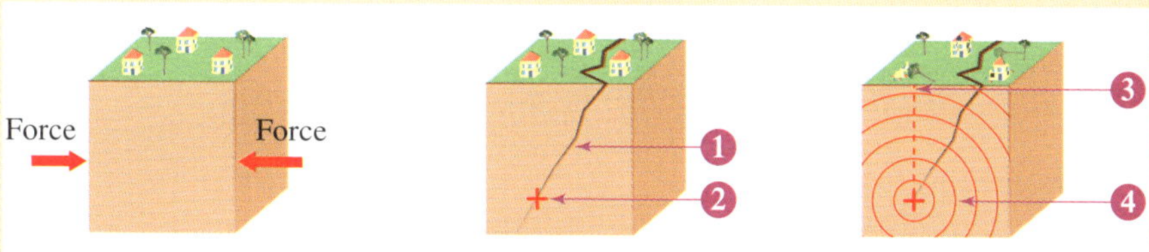

Étape 1 : Bloc de roches soumis à des forces de convergence	**Étape 2 :**	**Étape 3 :** ....

CORRIGÉ

1. Deux types de mouvements possibles à la frontière des plaques lithosphériques sont :
– mouvement **divergent** (éloignement des plaques lithosphériques) ;
– mouvement **convergent** (rapprochement des plaques lithosphériques).

2. **Annotations : 1. faille – 2. foyer :** zone de rupture des roches – **3. épicentre :** point en surface situé à la verticale du foyer – **4. vibrations du sol :** ondes sismiques.
Descriptions :
– **Étape 2 :** Rupture des roches au foyer suite à l'accumulation de contraintes liées aux forces de convergence et glissement des roches le long d'une faille.
– **Étape 3 :** Propagation des ondes sismiques au sein des roches et jusqu'en surface.

Sujet 3

La planète Terre, l'environnement et l'action humaine

Exercice : 14 points

ÉNONCÉ Phénomènes météorologiques

Les courants marins

Les masses d'eau océanique se déplacent et créent de forts courants en surface et en profondeur. On se propose d'étudier les mécanismes permettant la mise en mouvement de ces masses d'eau.

1. Le Gulf Stream est un courant d'eau chaude de surface, qui part de la côte de la Floride et se dirige vers le nord-est de l'océan Atlantique.

Document 1 : Carte des courants océaniques de surface au niveau de l'Atlantique nord.

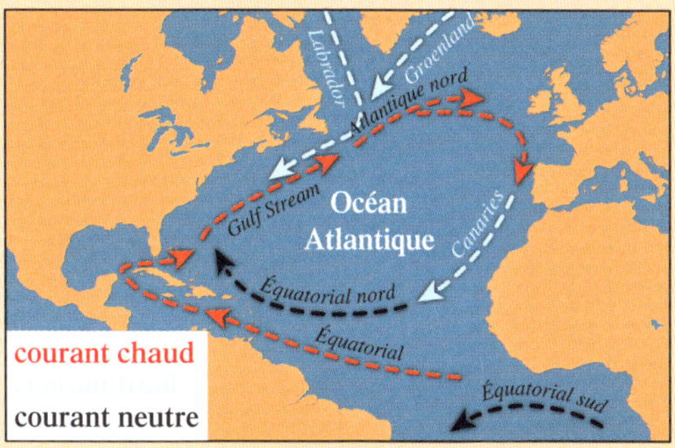

Document 2 : Carte des vents au niveau de l'Atlantique nord.

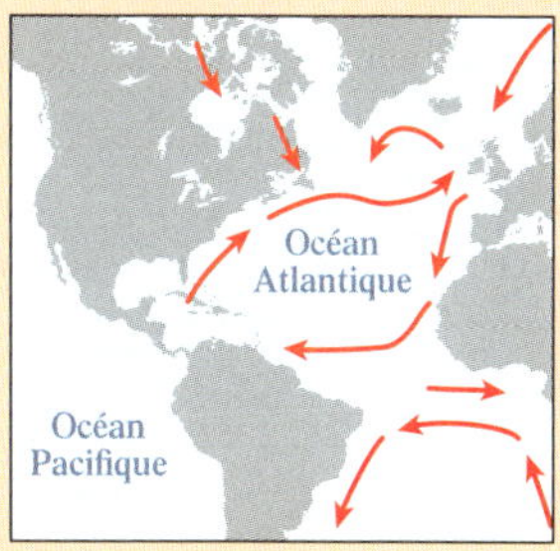

En mettant en relation les deux documents, expliquer une origine possible à la mise en mouvement des eaux de surface à l'origine du Gulf Stream.

2. Des courants océaniques profonds et de surface existent à l'échelle du globe et constituent la circulation dite thermohaline, présentée sur la carte ci-après.

Document 3 : Carte de la circulation thermohaline.

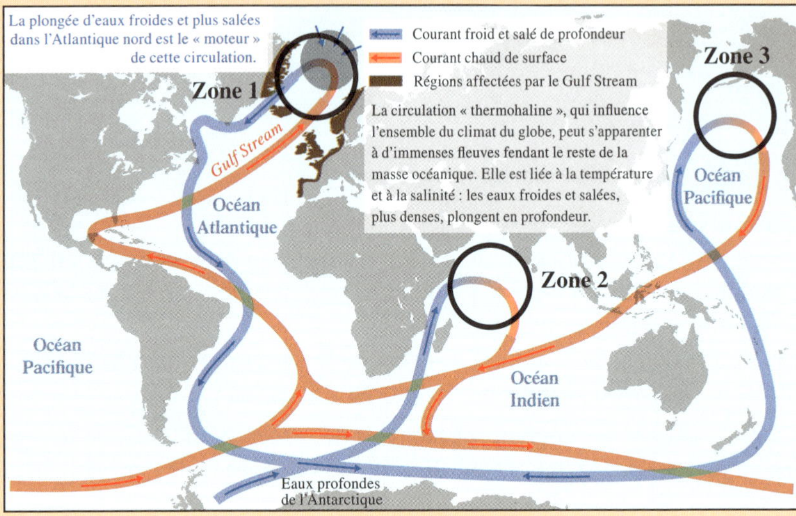

D'après Broeker, 1991 ; Jean-Marc Jancovici, 2003.

Décrire le mouvement des masses d'eau ainsi que l'état de l'eau (température et salinité) pour chacune des trois zones de cette circulation localisées sur la carte.

3. Des expériences peuvent être réalisées afin de vérifier que les différences de température et de salinité de l'eau sont les moteurs de cette circulation.

Document 4 : Tableau des protocoles et résultats d'expériences.
Les flèches bleues précisent le sens de circulation de l'eau colorée.

	Expérience 1	**Expérience 2**
Expériences sur le rôle de la température de l'eau	Eau chaude colorée dans la pipette Eau froide dans le bêcher 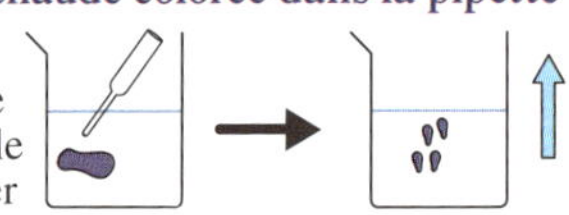	Glaçon froid coloré Eau chaude dans le bêcher 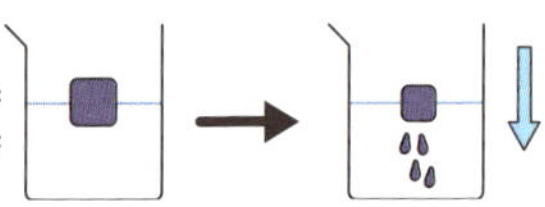
Expériences sur le rôle de la salinité de l'eau	Eau douce colorée dans la pipette Eau salée dans le bêcher 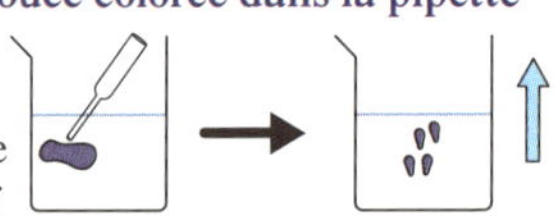	Eau salée colorée dans la pipette Eau douce dans le bêcher 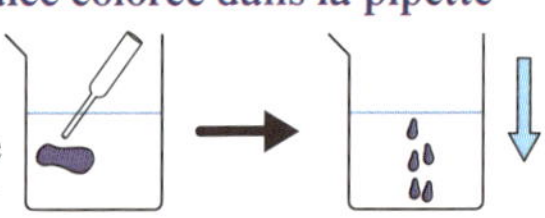

a) Décrire les résultats obtenus pour chacune des expériences présentées dans le document 4.

b) En conclure les rôles de la température et de la salinité des eaux dans la mise en mouvement des masses d'eau océaniques.

CORRIGÉ

1. **Je vois** que la direction des courants de surface est la même que celles des vents à l'échelle de la planète.

J'en déduis que les vents qui soufflent sur les océans provoquent la mise en mouvement de la couche d'eau océanique superficielle et permettent la création de ces courants.

2. **Zone 1 :** Les eaux froides et salées plongent au niveau de l'Atlantique nord et se déplacent vers l'Atlantique sud.

Zone 2 : Les eaux chaudes remontent progressivement au niveau de l'océan Indien.

Zone 3 : Les eaux chaudes remontent progressivement au niveau de l'océan Pacifique.

3. a) **Expériences sur le rôle de la température de l'eau**

– **Expérience 1 :** L'eau chaude venant de la pipette se dirige vers le haut.

– **Expérience 2 :** L'eau froide venant du glaçon se dirige vers le bas.

Expériences sur le rôle de la salinité de l'eau

– **Expérience 1 :** L'eau douce venant de la pipette se dirige vers le haut.

– **Expérience 2 :** L'eau salée venant de la pipette se dirige vers le bas.

b) La basse température de l'eau et sa salinité au niveau de l'Atlantique nord rendent l'eau plus dense, donc plus lourde, et entraînent un mouvement descendant, permettant à ces eaux de plonger. Le réchauffement de cette eau au niveau des océans Pacifique et Indien rend l'eau moins dense, donc plus légère, et entraîne un mouvement ascendant, permettant sa remontée en surface.

Sujet 4

La planète Terre, l'environnement et l'action humaine

Exercice : 10 points ✓

ÉNONCÉ **Exploitation et gestion d'une ressource naturelle**

Document 1 : Quelques définitions concernant les trois types d'énergie

Une énergie non renouvelable désigne l'énergie que l'on produit à partir de la combustion de matières premières fossiles d'origine organique (issues d'êtres vivants) : le pétrole, le charbon et le gaz naturel. Elle n'est pas renouvelable à l'échelle d'une vie humaine.

Une énergie renouvelable est une ressource énergétique dont le renouvellement naturel est assez rapide pour qu'elle puisse être considérée comme inépuisable à l'échelle d'une vie humaine. L'énergie solaire (produite à partir du soleil), l'énergie éolienne (produite à partir du vent), l'énergie géothermique (produite par l'activité interne de la Terre), l'énergie provenant de la biomasse (produite à partir de la matière organique des êtres vivants) et l'énergie hydraulique (produite à partir de la force de l'eau) sont des types d'énergie renouvelable.

L'énergie nucléaire est une énergie qui provient du noyau des atomes.

Document 2 : Estimation de la part de différents types d'énergie dans l'approvisionnement énergétique mondial

Types d'énergie		2010	2020	2035
Énergies non renouvelables	Pétrole – Charbon – Gaz	81 %	80 %	74 %
Énergie nucléaire	Nucléaire	6 %	5 %	6 %
Énergies renouvelables	Géothermique – Solaire – Provenant de la biomasse – Hydraulique	13 %	15 %	20 %

1. Présenter simplement la différence entre énergies renouvelables et énergies non renouvelables.

2. En vous appuyant sur les données du document 2, comparer l'évolution de la part des différents types d'énergie dans l'approvisionnement énergétique entre 2010 et 2035.

CORRIGÉ

1. Une énergie non renouvelable est une énergie que l'on produit à partir de la combustion de matières premières fossiles ; elle n'est pas renouvelable à l'échelle d'une vie humaine.
Une énergie renouvelable est une ressource énergétique dont le renouvellement naturel est assez rapide pour qu'elle puisse être considérée comme inépuisable à l'échelle d'une vie humaine.
2. Grâce au document 2, nous pouvons voir que l'utilisation des énergies fossiles (pétrole, charbon, gaz) dans l'approvisionnement énergétique passera de 81 % en 2010 à 74 % en 2035 selon les estimations. L'utilisation des énergies renouvelables (géothermique, solaire, provenant de la biomasse, hydraulique), à l'inverse, va augmenter de 13 % à 20 % entre 2010 et 2035.
Enfin, l'utilisation de l'énergie nucléaire sera constante (entre 5 et 6 %) pour cette même période.

Sujet 5

La planète Terre, l'environnement et l'action humaine

Exercice : 17 points

ÉNONCÉ **Exploitation et gestion d'une ressource naturelle**

On s'intéresse à l'approvisionnement énergétique de quelques villes françaises.

Document 1 : Cartes de la répartition du débit d'énergie géothermique, de la moyenne de l'ensoleillement et de la vitesse des vents en France

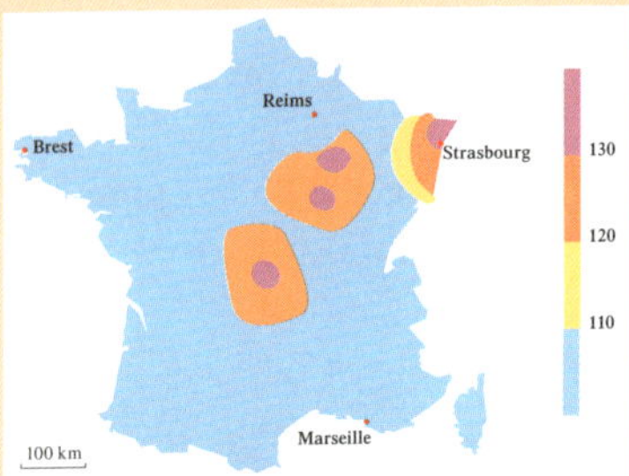

Carte de la répartition du débit moyen d'énergie géothermique issue des profondeurs de la Terre, mesurée en surface de la Terre pour 1 m² (en mW)

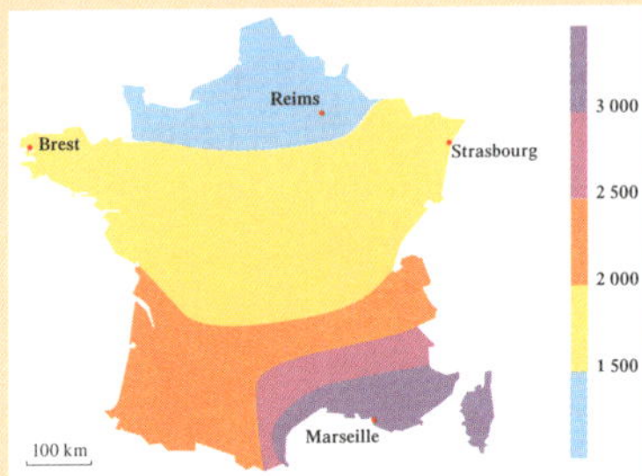

Carte de la moyenne de l'ensoleillement (en heures par année)

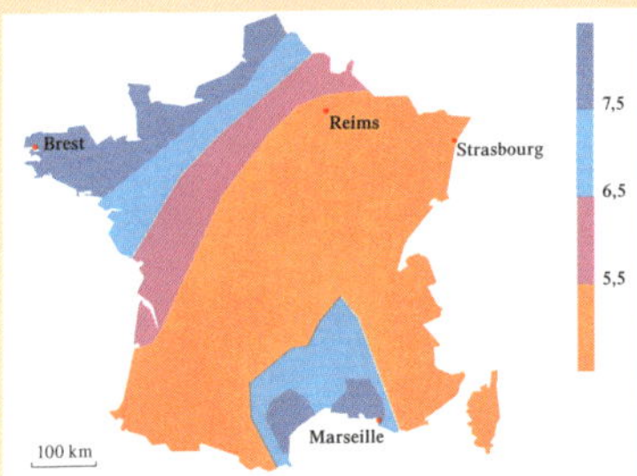

Carte de la vitesse moyenne des vents (en m/s)

Document 2 : Les avantages et les inconvénients de trois énergies renouvelables

Énergies	Géothermique	Solaire	Éolienne
Avantage	Ressource inépuisable à l'échelle d'une vie humaine.		
Inconvénients	Une centrale géothermique n'est installée qu'à partir d'un débit d'énergie en surface suffisant (supérieur à 120 mW/m²).	Certains panneaux solaires ne sont pas rentables si la durée d'ensoleillement ne dépasse pas 1 800 heures de soleil par an.	Une éolienne ne produit pas d'électricité si la vitesse du vent est inférieure à 7,5 m/s.

1. À partir des informations des documents 1 et 2, citer (sans justifier) la ou les énergies renouvelables les plus pertinentes pour les trois villes françaises suivantes : Strasbourg, Brest et Marseille.
2. À partir des informations extraites de ces documents ainsi que des deux documents du sujet 4, proposer une solution à l'approvisionnement énergétique de la ville de Reims. Justifier et argumenter votre réponse.

CORRIGÉ

1. Pour **Strasbourg**, l'énergie renouvelable la plus pertinente est l'**énergie géothermique** ; pour **Brest**, c'est l'**énergie éolienne** et pour **Marseille**, ce sont l'**énergie solaire** et l'**énergie éolienne**.
2. Le document 1 du sujet 4 présente les trois types d'énergie utilisables pour l'approvisionnement énergétique des villes de France : les énergies fossiles, renouvelables ou nucléaire.
Les documents 1 et 2 du sujet 5 nous permettent de voir que Reims se situe dans une zone qui n'est pas favorable aux énergies éolienne, solaire et géothermique. En effet, la ville est située sous le seuil de rentabilité pour ces trois énergies.
Pour la ville de Reims, il reste donc quatre énergies possibles : l'énergie nucléaire, les énergies fossiles, l'énergie renouvelable hydraulique ou l'énergie renouvelable provenant de la biomasse.
Le document 2 du sujet 4 indique que les énergies renouvelables sont à favoriser car leur fréquence doit augmenter entre 2010 et 2035.
Nous pouvons donc choisir **l'énergie provenant de la biomasse comme solution à l'approvisionnement énergétique de la ville de Reims (l'énergie hydraulique étant à exclure car Reims n'est pas en bordure côtière).**

Sujet 6

La planète Terre, l'environnement et l'action humaine

Exercice : 10,5 points

ÉNONCÉ Exploitation et gestion d'une ressource naturelle

L'augmentation de la population mondiale et des différents besoins en énergie s'accompagne d'une consommation de pétrole de plus en plus forte. L'augmentation de l'exploitation des ressources en pétrole entraîne un appauvrissement rapide de celles-ci.

Document 1 : Productions énergétiques mondiales en 2012 (en Mtep : mégatonne équivalent pétrole*)

(*) La mégatonne équivalent pétrole est une unité de mesure de l'énergie utilisée en économie et dans l'industrie.

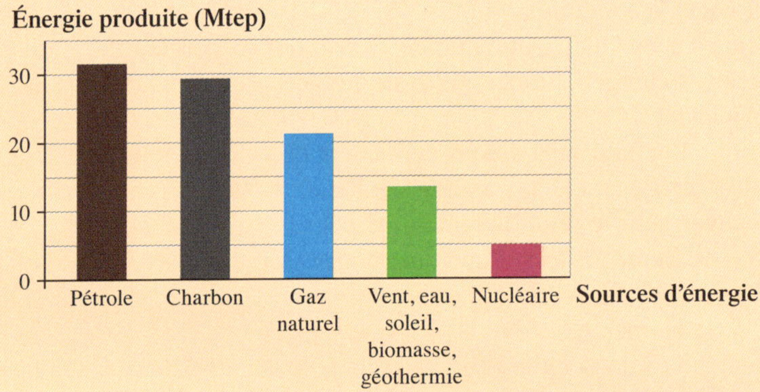

D'après les données du *Key World Energy Statistics 2014* de l'AIE.

Une **énergie non renouvelable** désigne l'énergie que l'on produit à partir de la combustion de matières premières fossiles d'origine organique (issues d'êtres vivants) : le pétrole, le charbon et le gaz naturel. Elle n'est pas renouvelable à l'échelle d'une vie humaine.

Une **énergie renouvelable** est une ressource énergétique dont le renouvellement naturel est assez rapide pour qu'elle puisse être considérée comme inépuisable à l'échelle d'une vie humaine. L'énergie solaire, l'énergie éolienne, l'énergie hydraulique et l'énergie biomasse** sont des types d'énergies renouvelables.

(**) L'énergie biomasse provient de la combustion de matières vivantes (bois, végétaux, déchets agricoles, ordures ménagères organiques) ou du biogaz issu de la fermentation de ces matières, dans des centrales.

Document 2 : Évolution de la production et de la consommation mondiale de pétrole (en millions de barils par jour) entre 1975 et 2035

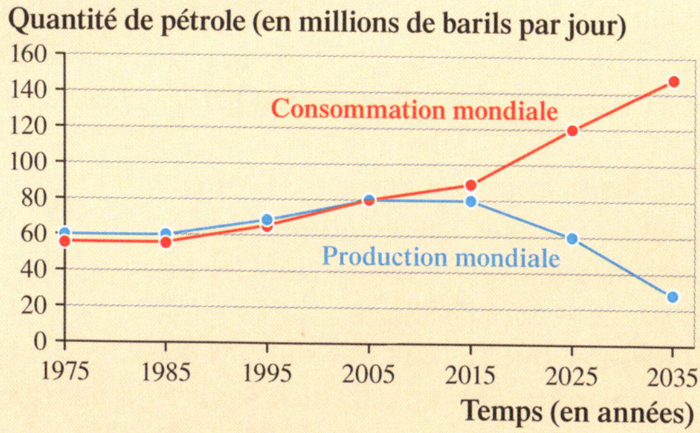

1. En utilisant les données du document 1, comparer la part des sources d'énergies renouvelables à celle des sources d'énergies non renouvelables en 2012 dans les productions énergétiques mondiales.

2. a) Comparer les courbes de la production mondiale et de la consommation mondiale de pétrole depuis 2005.

b) Formuler le problème auquel l'être humain est confronté depuis 2015.

CORRIGÉ

1. Grâce au document 1, nous voyons que l'énergie produite par les énergies renouvelables (à partir du vent, de l'eau, du soleil, de la chaleur de la Terre et de la biomasse) est de 13,5 Mtep tandis que celle produite par les énergies non renouvelables est la somme de :
– l'énergie provenant du pétrole, soit environ 31 Mtep ;
– l'énergie provenant du charbon, soit environ 29 Mtep ;
– l'énergie provenant du gaz naturel, soit environ 21 Mtep.
Donc un total de 31 + 29 + 21 = 81 Mtep.
Nous pouvons en déduire que la part des sources d'énergies non renouvelables était 6 fois plus importante que la part des sources d'énergies renouvelables dans la production énergétique mondiale en 2012 (81/13,5 = 6).

2. a) Entre 1975 et 2005, la production mondiale de pétrole et sa consommation mondiale sont identiques et en légère hausse : 60 millions de barils en 1975, 70 millions de barils en 1995 et 80 millions de barils en 2005.
À partir de 2005, la consommation mondiale de pétrole augmente tandis que la production mondiale diminue :
– la production est restée constante de 2005 à 2015 à hauteur de 80 millions de barils, puis elle diminue progressivement jusqu'à atteindre une production prévue de 30 millions de barils en 2035 ;
– la consommation augmente en passant de 80 millions de barils en 2005 à une consommation prévue de 150 millions de barils en 2035.

b) Depuis 2015, la consommation de pétrole est supérieure à sa production. Nous pouvons calculer grâce au document 2 qu'**il manquera en 2035, selon les estimations, 120 millions de barils de pétrole pour subvenir aux besoins énergétiques mondiaux**.

Sujet 7

La planète Terre, l'environnement et l'action humaine

Exercice : 12 points

SVT

ÉNONCÉ Exploitation et gestion d'une ressource naturelle

L'augmentation de la population mondiale et des différents besoins en énergie s'accompagne d'une consommation de pétrole de plus en plus forte. L'augmentation de l'exploitation des ressources en pétrole entraîne un appauvrissement rapide de celles-ci.

Document 1 : La transition énergétique pour la croissance verte (croissance économique respectueuse de l'environnement naturel)

La loi du 17 août 2015 relative à la transition énergétique pour la croissance verte est une loi qui engage le pays tout entier : citoyens, entreprises, territoires, pouvoirs publics. Elle va permettre à la France de renforcer son indépendance énergétique […] et donne à tous des outils concrets pour accélérer la croissance verte.

Le discours de Ségolène Royal* du 25 avril 2016 fixe : « […] l'objectif d'augmenter de 50 % la capacité installée** des énergies renouvelables d'ici 2023. »

(*) Ministre de l'Environnement, de l'Énergie et de la Mer.

(**) Installations technologiques permettant de produire de l'énergie renouvelable (éoliennes, panneaux solaires…).

D'après http://www.gouvernement.fr/action/la-transition-energetique-pour-la-croissance-verte

Document 2 : Estimation de l'épuisement des ressources énergétiques disponibles (en prenant en compte le rythme actuel de consommation et de production)

Énergies/ressources	Pétrole	Gaz	Charbon	Éolienne*	Solaire
Estimation de la durée de l'épuisement des stocks	54 ans	63 ans	112 ans	Jamais	Jamais

* Énergie éolienne : énergie produite à partir du vent.

En vous appuyant sur les documents, identifier et argumenter les objectifs relatifs à la transition énergétique pour la croissance verte.

CORRIGÉ

Dans le document 1, nous voyons que les objectifs relatifs à la transition énergétique pour la croissance verte sont :
– de renforcer l'indépendance énergétique de la France ;
– d'augmenter de 50 % les installations permettant de produire des énergies renouvelables d'ici 2023.
Le document 2 apporte les arguments justifiant la nécessité de cette transition énergétique. Nous voyons que les stocks d'énergies non renouvelables s'épuisent (on estime qu'il n'y aura plus de pétrole d'ici 54 ans, plus de gaz d'ici 63 ans et plus de charbon d'ici 112 ans) tandis que les énergies renouvelables (énergies éolienne ou solaire) sont inépuisables.
Il est donc justifié de passer des énergies non renouvelables aux énergies renouvelables en France pour ne plus dépendre des pays exportateurs de pétrole dont les stocks s'épuisent et pour renforcer l'indépendance énergique du pays en produisant notre énergie renouvelable.

Sujet 8

La planète Terre, l'environnement et l'action humaine

Exercice : 14 points

ÉNONCÉ Exploitation et gestion d'une ressource naturelle

Exploitation et gestion de l'eau

1. Une famille veut limiter sa consommation en eau pour faire des économies mais aussi pour préserver cette ressource naturelle.

a) Calculer le pourcentage d'eau utilisée pour l'alimentation et celui pour l'hygiène et le nettoyage.

b) À votre avis, à quel niveau la famille peut-elle agir pour diminuer sa consommation ?

Document 1 : La consommation d'eau moyenne journalière d'un Français.

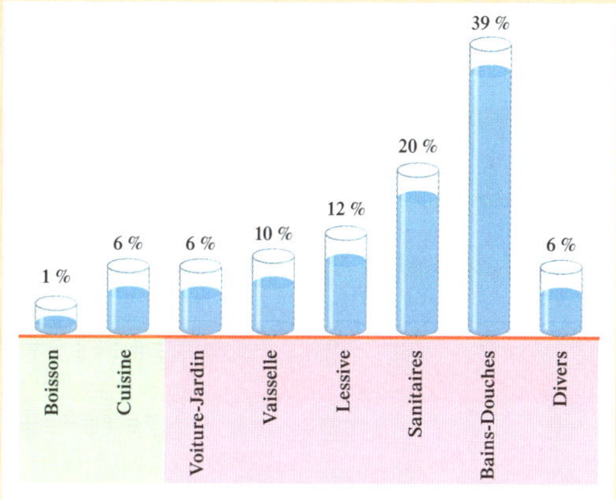

2. La famille décide de récupérer l'eau de pluie pour économiser l'eau du robinet. Elle ne pourra cependant pas utiliser cette eau pour son alimentation car celle-ci n'est pas considérée comme potable.
Les eaux consommées par l'Homme proviennent de différents réservoirs. Certaines doivent être traitées avant de pouvoir être distribuées.

a) Proposer deux utilisations possibles de cette eau de pluie par la famille.

b) Rappeler ce que signifie « eau potable ».

c) Citer les différents réservoirs d'eau douce disponibles et utilisés par l'Homme pour sa consommation.

3. Les eaux sales de la maison (WC, douche, lave-vaisselle …) doivent être traitées avant d'être rejetées dans l'environnement. La famille décide d'installer un système de phytoépuration individuel sur son terrain plutôt que d'envoyer ses eaux usées vers une station d'épuration.

Document 2 : Système de phytoépuration.

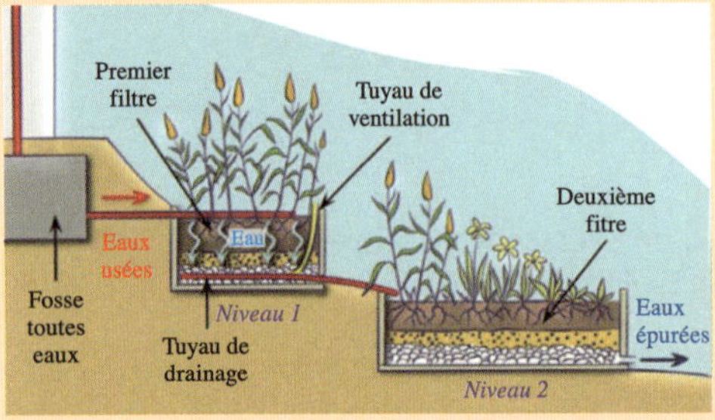

Document 3 : Le principe de la phytoépuration.

Les eaux usées sont dirigées vers des végétaux capables d'absorber les polluants.

Les bactéries naturellement présentes au niveau des racines des plantes vont également nettoyer l'eau des matières organiques, elles les consomment et les transforment en matière minérale assimilable par les plantes.

Les plantes, quant à elles, fournissent de l'oxygène aux bactéries par leurs racines.

Expliquer pourquoi la nutrition minérale des végétaux des différents bassins implique la symbiose avec les bactéries présentes au niveau de leur système racinaire.

CORRIGÉ

1. a) **Eau utilisée pour l'alimentation : 6 % + 1 % = 7 %.**

Eau utilisée pour l'hygiène et le nettoyage :

6 % + 10 % + 12 % + 20 % + 39 % + 6 % = 93 %.

b) La consommation liée à l'alimentation n'est pas modulable, il faut donc agir sur la **consommation liée à l'hygiène et au nettoyage**. La famille peut limiter sa consommation en ayant des gestes simples tels que couper le robinet pendant le brossage des dents, privilégier les douches par rapport aux bains et ne pas y rester trop longtemps, récupérer l'eau du robinet…

2. a) Ils peuvent utiliser l'eau de pluie pour **arroser leur potager et laver leur voiture par exemple**.

b) Une eau potable est **une eau que l'on peut boire sans risque pour la santé.**

c) L'eau utilisée par l'Homme pour ses usages provient des :

– **eaux de surface** (lacs et rivières),

– **eaux souterraines** (nappes phréatiques, eau de source, eau minérale naturelle).

3. Une symbiose est une association entre deux organismes et qui est profitable à chacun d'eux. Cela correspond à l'association plante/bactérie de notre exemple. En effet, **les bactéries apportent de la matière minérale aux plantes, matière indispensable à leur croissance, et les plantes fournissent de l'oxygène aux bactéries par leurs racines.**

Sujet 9

La planète Terre, l'environnement et l'action humaine

Exercice : 14 points

ÉNONCÉ Activités humaines

Réchauffement climatique et pollution

1. L'ensemble des activités humaines induisent, depuis quelques années, un réchauffement climatique global. Ce réchauffement provoque, entre autres, la fonte des pôles et des glaciers et entraîne donc un apport d'eau douce dans l'Atlantique nord. Cet apport d'eau douce peut causer un ralentissement, voire un arrêt, du courant d'eau chaude de surface qu'est le Gulf Stream. Ce courant a un rôle majeur dans la régulation du climat européen car il apporte de l'eau chaude au niveau des côtes et réchauffe donc l'Europe occidentale.

a) À l'aide de vos connaissances et des documents du sujet 3, expliquer pourquoi un apport d'eau douce au niveau de l'Atlantique nord perturbe la circulation thermohaline.

b) Indiquer les changements de température des eaux de l'océan Atlantique que provoquerait l'arrêt du Gulf Stream.

c) En déduire les conséquences d'un arrêt du Gulf Stream au niveau du climat de l'Europe de l'ouest.

2. Dans l'océan Pacifique, les déchets produits par les activités humaines et déversés dans les océans sont acheminés par les courants marins, formant un « sixième continent ». Cette accumulation de déchets de 3,43 millions de km² peut atteindre 30 mètres d'épaisseur et sa surface représente 6 fois celle de la France.

Expliquer pourquoi les plastiques constituant ce « continent » sont dangereux pour les animaux vivant dans ou à proximité des océans.

CORRIGÉ

1. a) Un apport d'eau douce au niveau de l'Atlantique nord va **abaisser sa salinité et donc la rendre moins dense**. Cette densité étant le moteur qui permet au courant de plonger, cela va **perturber grandement la circulation thermohaline dans l'Atlantique nord et donc la circulation à l'échelle planétaire**.

b) Sans le courant d'eau chaude du Gulf Stream, **les eaux de l'océan Atlantique seraient plus froides**.

c) Un arrêt du Gulf Stream provoquerait un **refroidissement du climat en Europe**.

2. Les animaux **ingèrent les plastiques** qu'ils prennent pour de la nourriture et cela les **étouffe**. La biodiversité animale autour de ce « continent » est donc en danger.

Sujet 10

Le vivant et son évolution

Exercice : 9 points

ÉNONCÉ Nutrition des organismes chlorophylliens

Besoins des plantes en serre

1. Une famille veut installer une serre dans le jardin. Les paramètres à contrôler pour permettre une croissance optimale des plantes dépendent de leurs besoins. Une plante chlorophyllienne respire et réalise la photosynthèse à condition de recevoir de la lumière. Voici les équations illustrant ces deux réactions.

Document 1 : Équation simplifiée de la photosynthèse.

Eau (**H_2O**) + dioxyde de carbone (**CO_2**) ➡ Molécules organiques + dioxygène (**O_2**)
Lumière

Document 2 : Équation simplifiée de la respiration.

Molécules organiques + dioxygène (**O_2**) ➡ Dioxyde de carbone (**CO_2**) + eau (**H_2O**)

À l'aide de ces équations et de vos connaissances, compléter le schéma du pied de tomate en fin d'exercice (**Document 4**) en précisant les éléments prélevés et rejetés par cette plante chlorophyllienne à côté de chacune des flèches en couleur.

2. La synthèse des molécules organiques se fait dans les parties vertes de la plante (feuilles). Elles sont ensuite redirigées dans l'ensemble des organes afin d'assurer leur croissance.
La synthèse de ces molécules nécessite que l'eau et les sels minéraux prélevés au niveau du système racinaire parviennent jusqu'aux feuilles.

Document 3 : Tableau comparatif des sèves brutes et élaborées.

Type de sève	Composition	Lieu de formation	Rôle
Sève brute	Eau et sels minéraux		
Sève élaborée	Eau et molécules organiques		

a) Compléter le tableau comparatif des deux types de sèves ci-dessus.
b) Ajouter des flèches légendées sur le document 4 indiquant le sens de circulation des sèves brutes et élaborées au sein de la plante.

Document 4 : Prélèvements et rejets d'une plante chlorophyllienne.

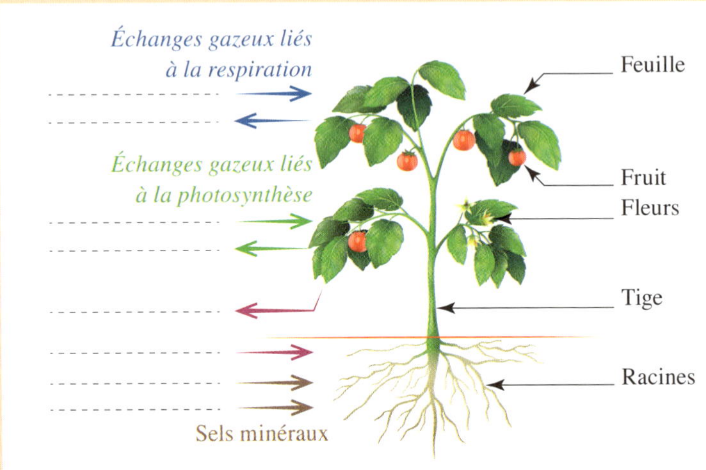

CORRIGÉ

1. et 2.

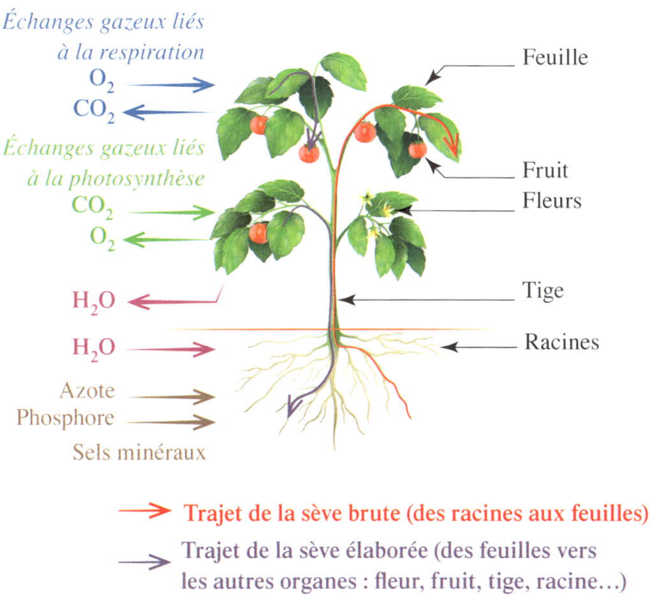

2.

Type de sève	Composition	Lieu de formation	Rôle
Sève brute	Eau et sels minéraux	Racines	Permettre la réalisation de la photosynthèse dans les feuilles.
Sève élaborée	Eau et molécules organiques	Feuilles	Permettre la croissance des organes de la plante.

Sujet 11

Le vivant et son évolution

Exercice : 25 points

ÉNONCÉ Nutrition des organismes chlorophylliens

Dans ce sujet on s'intéresse à la synthèse et au transport de matières organiques chez les végétaux.

Document 1 : Production et transport de matière au sein d'une plante.

Les plantes chlorophylliennes synthétisent dans leurs feuilles de la matière organique à partir de matières minérales (eau, sels minéraux et CO_2) en présence de lumière.

La matière organique produite au niveau des feuilles peut être utilisée immédiatement pour les besoins de la feuille ou transportée sous forme de saccharose puis stockée sous forme de réserves (amidon) dans différents organes (tronc, branches, organes souterrains).

La sève brute, constituée d'eau et sels minéraux circule des racines vers l'ensemble des organes de la plante. La sève élaborée contenant de l'eau et du saccharose circule des feuilles vers les différents organes de la plante.

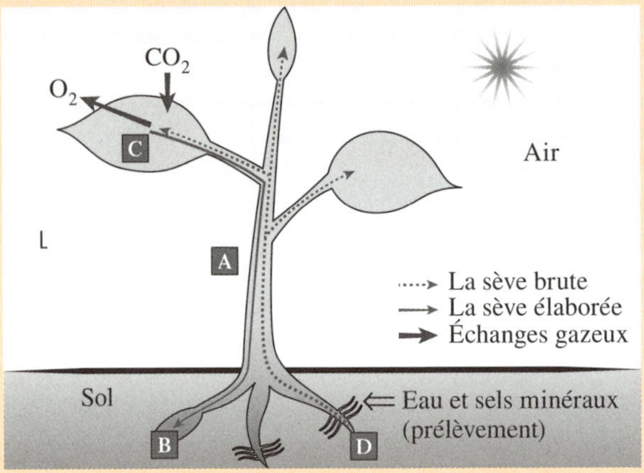

Remarque : par souci de simplification, la respiration du végétal n'est pas mentionnée dans ce schéma.

Schéma bilan de la production, du transport et du stockage de matière au sein d'une plante chlorophyllienne.

À partir du document 1, écrire sur votre copie la réponse aux questions suivantes :

1. L'absorption de l'eau et des sels minéraux correspond-elle à la lettre A, B, C ou D ?

2. La synthèse de la matière organique à partir de matières minérales correspond-elle à la lettre A, B, C ou D ?

3. Le stockage de la matière organique dans un organe souterrain correspond-il à la lettre A, B, C ou D ?

4. Le transport de la matière organique sous forme de saccharose correspond-il à la lettre A, B, C ou D ?

Document 2 : Propriétés de quatre molécules organiques présentes chez les végétaux.

Nom de la molécule	Glucose	Fructose	Saccharose	Amidon
Schéma	● (noir)	● (gris)	●–● (noir-gris)	---●–●–●–●---
Taille	Petite taille			Grande taille
Propriétés	Soluble dans l'eau			Insoluble dans l'eau

5. À partir des documents 1 et 2, expliquer pourquoi il ne peut pas y avoir d'amidon dans la sève élaborée d'un végétal.

Intéressons-nous maintenant à l'érable, un arbre utilisé pour produire du sirop d'érable.

Document 3 : Récolte de l'eau d'érable.

Les producteurs de sirop d'érable collectent l'eau d'érable au début du printemps. Une entaille dans le tronc de l'arbre permet de récupérer l'eau d'érable qui contient 2 % à 3 % de saccharose.

6. À partir des documents 1 et 3, nommer la sève ayant la composition la plus proche de l'eau d'érable. Justifier votre réponse.

Chez l'érable au printemps, le gel et le dégel provoquent la transformation de l'amidon stocké dans le tronc en saccharose. Celui-ci peut alors passer dans la sève.

Document 4 : Tableau de comparaison de la composition des deux sèves et des lieux de stockage des sucres dans un érable en fonction des saisons.

	Composition et mouvements des sèves		Matières et lieu de stockage des sucres
	Sève brute	**Sève élaborée**	
Été	Circulation d'eau et de sels minéraux	Circulation d'eau et de saccharose	Stockage d'amidon dans le tronc et les branches
Début du printemps	Circulation d'eau, de sels minéraux et de saccharose	Elle n'est pas produite jusqu'à l'apparition des feuilles	Transformation de l'amidon stocké dans le tronc en saccharose

7. À partir des documents 3 et 4, expliquer que le saccharose de l'eau d'érable récoltée au début du printemps provient de la sève brute et non pas de la sève élaborée comme on pourrait le penser. Vous expliquerez l'origine du saccharose dans la sève brute seulement au début du printemps.

CORRIGÉ

1. **D** : l'absorption se fait par les poils absorbants au niveau des racines.
2. **C** : la photosynthèse est réalisée au niveau des feuilles vertes.
3. **B** : le stockage dans les organes souterrains est sous forme d'amidon.
4. **A** : le saccharose est transporté par la sève élaborée via les tissus conducteurs.
5. Nous voyons, dans le document 1, que la sève élaborée contient de l'eau et du saccharose et ne contient pas d'amidon. L'amidon est une forme de réserve de ce saccharose fabriqué dans les organes de réserve.

Nous voyons, dans le document 2, que l'amidon est insoluble dans l'eau et de grande taille, contrairement au saccharose, soluble et de petite taille.

Nous pouvons en déduire que la sève élaborée étant composée d'eau, il est impossible qu'elle contienne de l'amidon qui est insoluble dans l'eau.

6. Nous voyons, dans le document 1, que la sève brute est composée d'eau et de sels minéraux et la sève élaborée d'eau et de saccharose.

Nous voyons, dans le document 3, que l'eau d'érable est composée de 2 à 3 % de saccharose.

Nous pouvons en déduire que la sève ayant la composition la plus proche de l'eau d'érable est la sève élaborée.

7. Nous voyons, dans le document 3, que l'eau d'érable est récoltée au début du printemps. Or, au printemps, le gel et le dégel provoquent la transformation de l'amidon stocké dans le tronc en saccharose qui peut alors passer dans la sève.

Nous voyons dans le document 4 que, au début du printemps, la sève élaborée n'est pas produite et que seule la sève brute (eau + sels minéraux + saccharose) circule dans les tissus conducteurs.

Nous pouvons en déduire que, au printemps, le saccharose de l'eau d'érable provient obligatoirement de la sève brute, la sève élaborée n'étant pas produite. Ce saccharose, qui est passé dans la sève brute, est issu de l'amidon stocké dans le tronc, puis transformé par le gel et le dégel.

Sujet 12

Le vivant et son évolution

Exercice : 9 points

ÉNONCÉ Parenté et évolution des êtres vivants

Fossiles et évolution

1. Les tétrapodes sont un groupe de vertébrés caractérisé par la présence de deux paires de pattes locomotrices. La comparaison osseuse des membres antérieurs de tétrapodes actuels et de tétrapodes fossiles permet d'étudier l'évolution de ce groupe.

Document 1 : Croquis du membre antérieur de quatre tétrapodes.

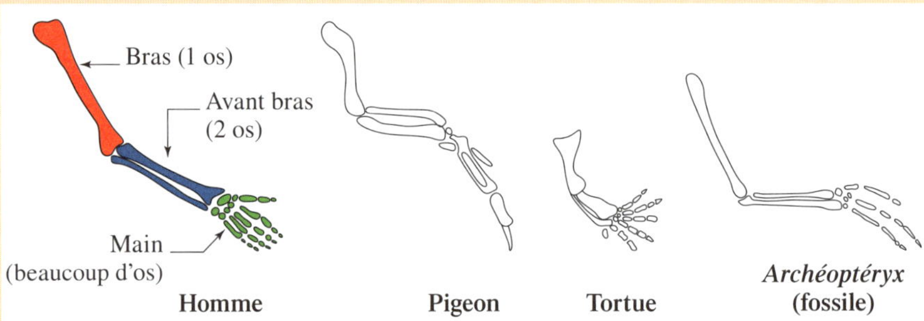

a) Colorier chaque schéma sur le modèle du membre antérieur humain : le bras en rouge, l'avant-bras en bleu et la main en vert.

b) Comparer l'organisation du squelette du membre antérieur de ces quatre tétrapodes.

c) À l'aide de ces informations, justifier un lien de parenté et une origine commune entre les tétrapodes.

2. L'étude et la comparaison des caractères partagés entre espèces actuelles et fossiles permettent de préciser leur degré de parenté.

Document 2 : Tableau des attributs de 3 tétrapodes. (« Présent » signifie que le tétrapode possède l'attribut.)

Espèces		Oviparité	Mâchoire à dents	Homéo-thermie	Corps à plumes
***Compsognathus* (fossile)**		présent	présent	absent	absent
***Archéoptéryx* (fossile)**		présent	présent	présent	présent
Pigeon domestique		présent	absent	présent	présent

À l'aide du tableau des attributs ci-dessus, compléter l'arbre évolutif avec les termes suivants : *Pigeon domestique*, *Compsognathus*, corps à plumes et perte de la mâchoire à dents.

Document 3 : Arbre évolutif de 3 tétrapodes.

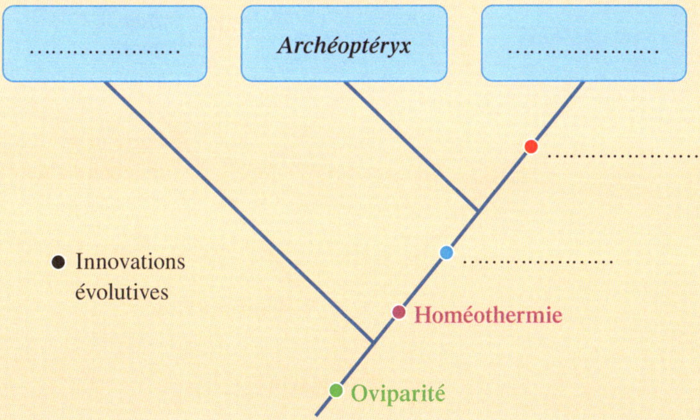

CORRIGÉ

1. a)

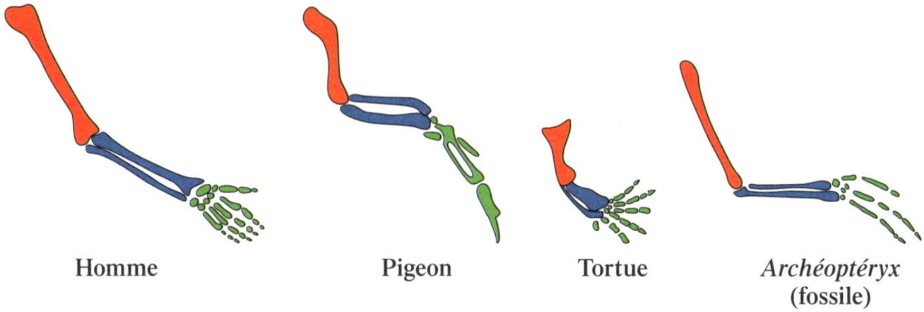

b) La succession bras, avant-bras et main ainsi que le nombre d'os dans chacune de ces parties (bras : 1 os ; avant-bras : 2 os et main : de nombreux os) **se retrouvent chez les 4 tétrapodes, actuels et fossiles**.

c) L'organisation commune mise en évidence par comparaison des membres antérieurs est le signe d'une parenté et d'une origine commune entre les tétrapodes.

2.

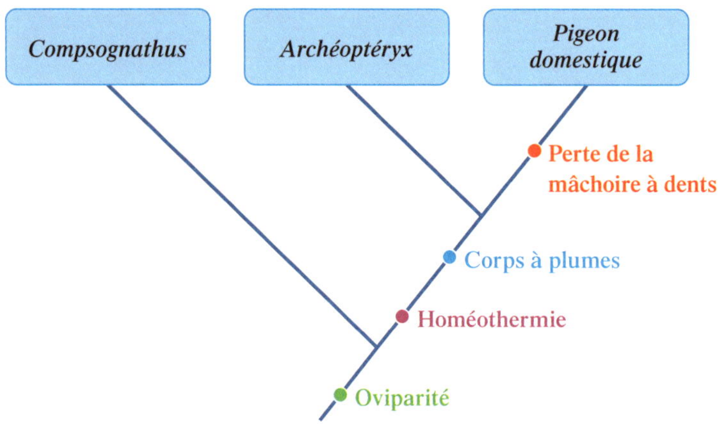

Sujet 13 Le vivant et son évolution

Exercice : 14 points

ÉNONCÉ Diversité des êtres vivants

Biodiversité au cours du temps

Les dinosaures et les ptérosaures, animaux aujourd'hui disparus, pouvaient atteindre des tailles impressionnantes : le plus grand dinosaure découvert mesurait 30 mètres.

Les informations concernant leur anatomie et leur mode de vie ont été obtenues par l'étude des fossiles retrouvés.

Document 1 : Évolution du nombre de familles de dinosaures et de ptérosaures au cours du temps.

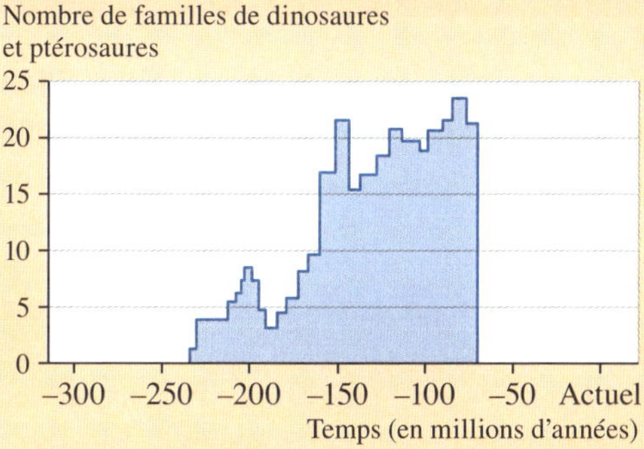

Document 2 : Représentation de dinosaures (au sol) et de ptérosaures (aériens).

1. Les données du graphique ci-dessus ont été obtenues grâce à la datation des fossiles découverts.

a) Repérer dans le document 1 la période d'apparition des dinosaures et des ptérosaures, celle de leur disparition et en déduire la durée de leur période d'existence.

b) Justifier, à partir de cet exemple et de vos connaissances, l'affirmation suivante : « L'histoire de la vie est marquée par un renouvellement des espèces. »

2. Il existe plusieurs familles au sein des différents groupes de dinosaures et de ptérosaures.

Rédiger un court texte décrivant la variation du nombre de familles de dinosaures et de ptérosaures au cours de leur période d'existence.

3. Un fossile de petit mammifère primitif (*Cronopio dentiacutus*) a été découvert par des paléontologues en Argentine. Il date d'il y a – 100 millions d'années et a donc vécu au côté des dinosaures. Les fossiles de mammifères sont rares pour cette période mais deviennent de plus en plus fréquents et diversifiés après –65 millions d'années.

Document 3 : Reconstitution de *Cronopio dentiacutus*.

La disparition des dinosaures a été suivie par une explosion du nombre de mammifères et une diversification des différentes espèces. Justifier l'utilisation du terme « crise biologique » pour cette période.

CORRIGÉ

1. a) Les dinosaures et les ptérosaures **sont apparus il y a environ – 230 millions d'années et ont disparu il y a – 65 millions d'années**. Ils ont donc vécu **165 millions d'années.**

b) Des groupes d'êtres vivants tels que les dinosaures et les ptérosaures, et les différentes espèces constituant ces groupes, sont apparus et se sont développés, ont pu régresser et disparaître. La biodiversité actuelle ne représente qu'une petite partie de la biodiversité ayant existé depuis l'apparition de la vie.

2. Le nombre de familles augmente de façon assez régulière tout au long de leur période d'existence. Une légère baisse de leur nombre est remarquable il y a –180 et –145 millions. (Perte de 5 familles environ).

3. Une crise biologique est une courte période géologique au cours de laquelle un nombre important d'espèces disparaît sur une zone géographique large, suivie par une diversification des espèces survivantes.

Cette définition correspond à notre exemple. En effet, l'extinction des dinosaures a été très rapide (visible sur le graphique) et a permis aux mammifères de se diversifier (leurs fossiles sont de plus en plus nombreux après la disparition des dinosaures).

Sujet 14

Le vivant et son évolution

Exercice : 10 points

ÉNONCÉ ADN et génétique

ADN, support de l'information génétique

1. Les chromosomes sont des molécules constituées d'ADN qui se situent dans le noyau de chacune des cellules d'un individu.

Document 1 : Un caryotype.
Un caryotype est une photographie prise de l'ensemble des chromosomes d'une cellule d'un individu à un moment précis de la vie de la cellule.
Les chromosomes sont triés par paire et par taille.
La paire n° 23, appelée paire de chromosomes sexuels, détermine le sexe de l'individu. Les chromosomes sexuels féminins sont XX et les masculins, XY.

Document 2 : Schéma des deux aspects possibles d'un chromosome.

Chromosome simple

Chromosome double

Document 3 : Caryotype d'une cellule humaine.

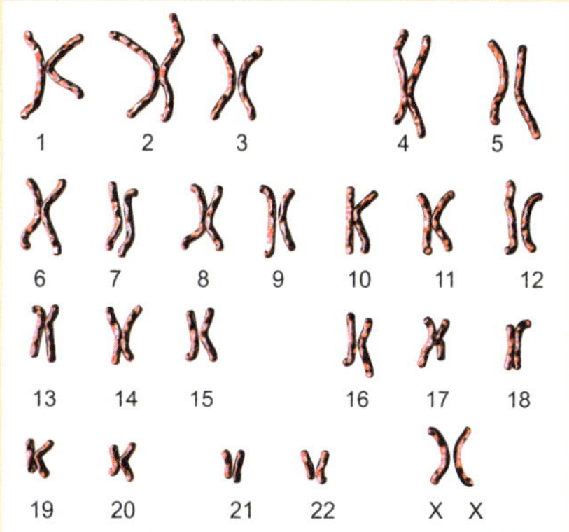

a) En sachant que les chromosomes représentés sur le caryotype (**Document 3**) sont simples, déterminer leur nombre dans une cellule humaine.
b) Déterminer le sexe de l'individu à qui appartient cette cellule.
c) À partir de l'exemple des chromosomes sexuels, justifier l'affirmation : « Les chromosomes portent les informations concernant les caractères de l'individu. »

2. Un gène est un fragment d'ADN portant une information précise. Il peut exister sous plusieurs versions, appelées « allèles ».

Document 4 : Groupe sanguin.
Le groupe sanguin d'un individu est déterminé par la présence ou non de molécules en surface de ses globules rouges.

Molécule de surface A

Molécule de surface B

Le gène déterminant le groupe sanguin existe sous trois formes alléliques :
– l'**allèle A** qui permet la fabrication de molécules de surface A ;
– l'**allèle B** qui permet la fabrication de molécules de surface B ;
– l'**allèle O** qui ne permet la fabrication d'aucune molécule.
Les allèles A et B sont co-dominants entre eux et dominants par rapport à l'allèle O.
À l'aide de ces informations et de vos connaissances, compléter le tableau suivant (**Document 5**) des différentes associations alléliques possibles au niveau du gène du groupe sanguin.

Document 5 : Groupe sanguin, origine moléculaire et génétique.

Groupe sanguin	**A**	**B**	**AB**	**O**
Globule rouge (au centre) et molécules de surface	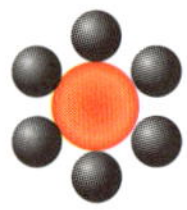			
Associations alléliques possibles sur la paire de chromosomes	 Ou 	 Ou 		

CORRIGÉ

1. a) Une cellule humaine contient **46 chromosomes classés par paires**.
b) La paire de chromosomes sexuels est de type XX, **cette cellule appartient donc à une femme.**
c) L'information concernant le sexe de l'individu est déterminée par les chromosomes sexuels, les chromosomes sont donc bien les porteurs de l'information concernant les caractères de l'individu.

2.

Groupe sanguin	**A**	**B**	**AB**	**O**
Globule rouge (au centre) et molécules de surface				
Associations alléliques possibles sur la paire de chromosomes	allèles a a  ou allèles a o 	allèles b b  ou allèles b o 	allèles a b 	allèles o o 

Sujet 15

Le vivant et son évolution

Exercice : 10 points

ÉNONCÉ ADN et génétique

Le syndrome de Klinefelter

Document 1 : Le syndrome de Klinefelter

Le syndrome de Klinefelter est une anomalie chromosomique caractérisée par un caryotype comprenant 47 chromosomes, dont trois chromosomes sexuels XXY.

« Ce syndrome affecte en particulier le développement physique d'individus de sexe masculin. Les individus atteints ont généralement des petits testicules qui ne produisent pas autant de testostérone que la normale […]

La testostérone est l'hormone qui est impliquée dans le développement sexuel masculin avant la naissance. Pendant la puberté, elle intervient également en moyenne entre 10 et 18 ans chez les garçons. Le manque de testostérone chez les individus atteints va conduire à une puberté tardive et anormale. Chez eux, le développement des seins, la réduction des poils du visage et du corps seront associés à une incapacité à avoir des enfants (infertilité) […] »

D'après https://www.nlm.nih.gov/ *U.S. National Library of Medicine.*

Document 2 : Évolution du taux de testostérone dans le sang en fonction de l'âge chez le garçon et l'adolescent (entre 5 et 18 ans)

Âge en années	Taux moyen de testostérone plasmatique en ng*/dL Individu non atteint du syndrome de Klinefelter	Taux moyen de testostérone plasmatique en ng*/dL Individu atteint du syndrome de Klinefelter
5 ans	Traces	Traces
10 ans	Traces	Traces
12 ans	10	3
13 ans	120	3
18 ans	520	4

* ng : nanogrammes (10^{-9} grammes).

Sources : http://acces.ens-lyon.fr/biotic/procreat/determin/html/puberHorm.htm et *International journal of endocrinology: clinical presentation of Klinefelter's syndrome.*

1. À partir du document 1, cocher pour chaque phrase **la** proposition exacte.
a) Le syndrome de Klinefelter :
☐ trouve son origine dans une infection bactérienne.
☐ est dû à la présence d'un chromosome sexuel supplémentaire.
☐ est dû à l'absence totale de testicule.
b) La puberté :
☐ est anormale chez le garçon atteint du syndrome de Klinefelter.
☐ intervient avant 6 ans chez l'enfant atteint du syndrome de Klinefelter.
☐ ne s'accompagne pas de modification physique.
c) Un manque de testostérone peut conduire à :
☐ un développement des poils chez une fille.
☐ l'apparition de seins chez le garçon.
☐ une puberté avant l'âge de 5 ans.

2. En s'appuyant sur des données chiffrées extraites du document 2, comparer l'évolution du taux de testostérone dans le sang, chez un individu atteint du syndrome de Klinefelter et chez un individu non atteint, au cours de la puberté.

CORRIGÉ

1. a) Le syndrome de Klinefelter **est dû à la présence d'un chromosome sexuel supplémentaire**.
b) La puberté **est anormale chez le garçon atteint du syndrome de Klinefelter**.
c) Un manque de testostérone peut conduire à **l'apparition de seins chez le garçon**.
2. Grâce au **document 2**, nous voyons que la quantité plasmatique de testostérone augmente au cours de la puberté ; cependant elle augmente très faiblement chez un individu atteint du syndrome de Klinefelter comparativement à celle d'un individu sain.
En effet, à 12 ans, elle est de 10 ng/dL chez un individu sain contre 3 ng/dL chez un individu atteint. À 18 ans, elle atteint 520 ng/dL chez un individu sain contre 4 ng/dL chez un individu malade.

Sujet 16

Le corps humain et la santé

Exercice : 22 points

ÉNONCÉ Système nerveux

Le comportement de l'automobiliste lors du freinage

On s'intéresse au comportement de l'automobiliste lors du freinage, en comparant celui-ci sans ou avec consommation d'alcool.

1. La durée de réaction du conducteur, entre le moment où il voit l'obstacle et le moment où il freine, correspond au temps de prise de décision et de transmission des informations motrices jusqu'aux muscles des membres inférieurs qui appuient sur la pédale de frein.

À l'aide de ces informations, compléter le schéma fonctionnel (doc. 1) ci-dessous de la commande volontaire du freinage chez un automobiliste.

Document 1.

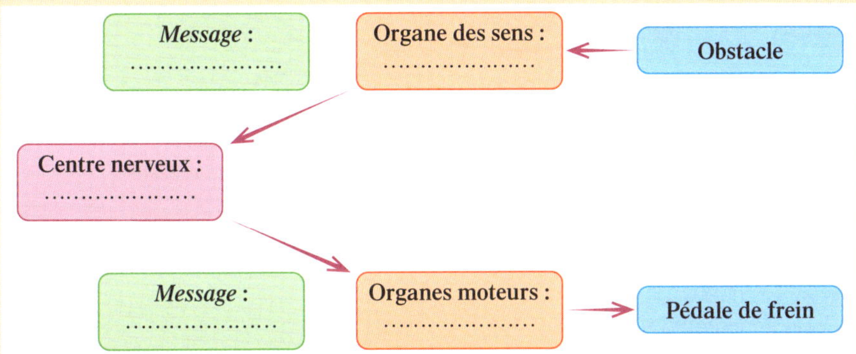

2. Lors d'une expérimentation, on mesure la distance de réaction et la distance de freinage d'une voiture lancée à 50 km/h, conduite par un individu à jeun ou par un individu alcoolisé.

Les résultats de ces mesures sont donnés dans le tableau page suivante.

Alcoolémie (g/L de sang)	Distance parcourue (mètres)	
	Distance de réaction D_R	Distance de freinage D_F
0	14	16
0,5	22	16
0,8	26	16

Déduire de ces résultats l'effet de l'alcool sur le freinage.

3. Pour identifier le mode d'action de l'alcool sur l'organisme du conducteur, on étudie son effet sur des neurones du circuit de la motricité volontaire chez un animal modèle, dont la sensibilité à l'alcool est identique à celle de l'espèce humaine, selon le protocole schématisé dans le document 2a. Les enregistrements ont été obtenus dans des situations d'alcoolisation différentes (**doc. 2b**).

Document 2a : Principe du dispositif de stimulation électrique et d'enregistrement du message nerveux sur les neurones d'un animal modèle.

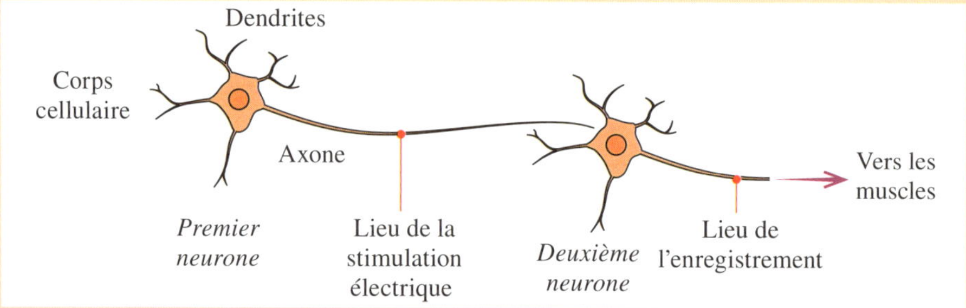

Document 2b : Modélisation des résultats obtenus pour le deuxième neurone dans deux situations expérimentales :
– Situation 1 : sans alcoolisation de l'animal ;
– Situation 2 : avec alcoolisation de l'animal.

À l'aide de l'exploitation des documents 2a et 2b :

a) Préciser sur le document 2a le sens de circulation de l'information nerveuse.

b) Expliquer l'effet de l'alcool sur le comportement d'un conducteur lors du freinage.

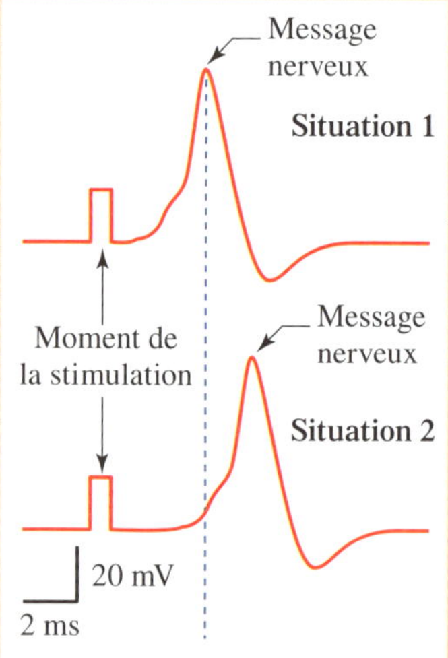

CORRIGÉ

1.

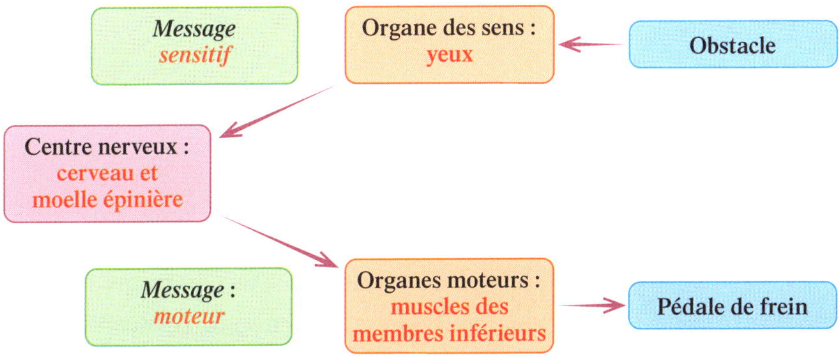

2. Je vois qu'un individu n'ayant pas consommé d'alcool va parcourir 14 + 16 = 30 m pour stopper son véhicule, tandis qu'un individu ayant une alcoolémie de 0,8 g/L va parcourir 26 + 16 = 42 m, donc 12 mètres de plus pour s'arrêter. Je vois que la différence se situe au niveau du temps de réaction du conducteur et non de la distance de freinage du véhicule.

J'en déduis que plus l'alcoolémie du conducteur est importante, plus le temps de réaction et donc la distance totale nécessaire au freinage du véhicule sont importants.

3. a)

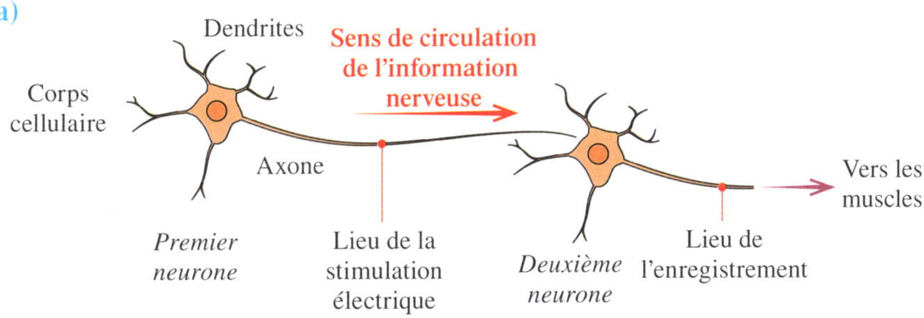

b) Je vois dans le document 2a que l'information nerveuse passe d'un neurone à l'autre jusqu'aux muscles (muscles de la jambe pour freiner). Je vois dans le document 2b que l'information nerveuse met 4 ms pour passer d'un neurone à l'autre chez un animal n'ayant rien consommé tandis qu'elle met 6 ms chez un animal ayant consommé de l'alcool.

J'en déduis que l'alcool ralentit la transmission de l'information nerveuse d'un neurone à l'autre et donc, à grande échelle, de l'organe des sens aux organes moteurs (temps de réaction plus important). La conséquence est l'augmentation de la distance totale d'arrêt du véhicule. **Le comportement du conducteur est donc plus dangereux après une consommation d'alcool.**

Sujet 17

Le corps humain et la santé

Exercice : 22,5 points

ÉNONCÉ **Système nerveux**

L'audition

Monsieur X, âgé de 60 ans, consulte le médecin du travail pour réaliser un bilan de son audition.

Document 1 : Tests d'audition réalisés chez un individu témoin et chez monsieur X

Le médecin réalise un audiogramme qui permet de mesurer une éventuelle perte d'audition. On mesure les pertes d'audition en décibels (dB) en fonction de la fréquence des sons, des sons graves (basses fréquences) aux sons aigus (hautes fréquences).
Le résultat est présenté sur le graphique ci-dessous.
Si la perte d'audition est inférieure à 20 dB, l'audition est considérée comme normale.

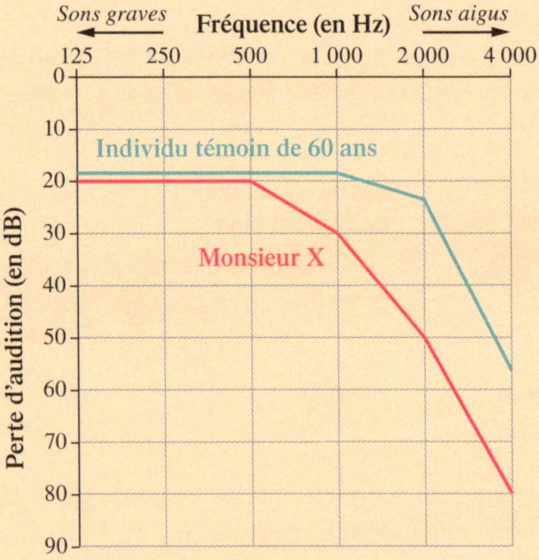

Graphique construit à partir des sources :
http://www.cochlea.eu/exploration-fonctionnelle/methodes-subjectives
http://crdp.ac-amiens.fr/enviro/bruit_maj_detail_p2_2.htm
http://www.uvmt.org/Formation/05/Cadre.htm
http://campus.cerimes.fr/orl/enseignement/alteration/site/html/3_32_1.htm

1. À partir du document 1, cocher la bonne réponse pour chaque proposition.

a. Le graphique du document 1 représente :

- [ ] la perte d'audition en fonction du sexe de l'individu
- [ ] la perte d'audition en fonction de la fréquence des sons
- [ ] une mesure du volume sonore

b. Pour une fréquence de 1 000 Hz, un individu témoin de 60 ans a :

- [ ] une perte d'audition égale à environ 20 dB
- [ ] une perte d'audition égale à environ 5 dB
- [ ] une perte d'audition égale à environ 40 dB

c. À 60 ans, la perte d'audition chez un individu témoin est :

- [ ] plus importante pour les sons aigus que pour les sons graves
- [ ] plus importante pour les sons graves que pour les sons aigus
- [ ] constante quelle que soit la fréquence des sons

2. Comparer la perte d'audition de monsieur X avec celle d'un individu témoin de même âge, pour des fréquences de 125 à 500 Hz, puis pour des fréquences de 500 à 4 000 Hz. Quelques valeurs numériques sont attendues pour la réponse.

Monsieur X cherche des explications à ses troubles auditifs et se renseigne sur le fonctionnement de l'oreille.

Document 2 : La perception du son

Dans l'oreille interne, de nombreuses cellules ciliées interviennent dans la perception du son. Ces cellules ciliées transforment les vibrations sonores en signal électrique (message nerveux) transmis par le nerf auditif jusqu'au cerveau, ce qui nous permet d'entendre le son. Ces cellules ciliées sont fragiles et elles peuvent être abimées et détruites si l'oreille est « agressée » (bruit intense et brutal, sons trop aigus, durée d'écoute prolongée à un niveau sonore supérieur à 85 décibels (dB)).

D'après http://www.ecoute-ton-oreille.com

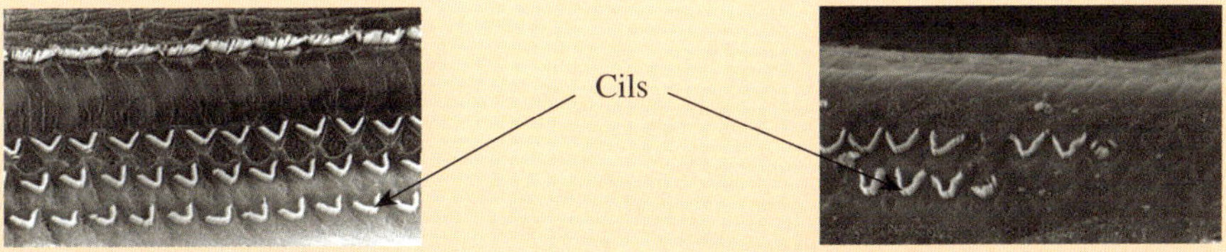

Photographie de cellules ciliées d'un individu ayant une audition normale

Photographie de cellules ciliées d'un individu (de même type que Monsieur X) atteint de troubles auditifs sévères

D'après source : http://cochlea.eu/pathologie/surdites-neuro-sensorielles/traumatisme-acoustique

Document 3 : Différents niveaux sonores et leurs effets

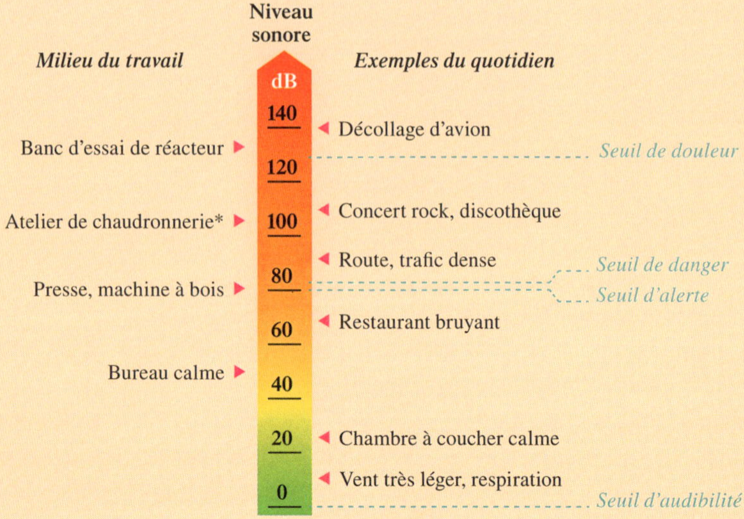

* chaudronnerie : industrie travaillant le métal

Source : d'après INRS, ED 962

Les traumatismes sonores en milieu professionnel sont encore fréquents, surtout lorsque le port de casque anti-bruit n'a pas toujours été respecté. Les surdités professionnelles s'observent en milieu industriel bruyant. Pour un bruit dont l'intensité est supérieure à 85 dB, l'oreille est en danger. La dangerosité va dépendre aussi de la durée d'exposition.

3. Utiliser les informations des documents 2 et 3 pour expliquer pourquoi monsieur X, travaillant dans une chaudronnerie sans avoir toujours porté son casque anti-bruit, a aujourd'hui une perte d'audition.

CORRIGÉ

1. a. La perte d'audition en fonction de la fréquence des sons.
b. Une perte d'audition égale à environ 20 dB.
c. Plus importante pour les sons aigus que pour les sons graves.

2. Nous voyons sur le document 1 que la perte d'audition pour des fréquences de 125 à 500 Hz est constante pour les deux cas : elle est de 20 dB pour Monsieur X et d'environ 17,5 Hz pour l'individu témoin de 60 ans ; Monsieur X a donc une perte d'audition légèrement plus élevée que le témoin pour ces fréquences.
Pour des fréquences de 500 à 4000 Hz, la perte d'audition n'est pas constante : Monsieur X a une perte d'audition qui va de 20 dB à 500 Hz jusqu'à 80 dB à 4000 Hz (soit 60 dB).
L'individu témoin a une perte d'audition qui va de 17,5 dB à 500 Hz jusqu'à 55 dB à 4000 Hz (soit 37,5 dB) ; Monsieur X a donc une perte d'audition beaucoup plus rapide et importante que le témoin pour ces fréquences.

3. Nous voyons dans le document 2 qu'une oreille agressée par un son trop fort va être endommagée et que cela va entraîner des troubles auditifs sévères, de même type que Monsieur X. Les cellules ciliées permettant la transmission du message nerveux auditif vont être détruites suite à un bruit intense et brutal, des sons trop aigus, ou encore une durée d'écoute prolongée à un niveau sonore supérieur à 85 dB.
Nous voyons dans le document 3 que dans un atelier de chaudronnerie, lieu de travail de Monsieur X, le niveau sonore est en moyenne de 100 dB.
Nous pouvons en déduire que monsieur X, ayant travaillé dans une chaudronnerie et n'ayant pas toujours porté son casque anti-bruit a été soumis à un niveau sonore supérieur de 25 dB (100 – 85) au niveau seuil de destruction des cellules ciliées ; ses cellules de l'oreille interne ont été endommagées et cela a entraîné sa perte d'audition.

Sujet 18

Le corps humain et la santé

Exercice : 10 points

ÉNONCÉ Système cardio-respiratoire et efforts musculaires

Système cardiaque et course à pied

La course à pied permet de travailler son endurance et d'entretenir son cœur.

Le cœur est un muscle creux et cloisonné dont la principale fonction est d'assurer la circulation du sang dans tout l'organisme.

1. La fréquence cardiaque correspond au nombre de pulsations cardiaques (battements du cœur) par minute. Un électrocardiogramme (ECG) permet de visualiser l'activité cardiaque et de déterminer cette fréquence.

Document 1 : ECG d'un homme au repos.

13 battements en 9 secondes. Fréquence cardiaque : 86,6 batt/min. Un pic correspond à un battement.

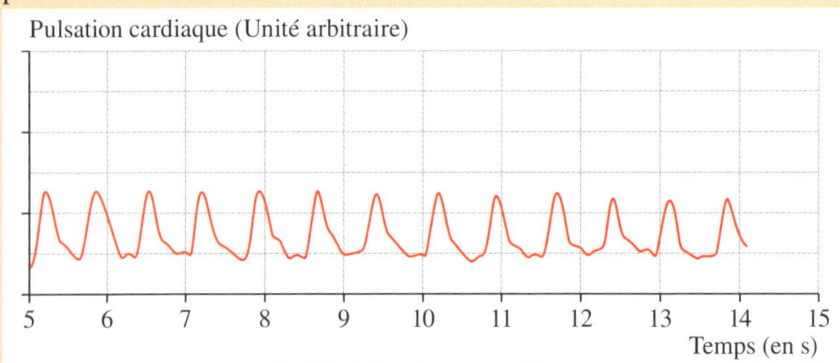

Document 2 : ECG d'un homme après une course à pied.

La mesure est réalisée sur 9 secondes.

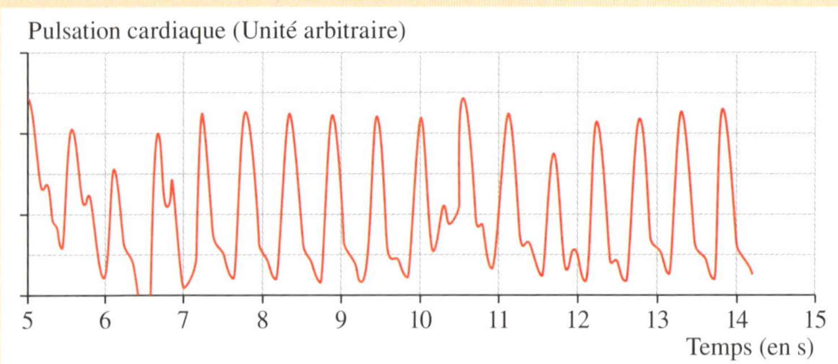

a) Calculer la fréquence cardiaque de l'homme après sa course à pied.
b) Décrire l'évolution de la fréquence cardiaque lors de l'effort.
2. Le sang, propulsé par le cœur dans tous les organes, leur apporte le dioxygène nécessaire à la réalisation d'un effort musculaire.

Document 3 : Schéma du système circulatoire.

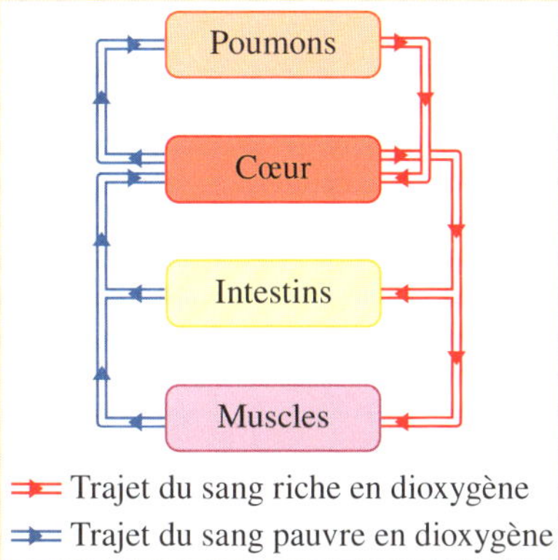

Document 4 : Débit sanguin dans les intestins et les muscles au repos et lors d'une course à pied. Débit sanguin : volume de sang passant dans l'organe en 1 minute.

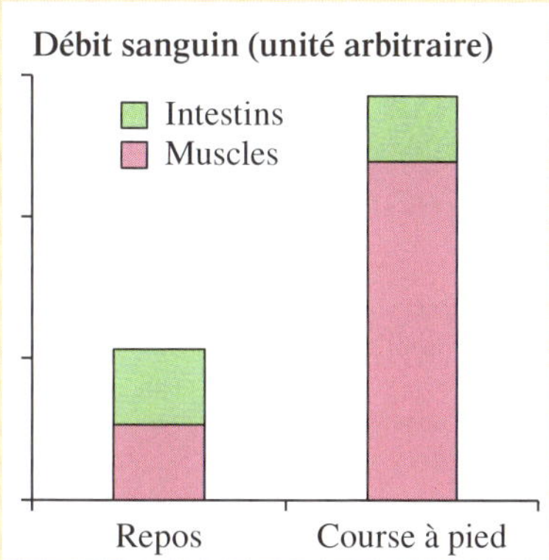

a) Comparer le débit sanguin dans les muscles au repos et au cours d'une course à pied.
b) Expliquer ces variations de débit sanguin observées dans le muscle en mettant en relation l'organisation du système circulatoire et les besoins accrus en dioxygène lors de la course (effort musculaire).

CORRIGÉ

1. a) On lit sur l'ECG 17 battements en 9 secondes après l'effort. **La fréquence cardiaque** est donc (17 × 60) / 9 = **113 batt/min**.

b) **La fréquence cardiaque augmente au cours d'un effort.** Dans notre exemple, elle passe de 86,6 batt/min à 113 batt/min.

2. a) **Le débit sanguin dans un muscle en activité est plus important que celui dans un muscle au repos.**

b) L'augmentation du débit sanguin dans les muscles lors d'une course à pied s'explique par leur besoin accru en dioxygène au cours de l'effort musculaire. La fréquence cardiaque va augmenter, permettant au cœur d'envoyer plus de sang et donc de dioxygène dans le muscle en activité par unité de temps.

Sujet 19 Le corps humain et la santé

Exercice : 12 points

ÉNONCÉ Alimentation – Digestion

Alimentation d'un sportif

1. Un adepte de course à pied doit avoir une alimentation adaptée pour pratiquer correctement cette activité. Les glucides (exemple : amidon) sont la base de l'alimentation sportive.

La présence d'amidon dans les aliments peut être mise en évidence à l'aide d'eau iodée, réactif spécifique à ce glucide, qui change de couleur à son contact.

	+ eau	+ amidon
Réactif : eau iodée (jaune clair)	Négatif : jaune clair	Positif : bleu foncé 

Proposer une expérience permettant de vérifier si le pain contient des glucides.

2. Pour être en bonne santé, il faut associer à la pratique d'une activité sportive régulière une alimentation équilibrée, c'est-à-dire une alimentation qui permet d'équilibrer les apports et les dépenses énergétiques.

Activités journalières de Lucas	Dépenses énergétiques en kilojoules
Trajet en voiture	150
Travail au bureau	2 350
Course à pied (1 h)	2 500
Temps de loisirs passé devant un écran	270
Autres activités	1 255
Besoins liés au fonctionnement de l'organisme	5 273

a) Les dépenses énergétiques journalières totales sont de 11 798 kilojoules. Retrouver cette valeur à l'aide du tableau et par un calcul.

b) Préciser, en justifiant la réponse, combien de kilojoules en moyenne Lucas doit apporter à son organisme pour équilibrer son alimentation sur la journée.

3. La digestion est la transformation des aliments en nutriments et comprend une phase mécanique et une phase chimique. La digestion chimique est permise par les enzymes digestives présentes dans les sucs digestifs. Ces enzymes, sorte de « ciseaux moléculaires », découpent les macromolécules pour les transformer en nutriments.

À l'aide de ces informations, réaliser un schéma simple illustrant l'action des enzymes digestives lors de la digestion chimique. Vous utiliserez les éléments ci-dessous.

CORRIGÉ

1. Mon expérience consiste à **déposer quelques gouttes d'eau iodée sur de la mie de pain. Si l'eau iodée se colore en bleue foncée, cela prouvera que le pain contient des glucides et plus précisément de l'amidon**.

2. a) On fait le total des dépenses correspondant à chaque activité.
150 + 2 350 + 2 500 + 270 + 1 255 + 5 273 = 11 798 kilojoules.

b) Pour que l'alimentation soit équilibrée, il faut que les apports alimentaires soit compensés par les dépenses énergétiques. Lucas dépense 11 798 kilojoules sur la journée, **il doit donc apporter à son organisme la même quantité de kilojoules en moyenne**.

3. **Action des enzymes digestives lors de la digestion chimique.**

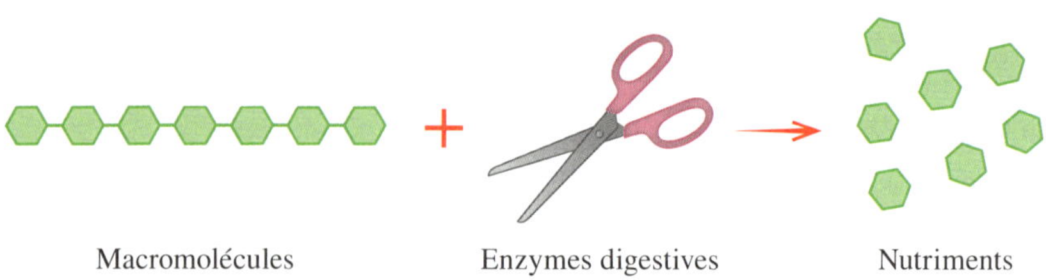

Sujet 20

Le corps humain et la santé

Exercice : 17 points

ÉNONCÉ Réactions immunitaires

Une infection bactérienne

1. Bastien se réveille un matin en ayant une toux persistante, des maux de gorge et de tête. Il se rend aussitôt chez son médecin qui lui diagnostique une bronchite bactérienne (inflammation des bronches pulmonaires causée par une bactérie).

Document 1 : Graphique illustrant l'évolution des quantités de bactéries et d'anticorps dans le sang de Bastien lors de l'infection.

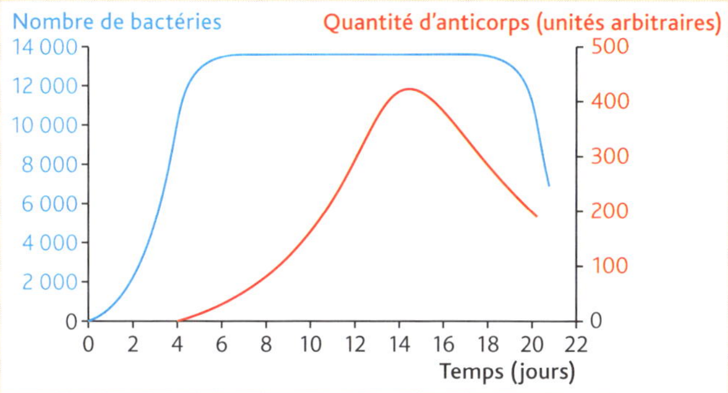

Décrire l'évolution de la quantité de bactéries dans le sang suite à la contamination.

2. L'organisme de Bastien se défend face à cette attaque bactérienne.
Compléter le schéma illustrant l'action des lymphocytes B dans la défense de l'organisme (**Document 2**). Dans l'étape 3, représenter le complexe antigène/anticorps au niveau de la bactérie.

Document 2 : Schéma illustrant l'action des lymphocytes B dans la défense de l'organisme.

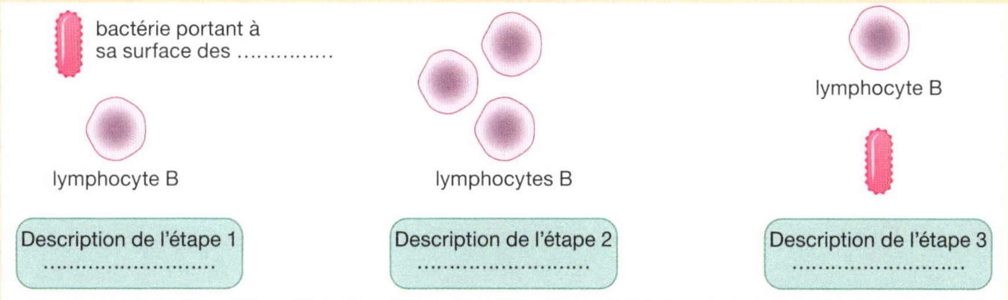

3. Le médecin informe Bastien qu'il est séropositif pour la bactérie responsable de sa bronchite. Rappeler la définition de séropositivité et expliquer pourquoi le médecin peut dire cela à Bastien.

4. Pour aider l'organisme à se défendre face aux bactéries, des antibiotiques peuvent être prescrits.

Document 3 : Schéma illustrant un antibiogramme.

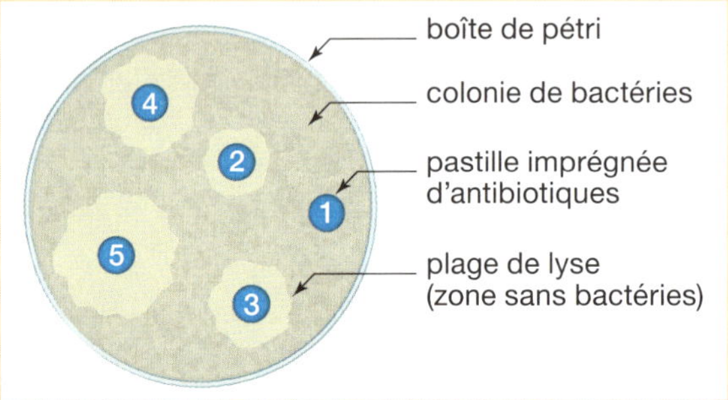

Des pastilles imbibées d'antibiotiques sont placées sur une colonie bactérienne. Une plage de lyse se forme dans la colonie suite à la mort des bactéries. La taille de la plage de lyse dépend de l'efficacité des antibiotiques pour détruire les bactéries.

Document 4 : Tableau illustrant l'évolution de la présence de bactéries et des symptômes ressentis par Bastien au cours du temps.

Jours	**1**	**2**	**3**	**4**	**5**
Présence de bactéries dans l'organisme	Oui +++	Oui +++	Oui ++	Oui ++	Non –
Symptômes ressentis	Maux de tête Mal de gorge Fièvre	Maux de tête Mal de gorge	Aucun	Aucun	Aucun

a) Déterminer à partir de l'antibiogramme du document 3 l'antibiotique qui sera prescrit à Bastien par le médecin.
b) Expliquer, à l'aide du document 4, pourquoi il ne faut pas arrêter de prendre ses antibiotiques avant la fin de la durée du traitement, même si les symptômes disparaissent.
c) Rappeler pourquoi le médecin ne prescrit pas d'antibiotiques lors d'une bronchite virale.

CORRIGÉ

1. La quantité de bactéries augmente fortement dans le sang suite à la contamination : c'est l'**infection.**

2.

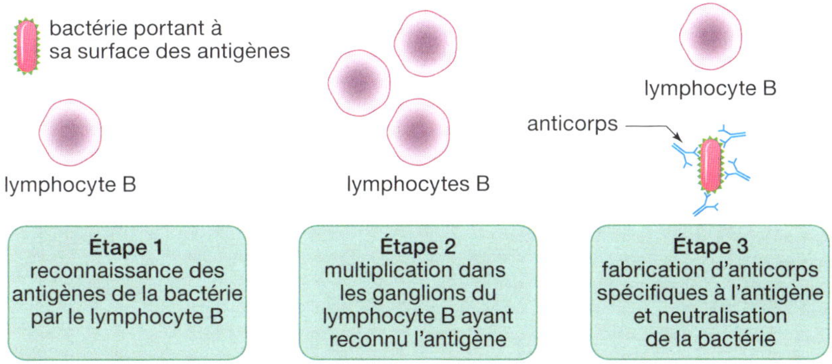

3. Une personne est dite **séropositive lorsque des anticorps contre un antigène donné sont présents dans son organisme.** Bastien est séropositif pour la bactérie responsable de sa bronchite, car ses lymphocytes B ont fabriqué des anticorps spécifiques contre cette bactérie et qu'ils sont détectables dans son sang.

4. a) **L'antibiotique** qui sera **prescrit à Bastien est le n° 5.** La plage de lyse autour de la pastille imprégnée de cet antibiotique est la plus grande, donc la quantité de bactéries tuées par celui-ci est la plus importante. Cet antibiotique est, par conséquent, le plus efficace contre cette bactérie.

b) Il ne faut pas arrêter la prise d'antibiotiques avant la fin du traitement, même si les symptômes disparaissent au bout du deuxième jour ; en effet, **les bactéries les plus résistantes sont encore présentes dans l'organisme jusqu'au quatrième jour.** Si le traitement est stoppé, les bactéries les plus fortes pourront à nouveau se multiplier et développer une résistance face à cet antibiotique.

c) Le médecin ne prescrit pas d'**antibiotiques** lors d'une bronchite virale, car ceux-ci sont **inefficaces contre les virus.**

Sujet 21 Le corps humain et la santé

Exercice : 6 points

ÉNONCÉ Vaccination

Le principe de la vaccination

Certaines infections bactériennes graves, telles que la coqueluche, peuvent être évitées par la vaccination.

À l'aide de vos connaissances, cocher la bonne réponse pour chaque proposition.

1. Un vaccin contient :
- ☐ la bactérie en grande quantité.
- ☐ une forme inoffensive de la bactérie.
- ☐ des lymphocytes B spécifiques de la bactérie.

2. Un vaccin a une action :
- ☐ curative, afin de guérir une maladie infectieuse.
- ☐ préventive, afin d'éviter une maladie infectieuse.

3. La vaccination permet :
- ☐ de produire des lymphocytes B mémoires spécifiques de la bactérie.
- ☐ d'affaiblir les bactéries déjà présentes dans l'organisme.
- ☐ de détruire les anticorps présents.

4. Si une personne vaccinée entre en contact avec l'antigène présent dans le vaccin :
- ☐ elle sera malade, mais de façon moins grave que si elle n'était pas vaccinée.
- ☐ elle sera malade, mais non contagieuse.
- ☐ elle ne sera pas malade.

5. Suite à un vaccin, la production d'anticorps spécifiques à l'antigène présent dans le vaccin :
- ☐ sera la même.
- ☐ sera plus rapide.
- ☐ sera plus rapide et plus importante.

6. Les rappels de vaccination :
- ☐ ne sont pas indispensables.
- ☐ permettent de maintenir la quantité de lymphocytes mémoires suffisante.
- ☐ permettent de maintenir la quantité d'antigènes suffisante.

CORRIGÉ

1. Un vaccin contient **une forme inoffensive de la bactérie.**
2. Un vaccin a une **action préventive, afin d'éviter une maladie infectieuse.**
3. La vaccination permet **de produire des lymphocytes B mémoires spécifiques de la bactérie.**
4. Si une personne vaccinée entre en contact avec l'antigène présent dans le vaccin, **elle ne sera pas malade.**
5. Suite à un vaccin, la production d'anticorps spécifiques à l'antigène présent dans le vaccin **sera plus rapide et plus importante.**
6. Les rappels de vaccination **permettent de maintenir la quantité de lymphocytes mémoires suffisante.**

Sujet 22

Le corps humain et la santé

Exercice : 25 points

ÉNONCÉ **Vaccination**

Dans ce sujet, on s'intéressera à une maladie, le tétanos.

Un médecin reçoit aux urgences hospitalières un patient qui s'est sérieusement blessé avec un outil de jardinage. Dans un premier temps, la plaie est nettoyée et désinfectée. Le médecin décide de prévenir rapidement le risque de tétanos.
Le tétanos est une maladie provoquée par une toxine produite par une bactérie, *Clostridium tetani*. La vaccination contre le tétanos protège de cette maladie.

Document 1 : Calendrier simplifié permettant de se tenir à jour* dans ses vaccinations

* Être à jour dans ses vaccinations, signifie avoir reçu les vaccins recommandés selon son âge et avec le bon nombre d'injections pour être protégé.

Vaccins \ Âge approprié	1 mois	2 mois	4 mois	5 mois	11 mois	12 mois	16-18 mois	6 ans	11-13 ans	25 ans	45 ans	65 ans	Tous les 10 ans : 75 ans, 85 ans...
BCG	X												
Diphtérie - Tétanos - Poliomyélite		X	X		X			X	X	X	X	X	X
Rougeole - Oreillons - Rubéole						X	X						

X : injection d'un vaccin

D'après le site 2017 http://inpes.santepubliquefrance.fr

1. Le carnet de santé du patient indique qu'il a été vacciné contre le tétanos à 2 mois, 4 mois, 11 mois, 6 ans et 13 ans. À partir du document 1, justifier que le patient, actuellement âgé de 33 ans, n'est plus à jour dans sa vaccination contre le tétanos.

Dans le cas d'un patient qui n'est plus à jour dans sa vaccination contre le tétanos, le médecin prescrit un test de dosage sanguin des anticorps spécifiques anti-toxine tétanique**. Le résultat du dosage permet de déterminer le traitement à lui appliquer sans tarder.

** Anticorps spécifiques anti-toxine tétanique : molécules produites par les lymphocytes (cellules impliquées dans les défenses immunitaires) suite à une vaccination contre le tétanos. Ces anticorps neutralisent la toxine tétanique, l'empêchant d'exercer son action.

Document 2 : Protocole du dosage rapide des anticorps spécifiques anti-toxine tétanique dans le sang d'un patient

• Une goutte de sang prélevée au niveau du doigt est déposée sur une plaquette-test, puis quelques gouttes d'un diluant sont ajoutées.

• Dix minutes plus tard, une ou deux bandes colorées apparaissent dans la zone de lecture :
– Si une seule bande se colore, le patient n'est pas ou est insuffisamment protégé contre le tétanos, le test est dit négatif ;
– Si deux bandes se colorent, la personne est immunisée contre le tétanos, le test est dit positif.

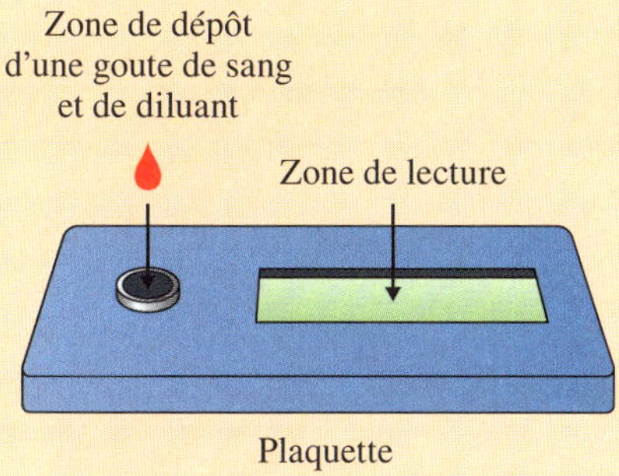

Plaquette utilisée pour le dosage rapide des anticorps anti-toxine tétanique

2. À partir du document 2, réaliser le schéma légendé d'une plaquette-test correspondant à un résultat négatif de dosage des anticorps, obtenu pour un patient qui n'est plus immunisé contre le tétanos.

Document 3 : Arbre décisionnel des étapes à suivre pour un patient blessé par un outil de jardinage

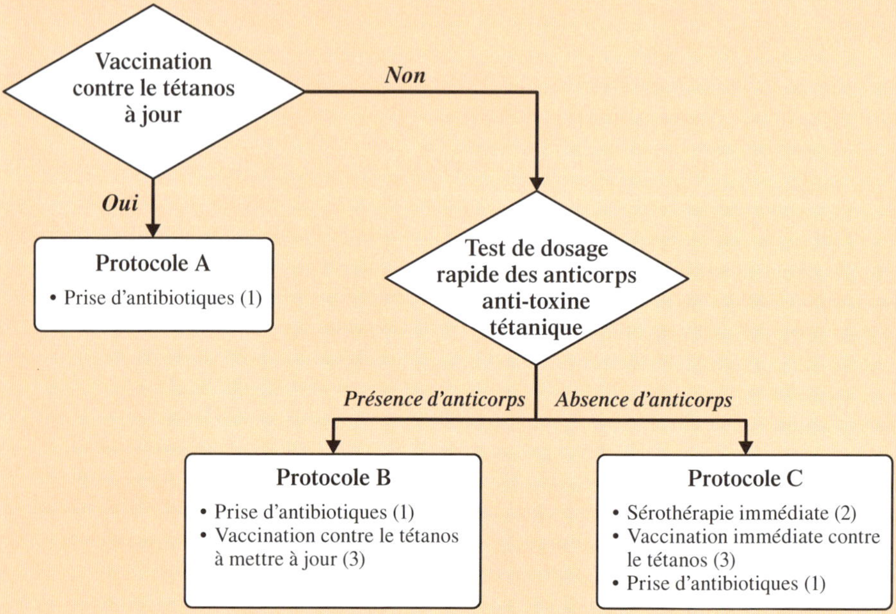

(1) Les antibiotiques stoppent l'infection due aux nombreuses bactéries présentes sur l'outil de jardinage.
(2) La sérothérapie est une injection d'anticorps anti-toxine tétanique, la protection est quasi immédiate et ne dure que quelques jours.
(3) Seule la vaccination contre le tétanos assure une immunisation supérieure à 10 ans contre la toxine tétanique.

D'après E. Pilly, Maladies infectieuses et tropicales, CMIT, 2016, 648 pages

3. a. À partir du document 3, citer les étapes de l'arbre décisionnel qui amènent le médecin à appliquer le protocole C. (5 points)

b. Les trois éléments du protocole C sont : la sérothérapie immédiate, la vaccination immédiate et la prise d'antibiotiques.
À partir du document 3, justifier la nécessité des trois éléments du protocole C à appliquer à ce patient qui s'est blessé avec un outil de jardinage. (7 points)

CORRIGÉ

1. Nous voyons dans le document 1 que la vaccination contre le tétanos nécessite des rappels pour rester efficace ; ces rappels doivent être effectués à 2 mois, 4 mois, 11 mois, 6 ans, 11/13 ans, 25 ans, 45 ans, 65 ans puis tous les 10 ans.
Nous voyons également que le patient, âgé de 33 ans, a fait son dernier rappel à l'âge de 13 ans.
Nous pouvons en déduire qu'il n'est plus vacciné contre le tétanos car il n'a pas fait le rappel nécessaire à l'âge de 25 ans.

2.

Schéma d'une plaquette-test correspondant à un résultat négatif de dosage des anticorps

3. a. Le patient n'étant pas à jour dans ses vaccinations, il faut, dans l'arbre décisionnel du document 3, pour la première étape « Vaccination contre le tétanos à jour » sélectionner « **NON** ».
Une seule bande colorée sur la plaquette-test de dosage rapide des anticorps anti-toxine tétanique amène pour l'étape suivante, « Test de dosage rapide des anti corps anti-toxine tétanique », à sélectionner « **ABSENCE D'ANTICORPS** ».
Ces deux étapes amènent au protocole C.

b. Nous voyons dans le document 3 que la sérothérapie, étape 1 du protocole, permet une protection immédiate grâce à l'injection d'anticorps anti-toxine tétanique qui vont neutraliser les bactéries *Clostridium tetani* responsables du tétanos ; cette protection ne durera que quelques jours.
La vaccination immédiate, étape 2, va permettre d'assurer une protection durable (supérieure à 10 ans) contre ces bactéries et donc contre le tétanos.
Enfin, la prise d'antibiotiques, étape 3, va permettre de détruire les bactéries et donc de stopper l'infection.

Nous pouvons en déduire que les trois étapes sont importantes car elles permettent de traiter l'infection causée par la bactérie mais aussi d'assurer une protection immédiate et durable contre le tétanos.

Sujet 23

Le corps humain et la santé

Exercice : 12 points

ÉNONCÉ Reproduction humaine

Transmission de l'information génétique

1. Les associations alléliques pour chaque gène d'un individu sont déterminées dès la fécondation. La fécondation est la rencontre entre une cellule reproductrice mâle et une cellule reproductrice femelle aboutissant à la fabrication d'une cellule-œuf.

Document 1 : Schéma illustrant l'association des chromosomes au moment de la fécondation.

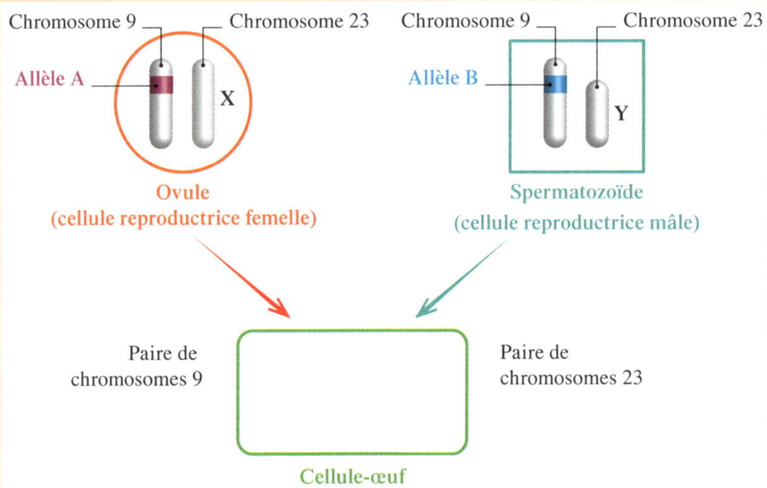

a) Compléter le schéma ci-dessus en précisant les chromosomes des paires 9 (portant le gène groupe sanguin) et 23 (paire de chromosomes sexuels) de la cellule-œuf.
b) En déduire le sexe et le groupe sanguin du futur nouvel individu.

2. Les chromosomes sexuels présents dans la cellule-œuf (XX ou XY) orientent le développement de l'appareil reproducteur vers la voie féminine ou masculine. Cette différenciation permet l'apparition des caractères sexuels primaires. Les caractères sexuels secondaires apparaîtront à la puberté.
Citer deux exemples de caractères sexuels secondaires qui apparaissent à la puberté chez la fille et deux exemples de caractères sexuels secondaires qui apparaissent à la puberté chez le garçon.

3. À partir de la puberté, les Hommes deviennent aptes à se reproduire. La reproduction humaine est une reproduction sexuée et implique donc une fécondation. Cette fécondation a lieu dans les trompes utérines de la femme.

Document 2 : Schéma de l'appareil reproducteur féminin.

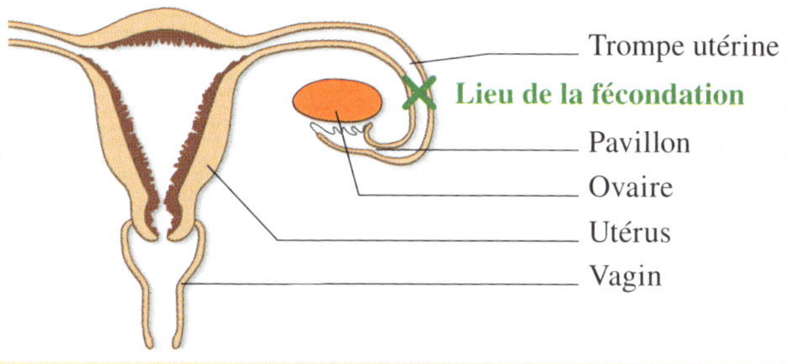

a) Placer sur le schéma ci-dessus :
– une croix bleue pour situer le lieu d'arrivée des spermatozoïdes au moment du rapport sexuel ;
– une croix rouge pour situer le lieu d'arrivée de l'ovule au moment de l'ovulation ;
– des flèches symbolisant le trajet des cellules reproductrices de leur lieu d'arrivée jusqu'au lieu de la fécondation.

b) Expliquer pourquoi la fécondation humaine est un exemple de fécondation interne.

CORRIGÉ

1. a)

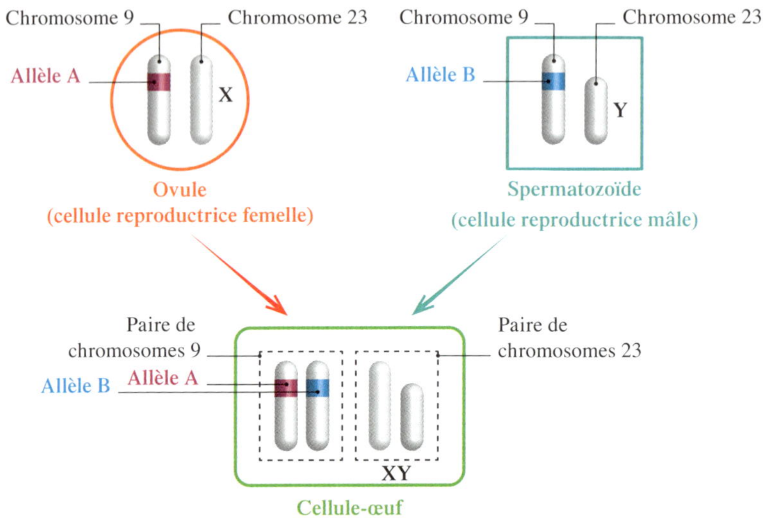

b) Le futur nouvel individu sera un **garçon (XY) de groupe sanguin AB.**

2. Caractères sexuels secondaires chez la **fille** : pilosité, développement de la poitrine, élargissement des hanches…

Caractères sexuels secondaires chez le **garçon** : pilosité, mue de la voix, augmentation du volume des testicules…

3. a)

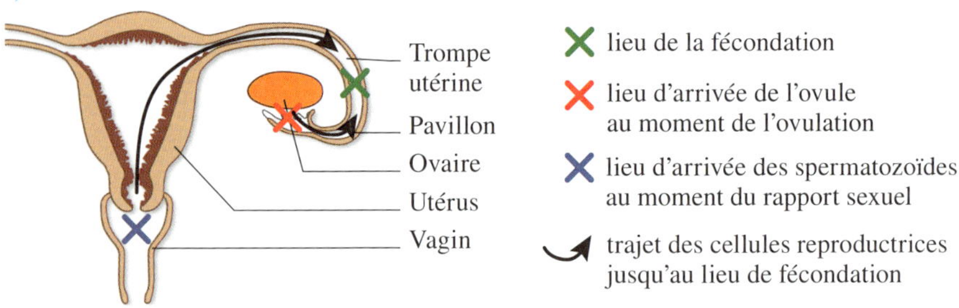

b) Une fécondation interne est, par définition, une **fécondation se déroulant à l'intérieur de l'appareil reproducteur féminin. La fécondation humaine ayant lieu dans les trompes utérines, il s'agit bien d'une fécondation interne.**

Sujet 24 Le corps humain et la santé

Exercice : 12 points

ÉNONCÉ Reproduction et sexualité

Document : Un traitement pour compenser le manque de testostérone

« Il n'existe pas de traitement qui guérisse complètement les manifestations de ce syndrome. […]

Dans la plupart des cas, le traitement consiste en une hormonothérapie* à base de testostérone qui devrait, de l'avis de certains médecins, être entreprise dès la puberté. […] Ce traitement administré régulièrement contribue au développement des caractéristiques masculines secondaires (pilosité, voix grave, développement de la musculature) et peut éviter le développement des seins. […] »

* Hormonothérapie : traitement par injection d'hormones.

D'après http://klinefelter.valentin-apac.org/articles.php?lng=fr&pq=6, lu et validé par le Dr Nicole MORICHON-DELVALLEZ (Hôpital Necker), article écrit le 22 janvier 2007.

Des parents consultent un médecin spécialiste pour leur fils atteint du syndrome de Klinefelter. Le médecin prescrit le traitement décrit dans le document ci-dessus.
En vous aidant de ces données et de celles extraites des deux documents du sujet 14, préciser les éléments qui ont permis d'élaborer le diagnostic et justifier le traitement prescrit par le médecin.
Un texte construit est attendu, il devra s'appuyer sur des arguments tirés des trois documents.

CORRIGÉ

Grâce au **document 1 du sujet 14**, nous voyons qu'un individu atteint du syndrome de Klinefelter a un caryotype anormal (3 chromosomes sexuels au lieu de 2, donc un nombre total de chromosomes de 47 au lieu de 46). De plus, un retard de puberté est visible ainsi qu'une anomalie dans le développement des caractères sexuels secondaires.

J'en déduis que le diagnostic de la maladie peut se faire par la réalisation d'un caryotype ou par l'observation du retard de puberté et des anomalies associées.

Grâce aux **documents 1 et 2 du sujet 14**, nous voyons que cette anomalie va entraîner un développement anormal et insuffisant des testicules ; or les testicules sont à l'origine de la synthèse de testostérone, hormone essentielle au déclenchement de la puberté et des caractères sexuels secondaires.

J'en déduis que ce syndrome entraîne une puberté tardive et anormale par manque de testostérone dans l'organisme.

Le traitement par injection de testostérone (**document du sujet 21**) se justifie car ces injections vont permettre d'atteindre une quantité de testostérone identique à celle d'un individu sain et donc permettre le déclenchement de la puberté et des caractères sexuels secondaires associés.

PHYSIQUE CHIMIE

Sujet 25

Organisation et transformations de la matière

Exercice : 14 points

ÉNONCÉ Constitution et états de la matière

1. Mesure du pH

Une solution aqueuse est un liquide contenant de l'eau et une substance dissoute. Elle peut être caractérisée par la mesure de son pH. On a mesuré le pH de quelques solutions se trouvant dans la cuisine.

Document 1 : pH de quelques solutions aqueuses.

Liquide	Lait	Vinaigre	Coca-cola	Eau minérale	Jus de tomate	Soude	Acide chlorhydrique	Eau de javel	Perrier	Ammoniaque
pH	6,5	2,4	2,6	7,0	3,8	13,0	1,8	13,2	5,2	12,0

Document 2 : Matériel pouvant être utilisé pour mesurer le pH.

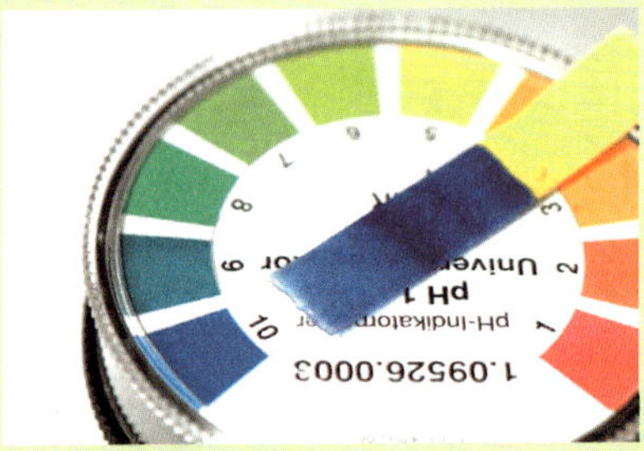

Papier pH et nuancier.

pH mètre.

a) À l'aide de vos connaissances, compléter l'échelle de pH ci-dessous en indiquant le nom des différentes zones de pH. Classer, dans un tableau, les liquides du document 1 en fonction de leur pH.

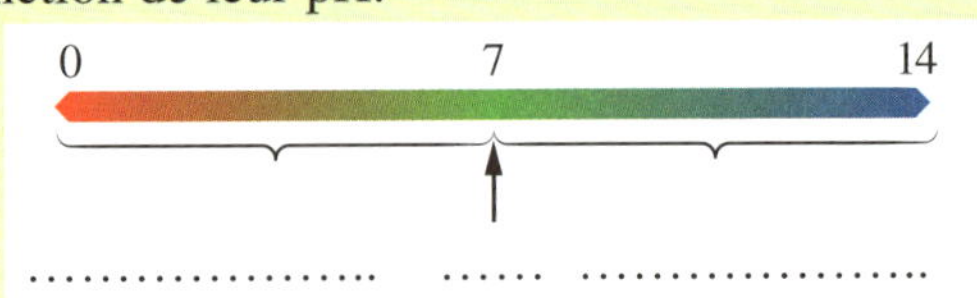

b) Les mesures du pH des solutions du document 1 ont-elles été obtenues en utilisant un papier indicateur de pH ? Argumenter la réponse.
c) Comment varient le pH et l'acidité d'une solution acide ? Classer les solutions acides du document 1 par acidité décroissante.

Document 3 : Modélisation de trois solutions aqueuses.

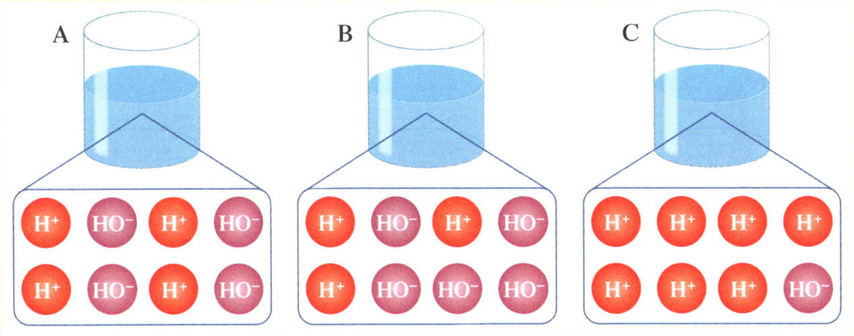

d) Nommer les deux ions représentés dans ces solutions.
e) Quelle modélisation correspond à une solution acide ? À une solution basique ? Justifier la réponse.

2. L'ammoniaque, dangereuse ou pas ?

L'ammoniaque est un produit utilisé comme détachant. Sur la bouteille figurent les informations suivantes :

Solution concentrée de pH = 12
Pour une utilisation domestique, réaliser une dilution en utilisant 50 mL de solution pour 1 litre de préparation.

a) Indiquer la signification des pictogrammes de danger.
b) Quelles précautions faut-il prendre pour utiliser ce produit ménager ?
c) Expliquer la méthode permettant de préparer 1 litre de solution diluée pour un usage domestique et indiquer le volume d'eau à utiliser.
d) Comment va évoluer le pH de l'ammoniaque lors de cette dilution ?

CORRIGÉ

1. a)

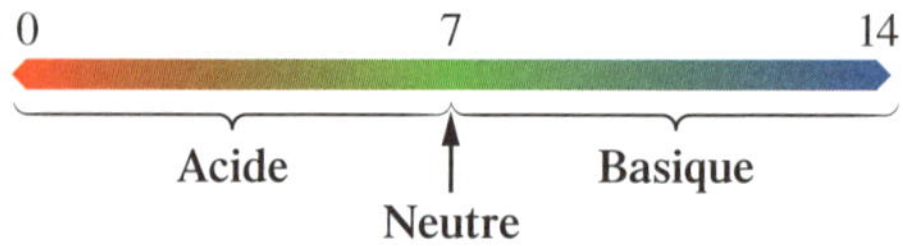

Acide	Neutre	Basique
Lait, vinaigre, Coca-cola, jus de tomate, acide chlorhydrique, Perrier	Eau minérale	Soude, eau de javel, ammoniaque

b) Les mesures sont précises au dixième. **Elles n'ont pas été obtenues avec le papier indicateur de pH** car ce dernier a une précision à l'unité. **Elles ont été obtenues avec le pH-mètre**.

c) **Le pH d'un acide diminue lorsque l'acidité augmente. Le liquide le plus acide est donc l'acide chlorhydrique** (pH = 1,8), **puis le vinaigre** (pH = 2,4), **le Coca-cola** (pH = 2,6), **le jus de tomate** (pH = 3,8), **le Perrier** (pH = 5,2) et enfin **le lait** (pH = 6,5).

d) **L'ion H^+ est l'ion hydrogène**. Il est responsable de l'acidité d'une solution.
L'ion HO^- est l'ion hydroxyde. Il est responsable de la basicité d'une solution.

e) Une solution acide contient d'avantage d'ions H^+ que d'ions HO^-. **La modélisation C représente donc une solution acide.**
Une solution basique contient d'avantage d'ions HO^- que d'ions H^+. **La modélisation B représente donc une solution basique.**

2. a) Les pictogrammes de danger signifient :
– Pictogramme 1 : **nocif - irritant**,
– Pictogramme 2 : **polluant**,
– Pictogramme 3 : **corrosif**.

b) Pour utiliser ce produit, il faut **se munir de gants** (pictogramme 4) et **de lunettes de protection** ou **d'un masque** (pictogramme 5).

c) Pour préparer 1 litre de solution diluée pour un usage domestique, **il faut prélever 50 mL de la solution en portant des gants et un masque, puis verser les 50 mL d'ammoniaque dans 950 mL d'eau.**

d) L'ammoniaque est une solution basique (pH = 12,0). Lors de la dilution, la solution va être moins basique, **son pH va donc diminuer et tendre vers 7**.

Organisation et transformations de la matière

Exercice : 7 points

ÉNONCÉ Constitution et états de la matière

Mission mains propres

Document 1 : Comment réduire les risques de transmission de la grippe.

Document 2 : La friction hydro-alcoolique.

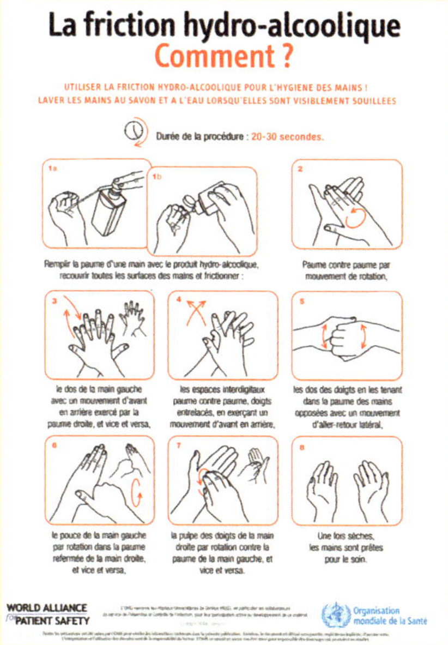

Document 3 : Comparaison des différentes techniques de désinfection des mains.

	Savon simple	Solution hydro-alcoolique
Composition	Hydroxyde de sodium Matière grasse	Alcool Eau
pH moyen	10 - 11	5 - 6
Durée de procédure	60 - 90 secondes	20 - 30 secondes
Utilisation	Nécessite un point d'eau saine	Directe
Élimination des micro-organismes pathogènes à la surface de la peau provenant d'une contamination (flore transitoire).	90 %	99,999 %
Élimination des micro-organismes implantés de façon permanente sur la peau (flore résidente)	Aucune action	99 %
Élimination des souillures	+	–
Irritation des mains	+	–

Document 4 : Description du film hydrolipidique.

À la surface de la peau se trouve une fine couche constituée de sébum (lipides) et d'eau : c'est le film hydrolipidique. Son pH est compris entre 4 et 5. Le rôle de ce film est de préserver l'hydratation de la peau et de la protéger contre les agressions extérieures. Ce manteau acide est un véritable bouclier protecteur. Pour le préserver, il faut privilégier l'utilisation de produits légèrement acides, voire neutres. Les produits basiques sont irritants pour la peau et peuvent abîmer ce film.

1. Comparer l'acidité moyenne d'un savon et d'une solution hydro-alcoolique et expliquer pourquoi l'action d'un savon est plus irritante sur les mains qu'une solution hydro-alcoolique.

2. Dans sa campagne de promotion de l'hygiène des mains, le ministère de la Santé a édité l'affiche ci-contre.
Utiliser les documents pour justifier les quatre adjectifs prônant l'utilisation de la friction hydro-alcoolique.

3. Dans quel cas l'OMS ne préconise-t-elle pas l'usage de la friction hydro-alcoolique ? Justifier la réponse.

CORRIGÉ

1. Une **solution hydro-alcoolique** (pH 5 à 6) est **acide car son pH est inférieur à 7**.
Un **savon simple** (ph 10 à 11) est **basique car son pH est supérieur à 7**.
La peau humaine est légèrement acide (pH 4 à 5). L'utilisation d'un savon (basique) peut donc entraîner une irritation de la peau et détériorer le film hydrolipidique.
2. La friction hydro-alcoolique est **plus simple que l'utilisation de savon car elle ne nécessite pas d'eau potable ni d'équipement**.
Elle est **plus rapide car pour être efficace la friction doit durer 20 à 30 secondes alors qu'un lavage au savon doit durer 60 à 90 secondes**.
Elle est **plus efficace car elle élimine les micro-organismes pathogènes à 99,999 % alors qu'avec le savon l'élimination n'est que de 90 %.**
Elle est **plus tolérée car elle est moins irritante pour les mains que le savon**.
3. L'OMS ne préconise pas l'usage de la friction hydro-alcoolique pour l'**élimination des souillures** car les solutions hydro-alcooliques ne sont pas efficaces. Pour éliminer les souillures, il faut privilégier le lavage des mains au savon.

Sujet 27

Organisation et transformations de la matière

Exercice : 8 points

ÉNONCÉ Constitution et états de la matière

Étude d'une solution hydro-alcoolique

Les hôpitaux et les lieux accueillant du public sont équipés de distributeurs de solutions hydro-alcooliques. On se propose d'étudier la composition d'une de ces solutions.

Document 1 : Composition d'un flacon de 1000 mL de la solution hydro-alcoolique BactiGel.
Éthanol : 735 mL – Eau : 252 mL – Colorant : 13 mL – pH = 5 à 6

Document 2 : Caractéristiques de l'éthanol.

Formule chimique : C_2H_6O
Température de fusion : –114 °C
Température d'ébullition : 78,34 °C
Masse volumique : 789 g/L

1. La solution hydro-alcoolique BactiGel est-elle un corps pur ou un mélange ? Justifier la réponse.
2. Donner la composition de la molécule d'éthanol.
3. Quelle est la signification du pictogramme de danger ?
4. Noter les températures de fusion et d'ébullition sur l'axe des températures en annexe 1 et indiquer les états de l'éthanol.
5. a) Rappeler l'expression de la masse volumique ρ d'un corps en fonction de sa masse *m* et de son volume *V*.
b) Calculer la masse d'éthanol contenue dans la solution hydro-alcoolique BactiGel.
6. Quelle masse, en kilogramme, d'éthanol doit-on utiliser pour fabriquer 5 litres de solution BactiGel ? On donnera la valeur de la masse arrondie au dixième.

CORRIGÉ

1. La solution hydro-alcoolique BactiGel est un **mélange** car **elle contient trois constituants différents : l'éthanol, l'eau et un colorant**.
2. La molécule d'éthanol a pour formule $\mathbf{C_2H_6O}$. Elle contient 2 atomes de carbone, 6 atomes d'hydrogène et un atome d'oxygène.
3. Le pictogramme de danger de la solution signifie « **Substance inflammable** ».
4.

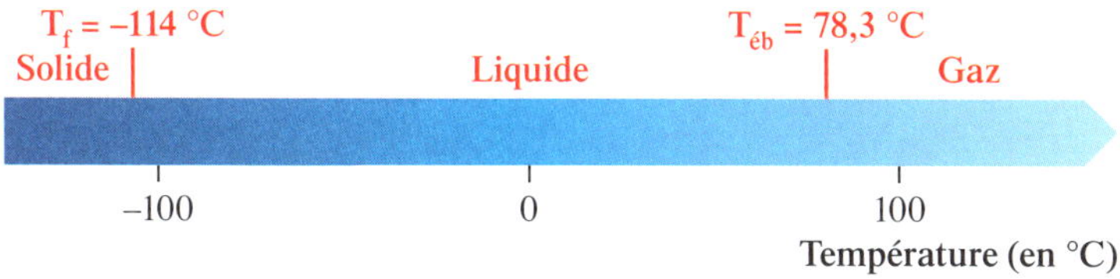

5. a) $\rho = \frac{m}{V}$ avec m en gramme, ρ en gramme par litre et V en litre.
b) ρ = 789 g/L et V = 735 mL = 0,735 L.
m = 789 × 0,735, soit $m \approx$ **579,9 grammes**.
6. Pour obtenir 5 litres de solution, il faut donc une masse de :
m = 5 × 579,9 = 2 899,6 grammes, soit **2,9 kg.**

Sujet 28

Organisation et transformations de la matière

Exercice : 14 points

ÉNONCÉ Les transformations chimiques

L'acide acétylsalicylique est plus connu sous le nom d'aspirine. C'est la substance active de nombreux médicaments utilisés dans les traitements de la douleur (antalgique), de la fièvre (antipyrétique) et des inflammations (anti-inflammatoire). En France, plus de 200 médicaments commercialisés contiennent de l'aspirine.

Document 1 : Description de l'aspirine

Formule de l'aspirine : $C_9H_8O_4$

Document 2 : Système digestif

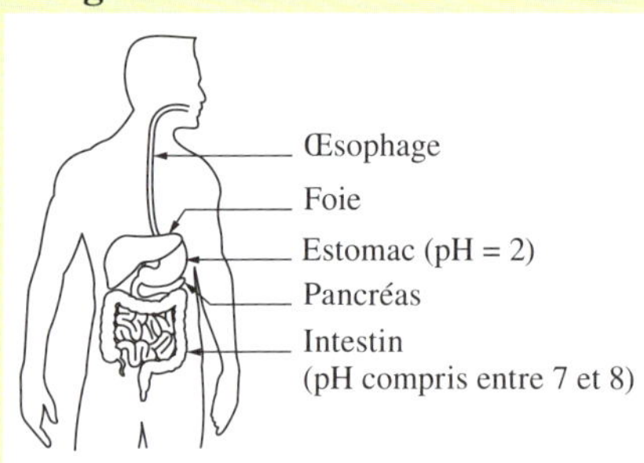

Pour certains traitements médicaux particuliers, le médecin prescrit des gélules d'aspirine gastrorésistantes afin que l'absorption de la substance active se fasse au niveau de l'intestin plutôt qu'au niveau de l'estomac. Comme leur nom l'indique, les gélules gastrorésistantes résistent à l'acidité de l'estomac, dite acidité gastrique, grâce à la pellicule spécifique dont elles sont enrobées.

1. Indiquer le nombre d'atomes d'oxygène présents dans la molécule d'aspirine.

2. En exploitant le document 2, proposer un protocole expérimental permettant de prouver qu'une gélule d'aspirine gastrorésistante résiste à l'acidité gastrique. On pourra formuler la réponse sous forme de texte et/ou de schémas.

CORRIGÉ

1. La formule chimique de la molécule d'aspirine est $C_9H_8O_4$. Le symbole chimique de l'atome d'oxygène est O. Le coefficient placé à droite du symbole est le chiffre 4. **La molécule contient donc quatre atomes d'oxygène.**

2. *Le protocole expérimental doit permettre de prouver que la gélule résiste à l'acidité gastrique. L'estomac et l'intestin n'ont pas le même pH (document 1). Il faut donc réaliser deux expériences afin de simuler ces deux milieux. Une solution d'acide chlorhydrique dilué (pH = 2, solution acide) permettra de simuler le milieu de l'estomac. Une solution de soude diluée (pH = 7-8, solution légèrement basique) permettra de simuler le milieu de l'intestin.*

Matériel :

2 béchers

2 gélules gastrorésistantes

Solution d'acide chlorhydrique dilué

Solution de soude diluée

Protocole :

Mesurer le pH des deux solutions à l'aide de papier pH afin de vérifier leur pH.

Verser dans un bécher 50 mL d'une solution d'acide chlorhydrique dilué simulant ainsi le milieu de l'estomac.

Verser dans le second bécher 50 mL d'une solution de soude diluée simulant le milieu de l'intestin.

Placer une gélule gastrorésistante dans chaque bécher.

Attendre quelques minutes et observer.

Résultats attendus :

Dans le bécher contenant la solution simulant l'estomac, la gélule ne se dissout pas.

Dans le bécher contenant la solution simulant l'intestin, la gélule se dissout.

La gélule ne se dissout pas lors de son passage dans l'estomac alors qu'elle se dissout bien dans l'intestin. La gélule est bien gastrorésistante.

Schémas : voir page suivante.

Schémas :

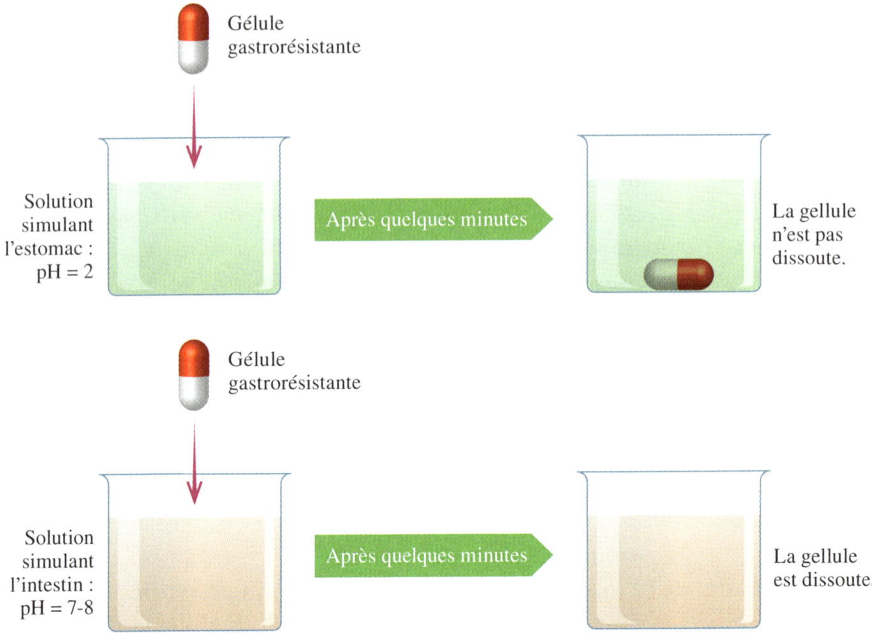
Gélule
gastrorésistante
Solution
simulant
l'estomac :
pH = 2
Après quelques minutes
La gellule
n'est pas
dissoute.
Gélule
gastrorésistante
Solution
simulant
l'intestin :
pH = 7-8
Après quelques minutes
La gellule
est dissoute.

Sujet 29

Organisation et transformations de la matière

Exercice : 9 points

ÉNONCÉ Les transformations chimiques

En cas de fièvre, il est recommandé d'ingérer 500 mg d'aspirine, sous la forme d'un comprimé à dissoudre au préalable dans un grand verre d'eau.

Document 1 : Solubilité de l'aspirine

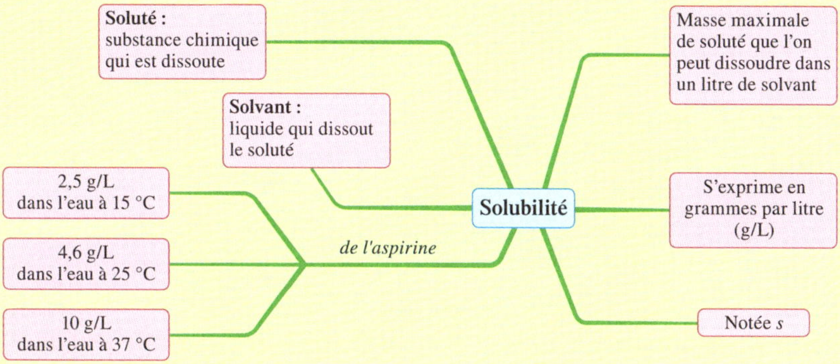

Document 2 : Dissolution

La dissolution est le processus par lequel une substance solide ou gazeuse mise au contact d'un liquide passe en solution. Par exemple, la dissolution du sel dans l'eau permet d'obtenir de l'eau salée.

Exploiter les documents afin de déterminer le volume d'eau minimal nécessaire à la dissolution du comprimé. Commenter le résultat.

CORRIGÉ

Il faut déterminer le volume minimal d'eau nécessaire permettant de dissoudre le comprimé d'aspirine. Le document 2 indique la solubilité de l'aspirine selon la température de l'eau.

Pour déterminer le volume minimal, on pourrait utiliser l'eau à 37 °C (car la valeur de la solubilité de l'aspirine y est plus importante) mais, dans la réalité, on ne boit pas l'eau à cette température. On va donc calculer le volume nécessaire pour dissoudre le cachet en prenant l'eau à 15 °C (température de l'eau du robinet) en le précisant.

Pour la prise de ce médicament, on va utiliser de l'eau du robinet (ou de l'eau en bouteille). Sa température est voisine de 15 °C.

Pour une eau à 15 °C, la solubilité de l'aspirine est de 2,5 g/L.

Cela revient à dire que 1 litre d'eau permet de dissoudre une masse de 2,5 g.

Le cachet a une masse m = 500 mg (milligrammes), soit 500/1 000 = 0,5 g.

On effectue un produit en croix :

1 L	2,5 g
V	0,5 g

On cherche V.

$V = (1 \times 0{,}5) / 2{,}5 = 0{,}2$ L, soit $0{,}2 \times 1\,000 = 200$ mL.

Le volume d'eau minimal à utiliser pour une eau à 15 °C est de 200 millilitres, soit un grand verre d'eau !

Sujet 30

Organisation et transformations de la matière

Exercice : 5 points

ÉNONCÉ Les transformations chimiques

On étudie la réaction de combustion ayant lieu dans le circuit primaire d'une centrale thermique utilisant le gaz naturel, composé essentiellement de méthane CH_4. Le méthane réagit avec le dioxygène O_2 de l'air pour former du dioxyde de carbone CO_2 et de l'eau H_2O, selon l'équation de réaction :

$$CH_4 + 2\ O_2 \rightarrow CO_2 + 2\ H_2O$$

1. Nommer le gaz participant à l'effet de serre produit lors de cette transformation chimique.

2. Lorsqu'on brûle 6×10^{22} molécules de méthane de manière complète :

a) Combien de molécules de dioxygène sont nécessaires ? Expliquer.

b) Combien de molécules de dioxyde de carbone sont formées ? Expliquer.

CORRIGÉ

1. Dans cette question, on cherche un gaz produit lors de la combustion et participant à l'effet de serre. Sa formule se situe donc du côté droit de l'équation de réaction. Le dioxyde de carbone (CO_2) est le principal (en quantité) gaz à effet de serre produit par les activités humaines.

Le gaz participant à l'effet de serre est le dioxyde de carbone, de formule chimique CO_2.

Remarque : La vapeur d'eau, de formule chimique H_2O, n'est pas prise en compte comme gaz à effet de serre lié aux activités humaines car le rejet de vapeur d'eau dû aux activités humaines est marginal dans le cycle global de l'eau de notre planète.

2. *Pour répondre à ces questions, il faut utiliser les coefficients stœchiométriques situés devant les formules chimiques dans l'équation de réaction :*

$$CH_4 + 2\ O_2 \rightarrow CO_2 + 2\ H_2O.$$

Cette équation peut se lire de la manière suivante : « Pour brûler une molécule de méthane CH_4, il faut deux molécules de dioxygène O_2. Il se forme alors une molécule de dioxyde de carbone CO_2 et deux molécules d'eau H_2O. »

a) Il faut deux fois plus de dioxygène que de méthane. Si on utilise 6×10^{22} molécules de méthane, il faut donc $2 \times 6 \times 10^{22}$ molécules de dioxygène, soit **12×10^{22} molécules (ou $1,2 \times 10^{23}$ molécules) de dioxygène**.

b) Pour chaque molécule de méthane utilisée, il se forme une molécule de dioxyde de carbone. Si on utilise 6×10^{22} molécules de méthane, il se forme donc **6×10^{22} molécules de dioxyde de carbone**.

Sujet 31 — Organisation et transformations de la matière

Exercice : 10 points

ÉNONCÉ Les transformations chimiques

Utiliser l'acide chlorhydrique pour identifier un métal

Pour identifier un métal, un groupe d'élèves effectue successivement les expériences ci-dessous.

Expérience 1 : On introduit un morceau du métal inconnu dans un tube à essais contenant 5 mL d'acide chlorhydrique. Il se forme alors un gaz qui produit une détonation en présence d'une flamme. Après réaction, le métal a totalement disparu.

Expérience 2 : On prélève 1 mL de la solution que l'on verse dans un tube puis on ajoute 5 mL d'eau.

Expérience 3 : On verse quelques gouttes de soude dans la solution diluée. Il se forme un précipité vert.

Document : Tableaux d'identification de quelques espèces chimiques.

Ions	Fe^{3+}	Al^{3+}	Fe^{2+}	Cu^{2+}	Zn^{2+}
Couleur du précipité obtenu par le test à la soude	orange	blanc	vert	bleu	blanc

Molécules	**Eau**	**Dioxygène**	**Dihydrogène**	**Dioxyde de carbone**
Test de reconnaissance	Bleuit le sulfate de cuivre anhydre.	Ravive la combustion d'une buchette incandescente.	Produit une détonation en présence d'une flamme.	Trouble l'eau de chaux.

a) Donner le nom et la formule chimique du gaz formé lors de l'expérience 1.

b) Utiliser le compte-rendu expérimental pour identifier la nature du métal utilisé.

c) *« Après réaction, le métal a totalement disparu. »* Sous quelle forme se trouve le métal après réaction ? Qu'a-t-il perdu ? Utiliser vos connaissances pour expliquer cette transformation.

d) Nommer les réactifs et les produits formés lors de l'expérience 1. Écrire le bilan de cette transformation chimique puis l'équation de la réaction.

CORRIGÉ

a) Le gaz formé produit une détonation en présence d'une flamme. Il s'agit du **dihydrogène, de formule chimique H_2.**

b) Le test à la soude fait apparaître un précipité vert. Il met en évidence la présence des ions Fer II. **Le métal utilisé est donc du fer.**

c) Après réaction, le métal a totalement disparu. **Il se trouve sous la forme d'ion Fer II. Lors de cette transformation chimique, le métal fer a perdu deux électrons pour former l'ion Fe^{2+}.**

d) **Réactifs :** acide chlorhydrique et métal fer.

Produits formés : dihydrogène et ions Fer II.

Acide chlorhydrique	**+ fer**	$\mapsto$	**dihydrogène**	**+**	**ion fer II**
$2H^+$	**+ Fe**	$\mapsto$	H_2	**+**	Fe^{2+}

Sujet 32

Organisation et transformations de la matière

Exercice : 11 points

PHYSIQUE - CHIMIE

ÉNONCÉ Les transformations chimiques

Réalisation d'un aquarium récifal

Document 1 : Pesée du prélèvement effectué en mer Méditerranée.

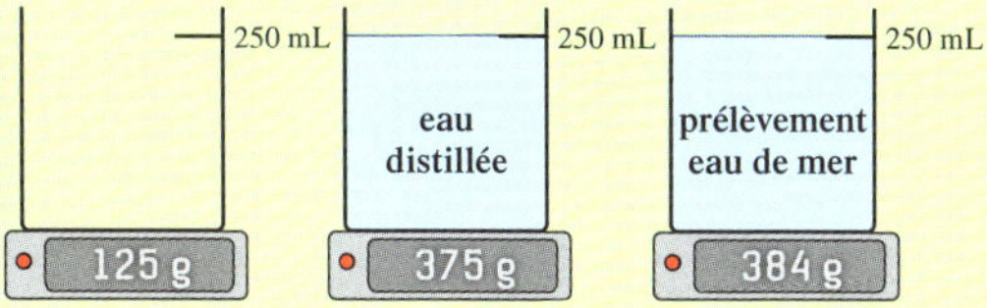

Une eau distillée est quasi pure. Elle ne contient que des molécules d'eau.

Document 2 : Caractéristiques de l'aquarium récifal.

– Volume total : 250 L d'eau salée.
– Éclairage : 540 W, 12 h par jour.
– Résistance chauffante de 270 W pour maintenir une température de 25 °C, fonctionnement 8 h par jour.

Document 3 : Test à la flamme des ions.
Tremper un fil de fer dans la solution contenant l'ion à identifier. La flamme va prendre une couleur caractéristique de chaque ion.

Ion	Cuivre (Cu^{2+}) vert /bleu	Baryum (Ba^{2+}) vert pâle /jaune	Strontium (Sr^{2+}) rouge	Calcium (Ca^{2+}) orangé -rouge	Potassium (K^{+}) lilas	Lithium (Li^{+}) rose fuchsia	Sodium (Na^{+}) jaune orangé
Couleur de la flamme							

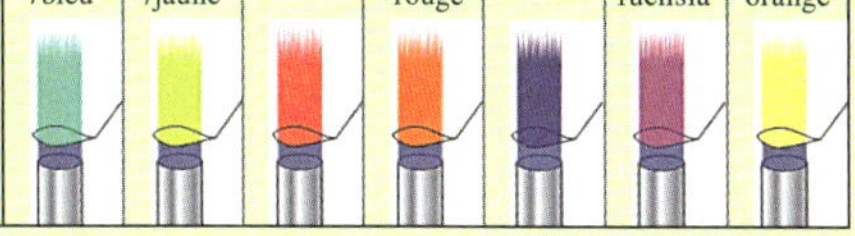

Document 4 : Présence des ions dans l'eau de mer en %.

Nom de l'ion	Formule	%
Ion chlorure	Cl^-	55
Ion sodium	Na^+	30,6
Ion sulfate	SO_4^{2-}	7,7
Ion magnésium	Mg^{2+}	3,7
Ion calcium	Ca^{2+}	1,2
Ion potassium	K^+	1,1
Autres ions		0,7

Document 5 : Test des ions par précipitation.

Ions	Fe^{2+}	Fe^{3+}	Cu^{2+}	Zn^{2+}	Cl^-	Ca^{2+}	Mg^{2+}	SO_4^{2-}
Réactif utilisé	Soude	Soude	Soude	Soude	Nitrate d'argent	Oxalate d'ammonium	Oxalate d'ammonium	Chlorure de baryum
Couleur du précipité	Vert	Orange	Bleu	Blanc	Blanc	Blanc	Blanc	Blanc

1. Utiliser les documents afin de déterminer la salinité du prélèvement d'eau de la mer Méditerranée.

2. Calculer la masse de sel que doit contenir l'aquarium récifal pour qu'il possède la même salinité que le prélèvement.
3. Quels ions sont libérés lors de la dissolution du sel dans l'eau ? Utiliser vos connaissances pour expliquer la formation de ces ions.
4. Proposer un protocole expérimental permettant de prouver la présence de ces ions dans l'eau de l'aquarium récifal.
5. L'énergie E consommée par un appareil électrique est égale au produit de la puissance P (en watt) reçue par cet appareil par la durée de fonctionnement (en heure). Transformer cette définition en une égalité mathématique, puis calculer l'énergie consommée par l'aquarium en une journée.

CORRIGÉ

1. L'eau distillée ne contient pas d'ions. L'eau de la mer Méditerranée contient majoritairement du sel. En faisant la différence entre la masse de 250 mL d'eau de mer et la masse de 250 mL d'eau distillée, on en déduit la masse de sel dans les 250 mL d'eau du prélévement.

$m = 384 - 375 = 9$ grammes de sel dans 250 mL d'eau.

Dans un litre, il y a donc $4 \times 9 = 36$ grammes.

La salinité du prélèvement est de 36 grammes par litre.

2. L'aquarium a une contenance de 250 litres.

Il faut donc dissoudre $36 \times 250 = 9\,000$ grammes, soit **9 kg de sel dans l'aquarium**.

3. Le sel (chlorure de sodium) a pour formule chimique NaCl.

Lors de la dissolution, il libère des **ions sodium Na^+ et des ions chlorure Cl^-.**

L'ion sodium provient d'un atome de sodium qui a perdu un électron :

$Na \rightarrow Na^+ + 1\ e^-$.

L'ion chlorure provient d'un atome de chlore qui a gagné un électron :

$Cl + 1e^- \rightarrow Cl^-$.

4. **On utilise le test des ions par précipitation (document 5).** On verse un peu d'eau de l'aquarium dans un tube à essais puis on ajoute quelques gouttes de nitrate d'argent. L'ion chlorure réagit avec le nitrate d'argent. **Il se forme alors un précipité blanc qui prouve la présence des ions chlorure dans l'échantillon.**

On utilise le test à la flamme des ions (document 3). On plonge un fil de fer dans l'eau de l'aquarium et on place le fil dans une flamme. **La flamme va prendre une couleur jaune orangé qui prouve la présence des ions sodium dans l'échantillon.**

5. $\boldsymbol{E = P \times t}$.

$E_{\text{éclairage}} = 540 \times 12 = 6\,480$ W

$E_{\text{chauffage}} = 270 \times 8 = 2\,160$ W

$E_{\text{totale}} = E_{\text{éclairage}} + E_{\text{chauffage}}$

$E_{\text{totale}} = 6\,480 + 2\,160 = 8\,640$ W

L'énergie consommée par l'aquarium en une journée est de 8 640 watts.

Sujet 33

Organisation et transformations de la matière

Exercice : 11 points

ÉNONCÉ Organisation de la matière dans l'univers

Un métal inconnu

Un chasseur de trésor a trouvé une chevalière – une sorte de bague. Cet objet est en métal, c'est sûr ! Mais est-ce de l'or ? Pour le savoir, il pèse l'objet : 48,25 g. Il réalise ensuite une expérience très simple. Il immerge la bague dans une éprouvette contenant 50,0 mL d'eau. Après immersion, le volume de l'éprouvette est de 52,5 mL.

Masses volumiques de quelques métaux :
ρ_{cuivre} : 8,9 g/cm^3
$\rho_{platine}$: 21,45 g/cm^3
ρ_{or} : 19,3 g/cm^3
ρ_{plomb} : 11,35 g/cm^3
$\rho_{aluminium}$: 2,7 g/cm^3

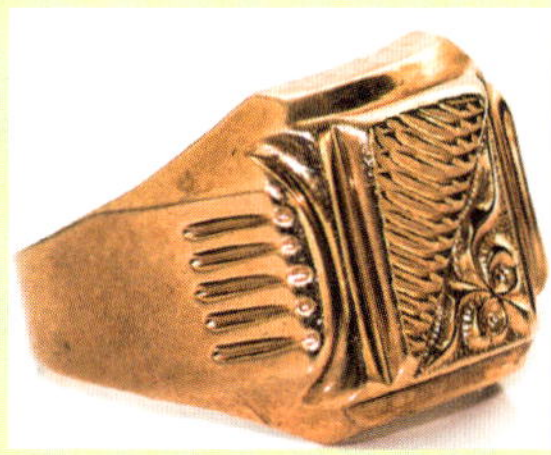

1. Utiliser les données expérimentales pour déterminer la nature du métal constituant ce bijou.

2. Après une analyse plus fine, il s'avère que l'objet est bien en or. Le chasseur décide d'en savoir un peu plus sur ce métal et trouve les renseignements suivants sur Internet.
Proposer une modélisation d'un atome d'or en indiquant le nombre, le nom et la charge électrique de ses constituants.

Or
Élément chimique
L'or est un élément chimique de symbole Au et de numéro atomique 79. Il s'agit d'un métal précieux très recherché et apprécié sous forme de parures ou de pièces de monnaie depuis l'aube des temps historiques.
Wikipédia
Symbole : Au
Point de fusion : 1 064 °C
Numéro atomique : 79
Masse d'un atome : $3,27 \times 10^{-22}$ g

3. Donner un ordre de grandeur du diamètre de l'atome d'or.

4. Utiliser ce modèle pour justifier l'affirmation : « Un atome d'or est électriquement neutre. »

5. Qu'arrive-t-il au métal si on le chauffe à 1 000 °C ? Justifier sa réponse.

6. Calculer le nombre d'atomes que contient la chevalière.

CORRIGÉ

1. La bague est plongée dans une éprouvette contenant 50,0 mL d'eau. Après immersion, le volume est de 52,5 mL. Le volume de la bague est donc de :
$V = 52{,}5 - 50{,}0 = 2{,}5$ mL soit 2,5 cm^3.
On connaît la masse et le volume de la bague. On peut donc calculer sa masse volumique ρ :

$\rho = \frac{m}{V}$; $\rho = \frac{48{,}25}{2{,}5}$; $\rho = 19{,}3$ g/cm^3.

Cette masse volumique correspond à la masse volumique de l'or. On peut en conclure que **la bague est en or.**

2. Modélisation d'un atome d'or :

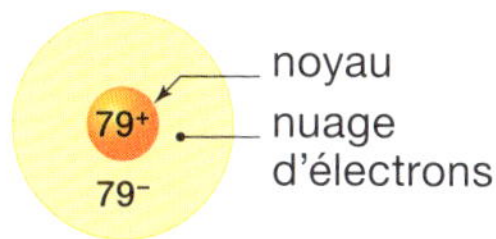

Le noyau contient 79 protons (de charge positive) et le nuage d'électrons contient 79 électrons (de charge négative).

3. L'ordre de grandeur du diamètre de l'atome d'or est de **10^{-10} mètre**.

4. L'atome d'or est électriquement neutre, car il contient **autant de protons (de charge positive) dans son noyau que d'électrons (négatifs) dans son nuage d'électrons.**

5. La température de fusion de l'or est de 1 064 °C. Cela signifie que, à 1 064 °C, l'or commence à fondre (il devient liquide). **À la température de 1 000 °C, l'or reste donc solide.**

6. La chevalière pèse 48,25 grammes. Un atome d'or pèse $3{,}27 \times 10^{-22}$ gramme.
Le nombre d'atomes d'or contenus dans la bague s'obtient par le rapport de la masse de la bague par la masse d'un atome d'or :

$\text{Nb atomes} = \frac{\text{masse bague}}{\text{masse d'un atome}}$; $\text{Nb atomes} = \frac{48{,}25}{3{,}27 \times 10^{-22}}$;

Nb atomes ≈ $1{,}48 \times 10^{23}$ atomes.

Sujet 34

Organisation et transformations de la matière

Exercice : 12 points

ÉNONCÉ Constitution et états de la matière

Coloration de l'ADN

Le vert de méthyle acétique est une solution qui peut être utilisée pour colorer les noyaux, les chromosomes et l'ADN. On se propose d'étudier les constituants de ce colorant ainsi que le protocole permettant de l'obtenir.

Document 1 : Protocole permettant d'obtenir 100 mL de vert de méthyle acétique.

Préparer une solution contenant 55 mL d'eau distillée et 45 mL d'acide acétique.

Peser 1 g de vert de méthyle en poudre.

Dissoudre le vert de méthyle dans la solution.

Document 2 : Données chimiques.

– Vert de méthyle : $C_{26}H_{33}Cl_2N_3$, $ZnCl_2$

– Acide acétique : $C_2H_4O_2$

– T_{fusion} : 16,64 °C , $T_{ébullition}$: 117,9 °C

– Miscible avec l'eau

– Insoluble dans le disulfure de carbone

Document 3 : Pictogrammes de danger et de sécurité du vert de méthyle acétique.

Document 4 : Extrait de la classification périodique des éléments indiquant le numéro atomique.

1 H Hydrogène							2 He Hélium
3 Li Lithium	4 Be Béryllium	5 B Bore	6 C Carbone	7 N Azote	8 O Oxygène	9 F Fluor	10 Ne Néon
11 Na Sodium	12 Mg Magnésium	13 Al Aluminium	14 Si Silicium	15 P Phosphore	16 S Soufre	17 Cl Chlore	18 Ar Argon

1. Étude des constituants de la solution

a) Donner la composition de la molécule d'acide acétique.

b) Utiliser les documents et vos connaissances pour compléter le tableau suivant.

Nom de l'atome				
Symbole	C	H	N	O
Modélisation				
Numéro atomique				
Nombre de charges positives contenues dans le noyau				
Nombre d'électrons contenus dans le nuage électronique				

c) En vous aidant du tableau précédent, justifier l'affirmation : « Un atome est électriquement neutre. »

d) Proposer une modélisation de l'atome de carbone.

e) Parmi les 4 modèles moléculaires proposés ci-dessous, lequel représente la molécule d'acide acétique ? Justifier la réponse.

Modèle A	**Modèle B**	**Modèle C**	**Modèle D**
		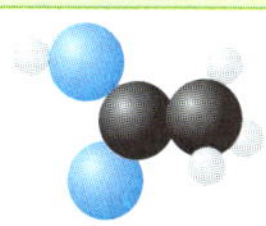	

2. Préparation du vert de méthyle

a) Établir la liste du matériel nécessaire à la préparation du vert de méthyle acétique.

b) Le vert de méthyle acétique est-il un corps pur ou un mélange ? Justifier la réponse.

c) Décrire les pictogrammes de danger et de sécurité du vert de méthyle acétique.

d) Expliquer l'indication « miscible avec l'eau » figurant dans les données de l'acide acétique.

e) Calculer la masse de poudre de vert de méthyle nécessaire pour réaliser 150 mL de vert de méthyle acétique.

CORRIGÉ

1. a) La molécule d'acide acétique a pour formule $C_2H_4O_2$. L'acide acétique contient 2 atomes de carbone, 4 atomes d'hydrogène et 2 atomes d'oxygène.

b)

Nom de l'atome	Carbone	Hydro-gène	Azote	Oxygène
Symbole	C	H	N	O
Modélisation	●	●	●	●
Numéro atomique	6	1	7	8
Nombre de charges positives contenues dans le noyau	6	1	7	8
Nombre d'électrons contenus dans le nuage électronique	6	1	7	8

c) Un atome est électriquement neutre **car il contient autant de charges positives dans son noyau que d'électrons (négatifs) dans son nuage d'électrons**.

d) L'atome de carbone contient 6 charges positives dans son noyau et 6 électrons dans son nuage électronique.

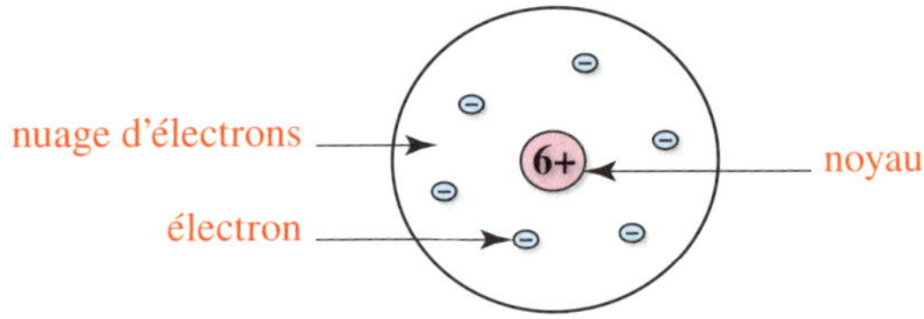

e) Le modèle moléculaire qui représente la molécule d'acide acétique est le **modèle B** car il contient 2 atomes de carbone, 4 atomes d'hydrogène et 2 atomes d'oxygène.

2. a) La préparation du vert de méthyle acétique nécessite :
- balance, coupelle, spatule ;
- eau distillée ;
- vert de méthyle en poudre ;
- éprouvette graduée, béchers ;
- acide acétique.

b) Le vert de méthyle acétique est **un mélange** car il contient **trois substances différentes** : eau distillée, acide acétique et vert de méthyle en poudre.

c) Le vert de méthyle acétique est **nocif** et **irritant**. Il nécessite le **port de lunettes et de gants**.

d) L'acide acétique et l'eau sont miscibles. **Cela signifie qu'ils forment un mélange homogène**.

e) Pour réaliser 100 mL de vert de méthyle acétique, il faut 1g de vert de méthyle. Pour réaliser 150 mL de vert de méthyle acétique, il faut donc **1,5 g de vert de méthyle**.

Sujet 35

Organisation et transformations de la matière

Exercice : 22,5 points

ÉNONCÉ Constitution et états de la matière

Conservation du lait

Source de calcium et de vitamines, le lait est un aliment complet, mais c'est un produit fragile. Dès la traite, on instaure une chaîne du froid pour le conserver.

Partie 1 : Étude physico-chimique d'un lait

Le lait est un mélange (émulsion) de matières grasses (lipides) dans l'eau.

Document 1 : Caractéristiques du lait étudié

Les masses de constituants sont données pour 100 g de lait.

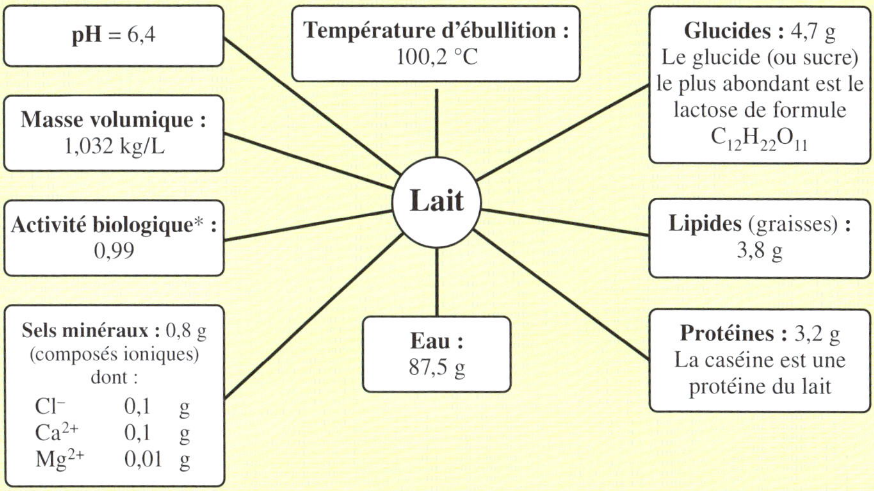

* Pour information, plus l'activité biologique est proche de 1, plus le risque de développement de micro-organismes est élevé.

1. Indiquer la composition atomique de la molécule de lactose.

2. D'après la réglementation sanitaire européenne, la conservation des produits alimentaires est autorisée à température ambiante quand l'une des trois conditions suivantes est vérifiée :

– activité biologique $< 0,91$;

– pH $< 4,5$;

– activité biologique $< 0{,}95$ et pH $< 5{,}2$.
Expliquer pourquoi le lait étudié doit être conservé au froid.

3. La poudre de lait est fabriquée en évaporant totalement l'eau contenue dans le lait.
a. Déterminer la masse de poudre de lait qu'il est possible d'obtenir à partir d'un kilogramme du lait étudié.
b. On fabrique de la poudre de lait à partir d'un litre du lait étudié.
Expliquer sans calcul si la masse de poudre de lait obtenue est inférieure, identique ou supérieure à la valeur trouvée à la question **1**.

Partie 2 : Analyse du lactosérum

L'une des méthodes les plus anciennes de conservation du lait est la fabrication de fromage. Le lait cru subit alors une chaîne de transformation (document 2). Il faut séparer la phase aqueuse du lait, appelée lactosérum, du caillé. Le caillé est ensuite traité séparément pour être transformé en fromage.

Document 2 : Chaîne de transformation du lait cru

Écrémage : Laissé au repos, le lait se sépare en deux couches. La crème remonte à la surface. Le liquide restant constitue le lait écrémé.

Coagulation : On amène le pH du lait écrémé à la valeur de 4,6. Un solide insoluble dans l'eau se dépose au fond du récipient, c'est le caillé. Le liquide qui surnage est appelé lactosérum. Il est constitué d'eau, de lactose, de sels minéraux et de quelques protéines solubles dans l'eau.

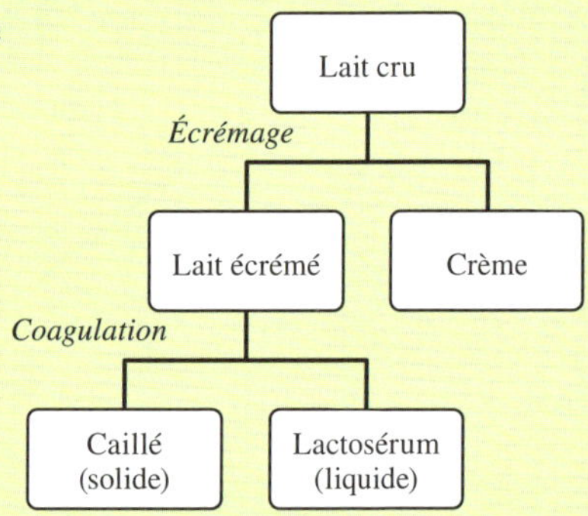

4. En exploitant le document 2, expliquer pourquoi on peut faire l'hypothèse que le lactosérum est acide.

5. En utilisant le document 3, proposer un protocole expérimental permettant de prouver la présence d'ions chlorure dans le lactosérum. On pourra formuler la réponse sous forme de texte et/ou de schémas.

Document 3 : Quelques tests d'identification d'ions

Ion testé	Ion magnésium Mg^{2+}	Ion chlorure Cl^-	Ion calcium Ca^{2+}
Réactif	Solution d'hydroxyde de sodium	Solution de nitrate d'argent	Solution d'oxalate de sodium
Couleur du solide (précipité) obtenu	Blanc	Blanc noircissant à la lumière	Blanc

CORRIGÉ

1. Le document 1 nous donne la formule chimique de la molécule de lactose $C_{12}H_{22}O_{11}$.
Dans cette formule chimique, chaque lettre indique le symbole chimique d'un atome. Le nombre en indice indique le nombre d'atomes présent dans la molécule.

La molécule de lactose contient donc :
– 12 atomes de carbone (de symbole chimique C) ;
– 22 atomes d'hydrogène (de symbole chimique H) ;
– 11 atomes d'oxygène (de symbole chimique O).

2. Pour que le lait puisse être conservé à température ambiante il faut qu'il réponde à l'une des trois conditions de la règlementation. Pour répondre à cette question il faut donc comparer les informations du document 1 avec ces conditions.
Numérotons les conditions :
– condition 1 : activité biologique $< 0{,}91$;
– condition 2 : pH $< 4{,}5$;
– condition 3 : activité biologique $< 0{,}95$ et pH $< 5{,}2$.

L'activité biologique du lait est de 0,99. Elle est supérieure à celle de la condition 1 et de la condition 3. Les conditions 1 et 3 ne sont pas vérifiées.
Le pH du lait est de 6,4. Il est supérieur à celui de la condition 2 (pH $< 4{,}5$). La condition 2 n'est pas vérifiée.
Aucune des trois conditions n'est vérifiée. Le lait ne peut donc pas être conservé à température ambiante. Il doit donc être conservé à froid.

3. a. Le document 1 donne les masses des différents constituants pour 100 grammes de lait.
100 grammes de lait contiennent 87,5 grammes d'eau
et donc $100 - 87{,}5 = 12{,}5$ grammes de matière sèche (poudre de lait).
$1\ \text{kg} = 1\,000\ \text{g} = 10 \times 100\ \text{g}$
Dans un kilogramme de lait, on pourra donc obtenir dix fois plus, soit :
$10 \times 12{,}5 = 125$ g de poudre.
La masse de poudre de lait qu'il est possible d'obtenir à partir d'un kilogramme du lait étudié est de 125 grammes.

b. Pour répondre à cette question il faut utiliser la masse volumique du lait qui est donnée dans le document 1.
La masse volumique du lait est de 1,032 kg/L.
Un litre de lait pèse donc 1,032 kg.
La masse de poudre de lait obtenue avec 1 litre de lait (masse 1,032 kg) sera donc supérieure à celle obtenue avec 1 kg de lait.

4. Le document 2 présente la chaîne de transformation du lait cru. Le lait subit un écrémage puis une coagulation.
Lors de la coagulation, le pH du lait écrémé est amené à pH = 4,6. Ce pH est inférieur à 7, donc il s'agit d'une solution aqueuse acide.
Lors de la coagulation, il y a formation d'un solide insoluble dans l'eau. La solution aqueuse restante (le lactosérum) contient du lactose, des sels minéraux et quelques protéines solubles dans l'eau. On peut supposer que son pH est resté le même pendant la coagulation soit un pH = 4,6.
On peut donc faire l'hypothèse que le pH du lactosérum est acide.

5. Le document 3 présente différents tests de reconnaissances d'ions.
Pour mettre en évidence la présence des ions chlorure dans le lactosérum, il faut utiliser le bon réactif. La lecture du tableau indique qu'il faut utiliser la solution de nitrate d'argent.
Protocole expérimental :
– Prélever quelques millilitres de lactosérum dans un tube à essais.
– À l'aide du compte-gouttes, prélever quelques gouttes de la solution de nitrate d'argent.
– Verser quelques gouttes de la solution de nitrate d'argent dans le tube à essais.
– Observer la couleur du précipité obtenu. Si le lactosérum contient des ions chlorure, alors on voit apparaître un précipité blanc noircissant à la lumière.

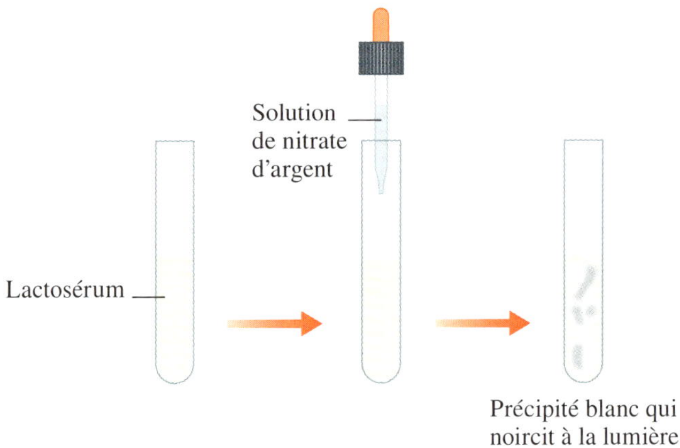

Schéma illustrant la mise en évidence des ions chlorure dans le lactosérum

Sujet 36 Mouvement et interaction

Exercice : 13 points

ÉNONCÉ Caractérisation des mouvements

Course à pied (les deux questions sont indépendantes)

Emmanuel démarre l'application de son smartphone connecté à sa montre Bluetooth radio fréquencemètre qui permet de mesurer son rythme cardiaque. Une fois la course terminée, il utilise les données recueillies pour l'étudier.

1. Analyse des données

Document 1 : Données recueillies par la montre connectée.

Heure de départ : 9 h 00
Heure d'arrivée : 10 h 15
Distance parcourue : 21 km
Vitesse moyenne : 16,8 km/h
Vitesse maximale : 20,0 km/h
Fréquence cardiaque moyenne : 112 bpm
Fréquence cardiaque maximale : 180 bpm
Pression atmosphérique : 1 025 hPa
Température ext : 22,3 °C

Document 2 : Caractéristique du bracelet Bluetooth.

Le système Bluetooth utilisé par la montre est un système de communication à courte distance qui utilise des ondes de 2 483,5 MHz (1 MHz = 10^6 Hz). Le bracelet de la montre contient un capteur qui mesure le rythme cardiaque au niveau des cellules de la peau puis transmet les informations au smartphone.

Document 3 : Les différents types d'ondes.

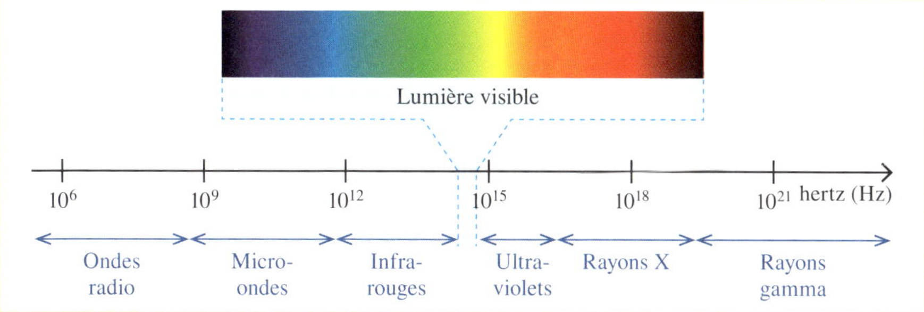

a) Quelles grandeurs physiques sont mesurées lors de la course d'Emmanuel ?

b) Expliquer le principe de fonctionnement de la mesure du rythme cardiaque en précisant le type d'onde utilisé.

c) Utiliser les données pour vérifier la valeur de la vitesse moyenne affichée.

2. Sprint final

Cent mètres avant l'arrivée, Emmanuel effectue un sprint. Les données ci-dessous indiquent la distance parcourue en fonction du temps sur les 100 derniers mètres.

Temps (s)	0	1	2	3	4	5	6	7	8	9	10	11	12	13	14	15	16	17	18
Distance (m)	0	3	6	9	12	15	18	21	24	27	30	35	41	48	56	65	75	87	100

a) Utiliser le tableau de mesure pour commenter le sprint d'Emmanuel.

b) Tracer le graphique représentant la distance parcourue en fonction du temps sur le document en annexe (page suivante) et repérer les différentes phases du mouvement. Échelle horizontale : 0,5 cm = 1s ; échelle verticale 1cm = 10 m.

c) Calculer, en kilomètre par heure, la vitesse moyenne d'Emmanuel lors de son sprint.

Document annexe

CORRIGÉ

1. a) Les grandeurs mesurées par la montre sont **la durée, la distance, la vitesse, la fréquence cardiaque, la pression atmosphérique et la température extérieure**.

b) **Le bracelet de la montre contient un capteur qui mesure le rythme cardiaque au niveau des cellules de la peau. La montre communique avec le smartphone en utilisant le système Bluethooth.** Ce système utilise des ondes de fréquence 2483,5 MHz, soit $2483{,}5 \times 10^6$ Hz. D'après le document 3, ces ondes appartiennent à la famille des **ondes radio**.

c) La vitesse s'obtient par le quotient de la distance parcourue par la durée du parcours.

$d = 21$ km.

$t = 10$ h $15 - 9$ h $00 = 1$ h 15min $= 1{,}25$ h.

$v = d/t = 21 / 1{,}25 =$ **16,8 km/h**.

2. a) **De 0 à 10 secondes**, la distance parcourue pendant des durées égales est la même. La vitesse est constante, **le mouvement est donc uniforme**.

De 10 à 18 secondes, la distance parcourue pendant des durées égales augmente. La vitesse augmente, **le mouvement est accéléré**.

b) Voir page 101.

c) Lors de son sprint, Emmanuel a parcouru 100 mètres en 18 secondes.

$v = d/t = 100 / 18 \approx 5{,}6$ m/s.

Pour convertir cette vitesse en km/h, il faut multiplier la vitesse par 3,6.

$v = 5{,}6 \times 3{,}6 \approx$ **20 km/h. On retrouve bien la vitesse maximale affichée par la montre.**

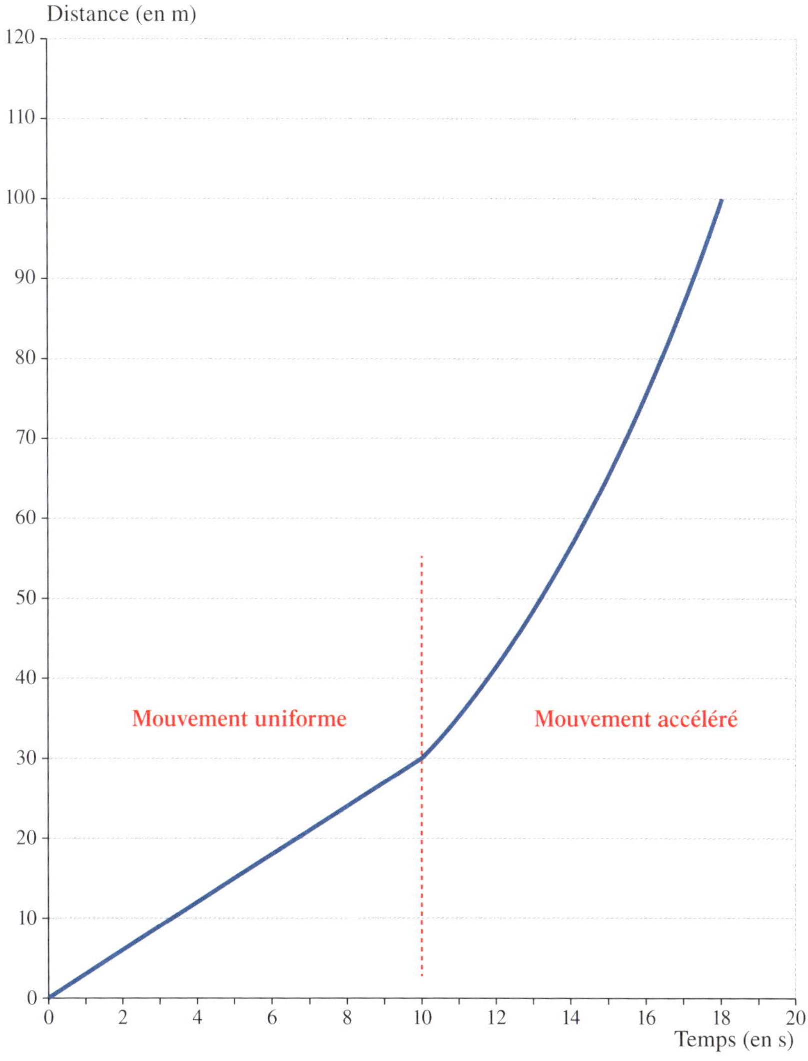
Distance (en m)
120
110
100
90
80
70
60
50
40
30
20
10
0
0
2
4
6
8
10
12
14
16
18
20
Temps (en s)
Mouvement uniforme
Mouvement accéléré

Sujet 37

Mouvement et interaction

Exercice : 10 points

ÉNONCÉ Modélisation d'une interaction par une force

Modéliser la gravitation universelle (les deux questions sont indépendantes)

Le système solaire est constitué d'une étoile, le Soleil, autour duquel gravitent huit planètes. Le Soleil exerce une action attractive sur chacune d'entre elles. Chaque planète exerce aussi une action attractive sur le Soleil. Leurs trajectoires sont quasi circulaires. Étudions le mouvement de la Terre autour du Soleil puis les interactions entre ces deux astres.

Document 1 : Distance au Soleil de quelques planètes.

Mercure	Vénus	Terre	Mars
58×10^6 km	110×10^6 km	150×10^6 km	230×10^6 km

Document 2 : Masse du Soleil et de quelques planètes.

Soleil	Mercure	Vénus	Terre
2×10^{30} kg	3×10^{23} kg	5×10^{24} kg	6×10^{24} kg

1. En une année (soit 365,25 jours), la Terre va parcourir $942,5 \times 10^6$ km autour du Soleil.

a) Reproduire et compléter le schéma modélisant la trajectoire de la Terre autour du Soleil.

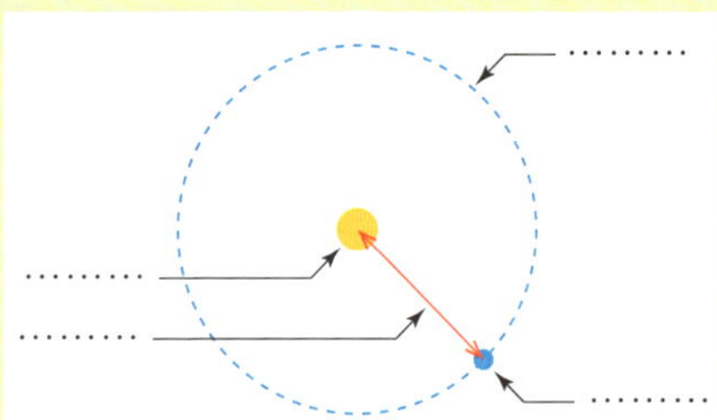

b) Rappeler la formule de calcul de la vitesse, puis calculer, en km/jour, la vitesse du centre de la Terre autour du Soleil.

c) Convertir cette vitesse en km/h, puis en km/s.

2. Deux corps A (de masse m_A) et B (de masse m_B), séparés par une distance d, exercent l'un sur l'autre une action attractive dont la valeur est obtenue par la formule :

$$F_{A/B} = F_{B/A} = G \times \frac{m_A \times m_B}{d^2}$$

F en newton
m en kilogramme
d en mètre
G constante $= 6{,}67 \times 10^{-11}$ USI

a) Décrire l'action du Soleil sur la Terre. Pourquoi peut-on appeler cette action interaction gravitationnelle ?
b) Vérifier par un calcul que $F_{Soleil/Terre} \approx 3{,}55 \times 10^{22}$ N.
c) Donner les 4 caractéristiques de la force exercée par le Soleil sur la Terre, puis modéliser cette force sur le schéma ci-dessous. (Échelle : 1 cm représente 1×10^{22} N.)

Point d'application :

Droite d'action :

Sens :

Valeur :

d) Sans faire de calcul mais en justifiant, déterminer $F_{Terre/Soleil}$.

CORRIGÉ

1. a)

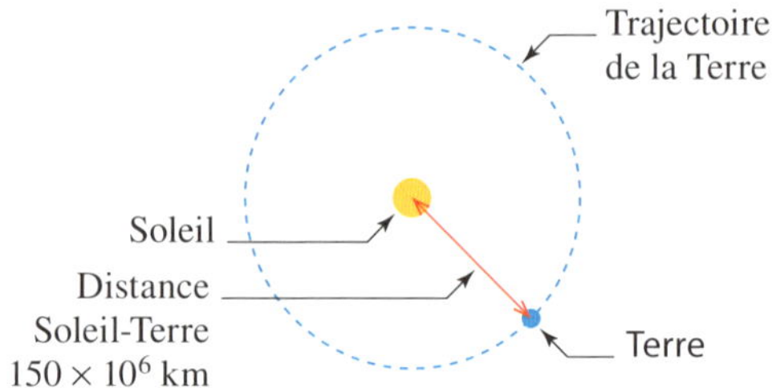

b) $\boldsymbol{v = d / t}$ **avec** $\boldsymbol{v}$ **= vitesse,** $\boldsymbol{d}$ **= distance et** $\boldsymbol{t}$ **= durée.**
$v = 942{,}5 \times 10^6 / 365{,}25 \approx 2\,580\,424$ km par jour.
La vitesse du centre de la Terre autour du Soleil est ≈ 2 580 424 km par jour.
c) Pour convertir cette vitesse en km/h on divise par 24 car 1 jour = 24 h.
2 580 424 / 24 ≈ **107 518 km/h**.
Pour convertir cette vitesse en km/s on divise par 3 600 car 1 h = 3600 s.
107 518 / 3600 ≈ **30 km/s**.
2. a) Le Soleil exerce une action attractive à distance sur la Terre. La Terre exerce aussi une action attractive à distance sur le Soleil. La Terre et le Soleil sont donc en interaction gravitationnelle.
b) $F_{\text{Soleil/Terre}} = 6{,}67 \times 10^{-11} \times m_{\text{Soleil}} \times m_{\text{Terre}}$ / (distance Soleil-Terre)^2
$F_{\text{Soleil/Terre}} = 6{,}67 \times 10^{-11} \times 2 \times 10^{30} \times 6 \times 10^{24} / (150 \times 10^9)^2$
$\boldsymbol{F_{\text{Soleil/Terre}} \approx 3{,}56 \times 10^{22}}$ **N.**
c) Point d'application : le centre de la Terre.
Droite d'action : droite passant par le centre des deux astres.
Sens : de la Terre vers le Soleil.
Valeur : $3{,}56 \times 10^{22}$ newtons.
Pour modéliser la force exercée par le Soleil sur la Terre, on utilise un vecteur dont les caractéristiques sont celles de la force. Sa longueur est donc proportionnelle à la valeur de la force.
Le vecteur aura une longueur de $3{,}56 \times 10^{22} / 1 \times 10^{22} = 3{,}56$ cm.

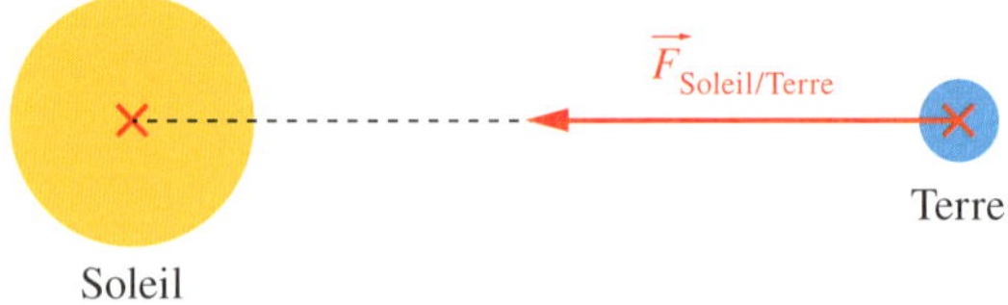

d) Si un objet A exerce une force $F_{a/b}$ sur un objet B, alors l'objet B exerce une force $F_{B/A}$ sur l'objet A telle que $F_{A/B} = F_{B/A}$, donc : $F_{\text{Soleil / Terre}} = F_{\text{Terre / Soleil}} \approx$ $\boldsymbol{3{,}56 \times 10^{22}}$ **N.**

Sujet 38

Mouvement et interaction

Exercice : 10 points

ÉNONCÉ Modélisation d'une interaction par une force

Préparation musculaire (les 2 questions sont indépendantes)

1. Emmanuel commence ses étirements en suivant son guide pratique.

Document : Méthode d'étirement des mollets.
Position debout, une jambe tendue derrière l'autre. Appuyer les mains contre le mur et pousser à l'horizontale. Monter sur la pointe des pieds pour bien étendre le mollet puis redescendre. Alterner l'étirement sur les deux mollets.

a) Choisir parmi les termes suivants ceux qui permettent de décrire l'interaction entre la main d'Emmanuel et le mur.

- ☐ Action à distance
- ☐ Action de contact
- ☐ Localisée
- ☐ Répartie

b) Déterminer les trois caractéristiques de la force exercée par Emmanuel sur le mur.

c) La force exercée par chacune des mains d'Emmanuel sur le mur a pour valeur 40 newtons. Représenter, sur le schéma ci-dessus, cette force par un vecteur en utilisant l'échelle 1 cm = 10 N.

2. Lors d'une séance d'entraînement, Emmanuel utilise un haltère de 4 kg afin de réaliser l'exercice représenté ci-dessous.

a) Quelle action subit l'haltère lorsqu'il est immobile sur le sol ? Rappeler la formule permettant de calculer le poids d'un corps, puis calculer le poids de l'haltère. On prendra g = 9,8 N/kg.
b) Pourquoi peut-on dire que l'haltère est en équilibre lorsqu'Emmanuel le tient, bras tendu, sans bouger ?

CORRIGÉ

1. a) La main et le mur sont en contact donc il s'agit d'une **action de contact**. Seule la main touche le mur donc, il s'agit d'une **action localisée**.

b) Point d'application : **point de contact entre le mur et la main**.
Droite d'action : **droite horizontale passant par le point d'application**.
Sens : **vers la droite**.

c) Pour modéliser la force exercée par la main sur le mur on utilise un vecteur dont les caractéristiques sont celles de la force. Sa longueur est donc proportionnelle à la valeur de la force. L'échelle étant de 1 cm = 10 N, le vecteur aura une longueur de 40 / 10 = 4 cm.

2. a) L'haltère subit l'action attractive, à distance, de la **Terre**. Cette action est appelée le poids de l'haltère.

$P = m \times g$ avec P en newton et m en kilogramme.

$P = 4 \times 9,8$

$\mathbf{P = 39{,}2}$ **newtons.**

b) L'haltère subit le poids de la Terre. Emmanuel tient l'haltère et l'empêche de tomber. Il exerce donc une force opposée à celle du poids. L'haltère est immobile, donc il est en équilibre statique. **L'action de la Terre sur l'haltère et l'action de la main sur l'haltère sont deux forces, de même direction, de même valeur mais de sens opposés.**

Sujet 39

Énergie et ses conversions

Exercice : 10 points

ÉNONCÉ Sources, transferts, conversions et formes d'énergie

Dans certaines zones du sud de la France particulièrement venteuses, on peut observer de nombreux champs d'éoliennes qui produisent une énergie électrique dite renouvelable.

Document 1 : Différentes sources d'énergie

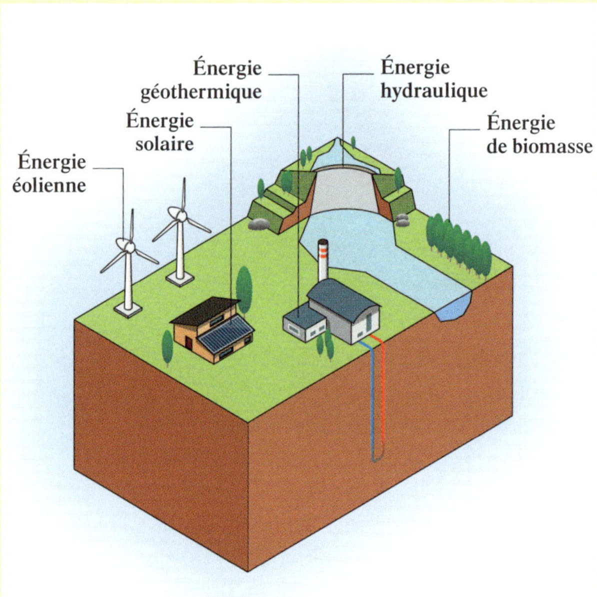

Document 2 : Fonctionnement d'une éolienne

Sous l'action du vent, les pales de l'éolienne entraînent l'alternateur en rotation, qui produit alors un courant alternatif. Les éléments en mouvement subissent un échauffement ; ainsi, une partie de l'énergie mécanique est transformée en énergie thermique dite « perdue » car elle n'est pas utilisée.

Document 3 : Chaîne énergétique d'une éolienne

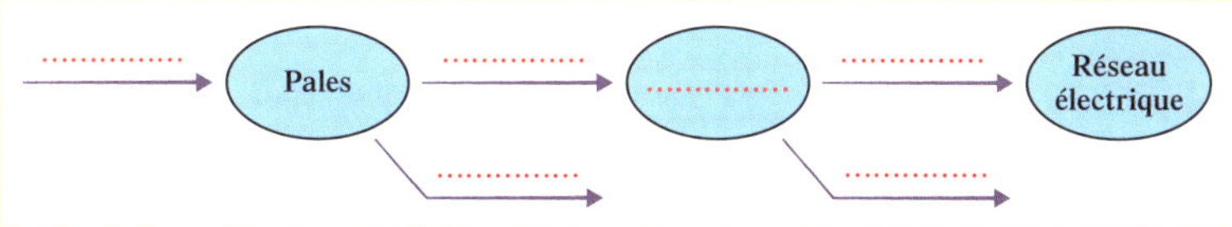

1. Nommer les différents types d'énergie renouvelable du doc. 1 et associer à chacun une source d'énergie.

2. Reproduire et compléter la chaîne énergétique d'une éolienne (doc. 3) en choisissant parmi les mots ou groupes de mots suivants (utilisables plusieurs fois) : énergie cinétique, énergie électrique, énergie mécanique, énergie potentielle, énergie thermique, énergie lumineuse, alternateur, eau, vent.

CORRIGÉ

1. Sur l'image, on distingue cinq types d'énergies renouvelables :
- Énergie de biomasse : la source d'énergie utilisée est **la matière organique** (animale ou végétale) ;
- Énergie hydraulique : la source d'énergie utilisée est **la force de l'eau en mouvement** ;
- Énergie éolienne : la source d'énergie utilisée est **la force du vent** ;
- Énergie solaire : la source d'énergie utilisée est **la lumière du soleil** ;
- Énergie géothermique : la source d'énergie utilisée est **la chaleur du sous-sol terrestre**.

2.

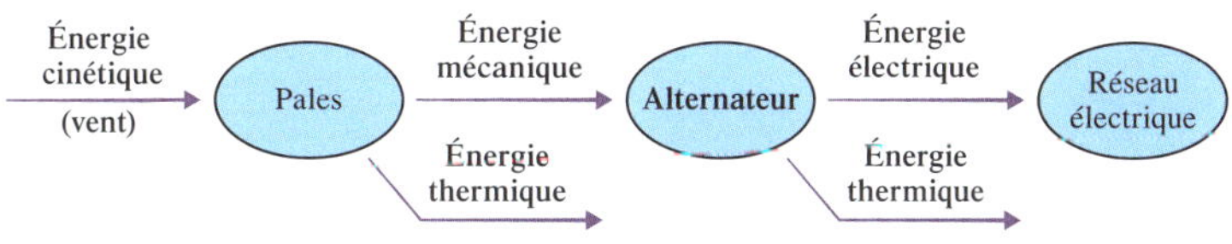

Sujet 40

Énergie et ses conversions

Exercice : 6 points

ÉNONCÉ Sources, transferts, conversions et formes d'énergie

Dans certaines zones du sud de la France particulièrement venteuses, on peut observer de nombreux champs d'éoliennes qui produisent une énergie électrique dite renouvelable.

Document : Valeur annuelle, en mégawattheures (MWh), des énergies intervenant dans la chaîne énergétique d'une éolienne.

Énergie cinétique du vent (en MWh)	Énergie mécanique produite (en MWh)	Énergie électrique produite (en MWh)
17 530	10 510	4 030

1. On considère une masse d'air de 1 kg, dont la vitesse passe de la valeur 3 m/s à 9 m/s. En s'appuyant sur un calcul, dire si l'énergie cinétique de la masse d'air : a. reste la même ; b. est multipliée par 3 ; c. est multipliée par 9.

2. Le physicien allemand Albert Betz affirme que 60 % seulement de l'énergie cinétique du vent est transformée en énergie mécanique au niveau des pales. Utiliser le document afin de vérifier par un calcul l'affirmation du physicien allemand Betz.

CORRIGÉ

1. La bonne réponse est la **réponse c**.

L'énergie cinétique s'obtient par la formule $E_c = \frac{1}{2} \cdot m \cdot v^2$ avec *m* en kilogrammes et *v* en mètres par seconde.

On va d'abord calculer l'énergie cinétique d'1 kg d'air de vitesse 3 m/s :

$$E_{c1} = \frac{1}{2} \times 1 \times 3^2 = 4{,}5 \text{ joules.}$$

On calcule ensuite l'énergie cinétique d'1 kg d'air de vitesse 9 m/s :

$$E_{c2} = \frac{1}{2} \times 1 \times 9^2 = 40{,}5 \text{ joules.}$$

On fait ensuite le rapport de ces deux énergies $E_{c2}/E_{c1} = 40{,}5/4{,}5 = 9$.
Donc on peut écrire $E_{c2} = 9 \times E_{c1}$.
Lorsque la vitesse de l'air passe de 3 m/s à 9 m/s, l'énergie passe de 4,5 à 40,5 joules.
L'énergie est multipliée par 9.

2. Le physicien allemand Albert Betz affirme que 60 % seulement de l'énergie cinétique du vent est transformée en énergie mécanique au niveau des pales. Pour vérifier cette affirmation, calculons le pourcentage d'énergie cinétique transformée par une éolienne :

$$\text{\% d'énergie cinétique transformée} = \frac{\text{énergie mécanique produite par l'éolienne}}{\text{énergie cinétique reçue par l'éolienne}} \times 100.$$

% d'énergie cinétique transformée = (10 510 / 17 530) × 100 ≈ 59,95 % soit environ 60 %.
L'affirmation du physicien est donc vérifiée.

PHYSIQUE - CHIMIE

Sujet 41

Énergie et ses conversions

Exercice : 12 points

ÉNONCÉ Sources, transferts, conversions et formes d'énergie

La production d'électricité à partir des centrales thermiques à flamme est le mode le plus répandu dans le monde et bénéficie des abondantes, mais épuisables, ressources en charbon, pétrole et gaz de la planète. Certains pays se lancent dans le développement de centrales géothermiques, on veut ici comprendre ce choix.

Document 1 : Principe de fonctionnement d'une centrale géothermique

Une centrale géothermique produit de l'électricité, sans qu'il y ait de combustion, grâce à la chaleur de la Terre qui transforme l'eau contenue dans les nappes souterraines en vapeur. Le mouvement de la vapeur d'eau sous pression permet de faire tourner une turbine entraînant un alternateur, qui produit alors un courant alternatif.

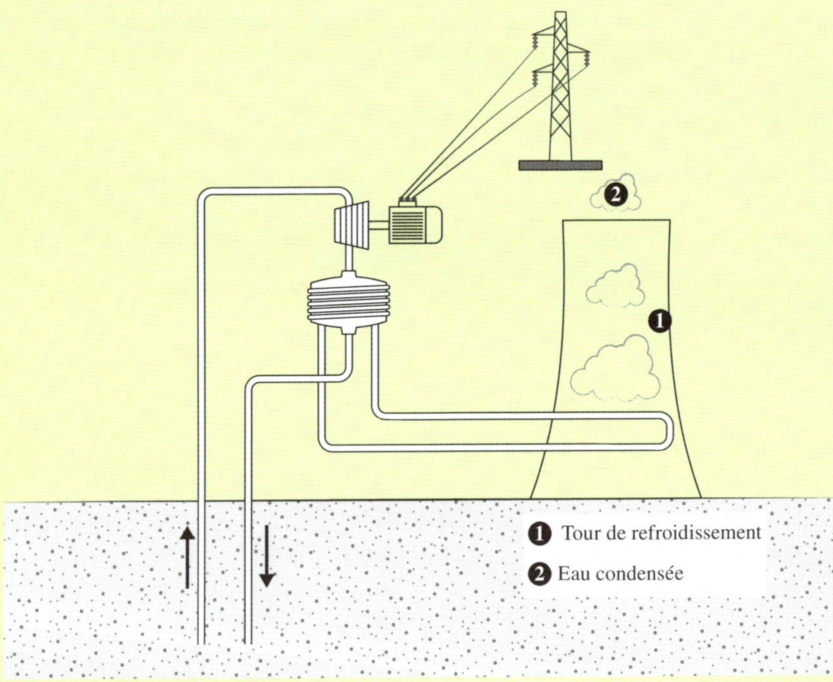

Centrale géothermique de Waikarei en Nouvelle-Zélande

Document 2 : Principe de fonctionnement d'une centrale thermique à flamme

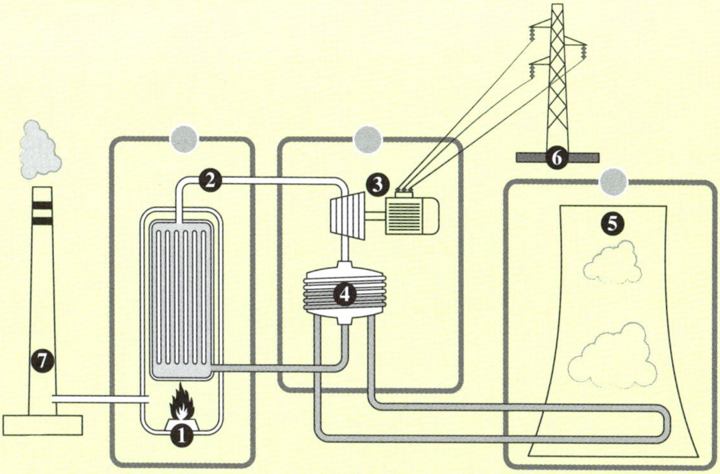

❶ Combustion de charbon, de pétrole ou de gaz

❷ Vapeur d'eau

❸ Turbine et alternateur

❹ Condensateur (transforme la vapeur en eau liquide)

❺ Dans ces tours, l'eau de refroidissement de la centrale est elle-même refroidie en circulant au contact de l'air, ce qui explique le dégagement de vapeur d'eau

❻ Réseau électrique

❼ Cheminée libérant gaz et fumées produits lors de la combustion

1. Compléter le tableau ci-dessous en exploitant le document 1 et le document 2.

Nom de la centrale	Source(s) d'énergie utilisée	Source d'énergie renouvelable ou non ?	Dégage ou ne dégage pas de fumées lors de son utilisation ?
Thermique à flamme			
Géothermique			

2. Il s'agit de repérer sur le dessin de la centrale thermique à flamme (document 2) les 3 circuits distincts A, B et C décrits ci-dessous :

– A : circuit de refroidissement ;

– B : circuit primaire ou lieu de transformation d'énergie chimique en énergie thermique ;

– C : circuit secondaire ou lieu de transformation de l'énergie mécanique en énergie électrique.

Pour répondre à la question 2, mettre A, B ou C à l'intérieur des cercles grisés du document 2.

CORRIGÉ

1.

Nom de la centrale	Source(s) d'énergie utilisée	Source d'énergie renouvelable ou non ?	Dégage ou ne dégage pas de fumées lors de son utilisation ?
Thermique à flamme	Charbon, gaz, pétrole	Non renouvelable (*car son utilisation entraîne la diminution de sa réserve ; par exemple, le charbon est brûlé lors de son utilisation*)	Dégage de la fumée (*lors de la combustion*)
Géothermique	Chaleur de la Terre	Renouvelable (*car son utilisation n'entraîne pas la diminution de sa réserve ; l'eau change juste d'état, elle passe de gaz à liquide*)	Ne dégage pas de fumée (*le panache visible au-dessus de la tour de refroidissement est de l'eau liquide*)

2.

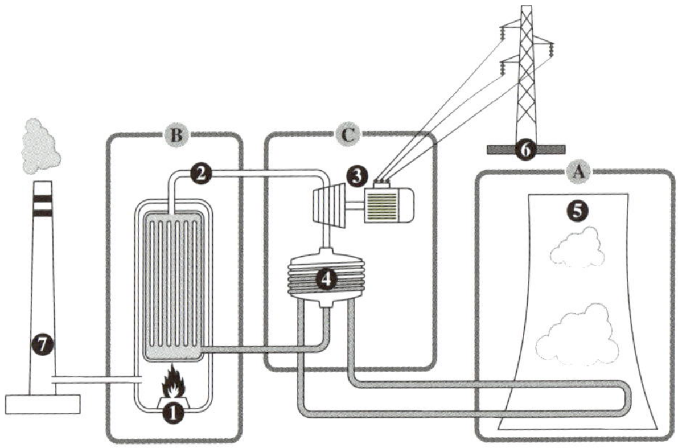

A : Circuit de refroidissement. C'est l'étape 5 du document car le refroidissement de la centrale produit un dégagement de vapeur d'eau qui va ensuite se condenser dans la tour.

B : Circuit primaire. C'est l'étape 2 du document car dans une centrale thermique à flamme la combustion est une transformation d'énergie chimique en énergie thermique.

C : Circuit secondaire. C'est l'étape 3 du document car un alternateur permet de transformer une énergie mécanique en énergie électrique.

Sujet 42

Énergie et ses conversions

Exercice : 13 points

ÉNONCÉ Sources, transferts, conversions et formes d'énergie

Puissance et énergie électrique

Pierre possède un équipement informatique complet composé d'un ordinateur, d'un écran, d'une box internet, d'une imprimante et d'une paire de haut-parleurs. Il souhaite évaluer sa consommation d'électricité et estimer le coût de l'utilisation de son installation. Le tableau suivant présente la puissance électrique des appareils.

Appareil	Puissance nominale en watts
Ordinateur	90 W
Écran LCD	70 W
Box internet	10 W
Imprimante	10 W
Haut-parleurs	20 W

1. Caractéristiques nominales

L'écran de l'ordinateur porte l'étiquette suivante :

230 V	50 Hz	70 W

Donner le nom des trois grandeurs figurant sur l'étiquette en précisant les unités utilisées.

2. Puissance d'un appareil électrique

a) Rappeler la relation entre la puissance P d'un appareil électrique, la tension U à ses bornes et l'intensité I du courant le traversant.

b) Calculer la puissance reçue par la lampe de bureau sachant qu'elle est alimentée par une tension de 240 V et parcourue par un courant de 0,25 A.

3. Puissance totale d'une installation

Pour évaluer l'énergie électrique consommée par son installation, Pierre calcule la puissance totale utilisée lorsque les appareils sont en fonctionnement. Il obtient 200 W. Expliquer comment Pierre est arrivé à ces résultats.

4. Énergie électrique

a) L'énergie électrique consommée par une installation est égale au produit de la puissance P utilisée par la durée de fonctionnement t. Quelle est la formule mathématique correspondante ?

☐ $E = P / t$ ☐ $E = P \times t$ ☐ $E = P + t$ ☐ $E = t/P$

b) Pierre n'éteint jamais son installation informatique. Calculer, en wattheure, puis en kilowattheure, l'énergie totale consommée par son installation en une journée.

5. Économie d'énergie

Pour économiser de l'énergie, Pierre décide d'utiliser une multiprise lui permettant d'éteindre ses appareils la nuit lorsqu'il ne les utilise pas.

a) Calculer, en kilowattheure, l'économie d'énergie annuelle réalisée si Pierre arrête ses appareils pendant dix heures par jour.

b) Estimer l'économie d'argent réalisable sachant que 1 kWh est facturé 0,12 €.

CORRIGÉ

1. 230 V : tension nominale en volt.
50 Hz : fréquence en hertz.
70 W : puissance nominale en watt.

2. a) $\boldsymbol{P = U \times I}$.
b) $P = 240 \times 0{,}25$. $P = 60$ W.
La puissance reçue par la lampe de bureau est de 60 watts.

3. La puissance totale s'obtient en effectuant la somme des puissances des appareils en fonctionnement.
$P_{\text{totale}} = P_{\text{ordinateur}} + P_{\text{écran}} + P_{\text{box}} + P_{\text{imprimante}} + P_{\text{hauts-parleurs}}$
$\boldsymbol{P_{\textbf{totale}} = 90 + 70 + 10 + 10 + 20 = 200}$ **W.**

4. a) La formule mathématique correspondante est la formule $\boldsymbol{E = P \times t}$.
b) Pendant 24 heures : $E = P_{\text{totale}} \times t = 200 \times 24 = 4\,800$ Wh.
Énergie totale consommée : $\boldsymbol{E_{\textbf{totale}} = 4\,800}$ **Wh soit 4,8 kWh.**

5. a) La multiprise permet de couper le courant et donc de réduire la consommation d'énergie électrique.
Pour un arrêt de 10 heures, l'énergie économisée est $E_{\text{jour}} = 200 \times 10 = 2\,000$ Wh.
Pour une année, l'énergie économisée sera de $E_{\text{année}} = E_{\text{jour}} \times 365 = 2\,000 \times 365 = 730\,000$ Wh, soit **730 kWh**.
b) L'économie réalisable en un an est donc de $730 \times 0{,}12 =$ **87,6 €**.

Sujet 43

Énergie et ses conversions

Exercice : 11 points

ÉNONCÉ Sources, transferts, conversions et formes d'énergie

Fonctionnement du détecteur de métaux

Le détecteur de métaux est alimenté par quatre piles LR06. Chaque pile possède une tension de 1,5 volt. Lorsque le détecteur fonctionne, il est traversé par un courant électrique de 2,5 ampères.

Document : Détecteur de métaux et ses piles.

1. Calculer la tension reçue par le détecteur alimenté par les quatre piles LR06.

2. Avec quel appareil pourrait-on mesurer cette tension ?

3. La puissance électrique reçue par un appareil est égale au produit de la tension électrique qu'il reçoit par l'intensité du courant qui le traverse. Transformer cette phrase en une égalité mathématique entre P, U et I.

4. Calculer la puissance électrique reçue par le détecteur.

5. Rappeler la relation reliant l'énergie électrique E, la puissance électrique P et la durée de fonctionnement t, ainsi que les unités correspondantes.

6. Utiliser la relation précédente pour calculer, en wattheure, l'énergie électrique consommée par le détecteur en deux heures.

CORRIGÉ

1. Le détecteur contient 4 piles de 1,5 volt.
La tension reçue par le détecteur est donc de $\boldsymbol{U} = \mathbf{4 \times 1{,}5} = \mathbf{6}$ **volts.**
2. Un **voltmètre** permet de mesurer une tension électrique.
3. $\boldsymbol{P = U \,.\, I}$ avec P en watt, U en volt et I en ampère.
4. Puissance électrique reçue par le détecteur :
$P = U \,.\, I$ avec $U = 6$ volts et $I = 2{,}5$ ampères.
$P = 6 \times 2{,}5$; $\boldsymbol{P} = \mathbf{15}$ **watts.**
5. $\boldsymbol{E = P \,.\, t}$ avec E en wattheure, P en watt et t en heure.
6. Énergie électrique consommée par le détecteur en deux heures :
$E = P \,.\, t$ avec P puissance du détecteur : 15 watts, et t durée de fonctionnement : ici, 2 heures. $E = 15 \times 2$; $\boldsymbol{E} = \mathbf{30}$ **wattheures.**

Sujet 44

Énergie et ses conversions

Exercice : 10 points

ÉNONCÉ Circuits électriques et lois de l'électricité

La facture d'énergie électrique

La facture d'énergie électrique consommée par une installation est établie par le fournisseur d'énergie. Elle contient les caractéristiques de l'installation, la consommation d'énergie ainsi que le coût de cette consommation.

Détail de la facture du 24/04/2016

Votre contrat Électricité
« Tarif Bleu » – 06 kVA – Option Heures Pleines/Heures Creuses – Compteurs électroniques n° 683
Horaires heures creuses – 23 h 30-7 h 30 – (peuvent varier de quelques minutes)

	Relevé début	Relevé fin	Conso kWh	Prix € HT/kWh	Montant € HT	TVA
Consommation	ERDF	Estimé				
Heures Creuses – 06 kVA – du 24/02/2016 au 23/04/2016	13853	14026	173	0,0638	11,04	20,0 %
Heures Pleines – 06 kVA – du 24/02/2016 au 23/04/2016	17680	18047	367	0,1043	38,28	20,0 %
Total consommation (dont acheminement 18,69 €)			540		49,32	
				Prix € HT/mois	Montant € HT	TVA
Abonnement						
Heures Creuses – 06 kVA – du 24/02/2016 au 23/04/2016				6,25	12,50	5,5 %
Heures Pleines – 06 kVA – du 24/02/2016 au 23/04/2016				6,25	12,50	5,5 %
Total consommation (dont acheminement 8,24 €)					25,00	
			Conso kWh	Prix du kWh	Montant EHT	TVA
Taxes et contributions						
Taxe sur la Consommation Finale d'électricité (TCFE)			540	0,00957	5,17	20,0 %
Contribution au Service Public d'Électricité (CSPE)			540	0,02250	12,15	20,0 %
Contribution Tarifaire d'Acheminement Électricité (CTA)					2,23	5,5 %
Total Taxes et Contributions					19,55	
Total Électricité hors TVA					93,87	

1. Lecture de la facture

Pour chaque information, choisir la bonne réponse.

a) Durée de consommation établie par la facture :

☐ 1 mois ☐ 2 mois ☐ 3 mois

b) Horaire heures creuses :

☐ de 7 h 30 à 23 h 30 ☐ de 23 h 30 à 7 h 30

c) Puissance de l'installation :

☐ 6 kVA ☐ 9 kVA ☐ 12 kVA

d) Prix du kwh hors taxes en heures pleines :

☐ 38,28 € ☐ 0,0638 € ☐ 0,1043 €

e) Unité d'énergie utilisée pour la facturation :

☐ wattheure ☐ kilowattheure ☐ joule

2. Analyse de la facture

a) Utiliser la facture pour compléter le tableau ci-dessous.

	Heures creuses	**Heures pleines**
Relevé début (kWh)		
Relevé fin (kWh)		
Consommation (kWh)		

b) Le coût hors taxes de la consommation d'énergie en heures pleines est de 38,28 €. Retrouver ce résultat par un calcul.

3. Économie d'énergie

Expliquer comment il est possible de réduire le coût de sa facture d'énergie grâce à la modulation heures pleines / heures creuses.

CORRIGÉ

1. a) 2 mois. **b)** de 23 h 30 à 7 h 30. **c)** 6 kVA. **d)** 0,1043 €. **e)** kilowattheure.

2.

	Heures creuses	Heures pleines
Relevé début (kWh)	13 853 kWh	17 680 kWh
Relevé fin (kWh)	14 026 kWh	18 047 kWh
Consommation (kWh)	14 026 – 13 853 = 173 kWh	18 047 – 17 680 = 367 kWh

b) Pour calculer le coût hors taxes de la consommation d'énergie en heures pleines, on multiplie la consommation en heures pleines par le prix du kWh en heures pleines (0,1043 € le kWh).

Coût = 367 × 0,1043 = 38,28 €.

3. Pour réduire le coût de sa facture d'énergie grâce à la modulation heures pleines / heures creuses, il faut **privilégier l'utilisation des appareils dans le créneau horaire compris entre 23 h et 7 h 30**. Certains appareils comme la machine à laver possèdent un mode départ différé permettant ainsi l'utilisation de ces appareils dans ces créneaux.

Sujet 45

Énergie et ses conversions

Exercice : 11 points

ÉNONCÉ Circuits électriques et lois de l'électricité

L'ADN est-il conducteur ?

Document : Extrait d'un article scientifique.

L'évolution de l'électronique vers des structures de plus en plus miniaturisées incite les chercheurs à étudier les conducteurs de taille nanométrique, en particulier leur limite ultime : les fils moléculaires. [...] Récemment, des chercheurs du Laboratoire de physique des solides d'Orsay et de l'Académie des sciences de Moscou ont réalisé des mesures sur des molécules d'ADN étendues entre deux électrodes métalliques distantes de 0,5 microns, et ont pu constater ses propriétés conductrices. *[Un courant électrique peut donc circuler dans les molécules d'ADN]*

[...] L'ADN s'est révélé être aussi bon conducteur qu'un fil de cuivre de diamètre comparable (environ un nanomètre). La résistance électrique des échantillons n'est que de l'ordre de 20 kilo-Ohms à température ambiante. [...]

[...] Les applications potentielles de cette découverte sont prometteuses. Des chercheurs [...] ont proposé que des molécules conductrices, préparées de façon adéquate, pourraient s'auto-assembler pour réaliser un circuit électronique de taille nanométrique. [...]

Centre nationale de la recherche scientifique, Mars 2001, N°391.
http://www.cnrs.fr/Cnrspresse/n391/html/n391a02.htm

1. Étude du document

a) Quelle est l'origine de ce texte ? Ce document paraît-il fiable ? Justifier la réponse.

b) L'ADN est-il un conducteur électrique ? Justifier la réponse en utilisant deux arguments issus du document.

c) Utiliser vos connaissances sur la taille de l'atome pour justifier l'utilisation du terme « *nanométrique* » dans la première phrase du texte.

d) Que va permettre l'utilisation de molécules d'ADN en électronique ?

2. Mise en œuvre d'un circuit électrique

a) Proposer un protocole expérimental permettant de tester le caractère conducteur d'un matériau.

b) Établir la liste du matériel nécessaire, puis schématiser le circuit en incluant un appareil permettant de mesurer l'intensité du courant dans ce circuit.

CORRIGÉ

1. a) Ce texte est un **extrait d'un article scientifique provenant du site internet www.cnrs.fr.** Il paraît **fiable** car le CNRS est le **Centre National de la Recherche Scientifique**.

b) **L'ADN est un conducteur électrique** car les scientifiques ont réussi à faire **circuler un courant électrique dans des molécules d'ADN**. De plus, **l'ADN possède une résistance électrique**.

c) Le diamètre d'un atome est de l'ordre de 0,1 nanomètre. L'ordre de grandeur d'une molécule d'ADN, contenant de nombreux atomes, est de l'ordre du nanomètre.

d) L'utilisation de molécules d'ADN en électronique va permettre de **miniaturiser les circuits électroniques**.

2. a) Pour tester le caractère conducteur d'un matériau, on peut insérer ce matériau dans un circuit simple contenant une Del et une pile. Si la Del brille, alors le matériau est conducteur ; si la Del ne brille pas, alors le matériau est isolant. Il est possible d'insérer un ampèremètre afin de mesurer l'intensité du courant dans le circuit.

b) Liste du matériel : pile, Del, ampèremètre, pince crocodile, fils de connexion.

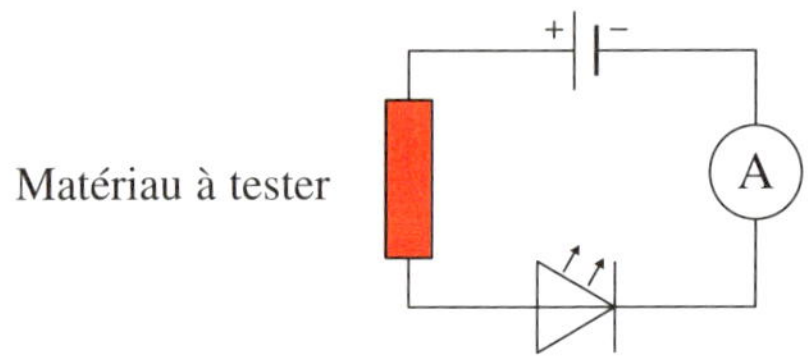

Sujet 46

Énergie et ses conversions

Exercice : 5,5 points ✓

ÉNONCÉ Circuits électriques et lois de l'électricité

La production d'électricité à partir des centrales thermiques à flamme est le mode le plus répandu dans le monde et bénéficie des abondantes, mais épuisables, ressources en charbon, pétrole et gaz de la planète. Certains pays se lancent dans le développement de centrales géothermiques.

Un réacteur de centrale thermique à flamme produit une puissance d'environ 1 100 MW. Un réacteur de centrale géothermique peut délivrer une énergie de 7 500 000 MWh par an, en fonctionnant 6 820 heures.

Document 1 : Principe de fonctionnement d'une centrale géothermique

Une centrale géothermique produit de l'électricité, sans qu'il y ait de combustion, grâce à la chaleur de la Terre qui transforme l'eau contenue dans les nappes souterraines en vapeur. Le mouvement de la vapeur d'eau sous pression permet de faire tourner une turbine entraînant un alternateur, qui produit alors un courant alternatif.

Document 2 : Principe de fonctionnement d'une centrale thermique à flammes

Une centrale thermique à flammes produit de électricité grâce à la combustion du méthane (d'autres combustibles peuvent être utilisés comme le charbon, le pétrole).

Lors de cette transformation chimique, le méthane réagit avec le dioxygène de l'air pour former du dioxyde de carbone et de l'eau.

Le mouvement de la vapeur d'eau sous pression produite permet de faire tourner une turbine entraînant un alternateur, qui produit alors un courant alternatif.

1. Montrer par un calcul que la puissance électrique du réacteur de centrale géothermique est équivalente à celle du réacteur de centrale thermique à flamme.

2. En faisant référence aux documents, donner deux arguments expliquant pourquoi certains pays ont opté pour des centrales géothermiques.

CORRIGÉ

Pour répondre à cette question, il faut calculer la puissance d'une centrale géothermique et la comparer avec la puissance d'une centrale thermique (1 100 MWh).
On va appliquer la formule $E = P \times \Delta t$. Ici, on cherche P ; donc la formule devient $P = E/\Delta t$.

1. $P = E/\Delta t$.
P = 7 500 000/6 820
P = 1 099,7 MWh, soit environ 1 100 MWh.
On peut donc dire que les puissances des deux centrales sont équivalentes.

2. Certains pays ont opté pour les centrales géothermiques car :
– la **source d'énergie** utilisée (chaleur de la Terre) est **renouvelable**, contrairement au charbon (énergie fossile) ;
– il n'y a **pas de production de gaz à effet de serre** (pas de production de dioxyde de carbone car pas de combustion).

Sujet 47

Des signaux pour observer et communiquer

Exercice : 11 points

ÉNONCÉ Les différents types de signaux

La lumière des étoiles (les trois questions sont indépendantes)

1. Allongée sur l'herbe, Malorie contemple le triangle d'été. Il est constitué de trois étoiles, Altair, Véga et Deneb. Le tableau ci-dessous donne les distances entre ces étoiles et la Terre en années-lumière.

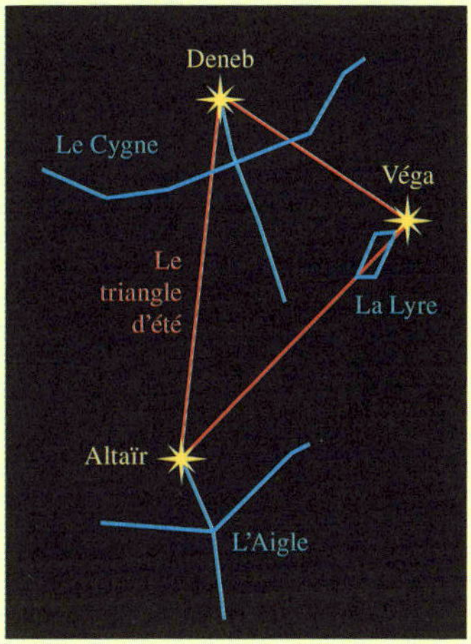

Document 1.

Étoiles	Distance à la Terre
Altair	17 a.l.
Véga	
Deneb	3 000 a.l.

a) « L'année-lumière est une unité de longueur et pas une unité de temps. » Justifier cette affirmation.

b) La distance entre Véga et la Terre est de $237\ 500 \times 10^9$ km. Convertir cette distance en années-lumière sachant que 1 a.l. = $9\ 500 \times 10^9$ km et compléter le tableau ci-dessus.

c) Justifier l'emploi de l'année-lumière pour exprimer les distances dans l'univers.

2. En 1054, Henri III, empereur du Saint Empire romain, admire l'explosion d'une étoile. Située à 6 300 années-lumière de la Terre, elle restera visible pendant plusieurs mois, puis formera la nébuleuse du Crabe. De nos jours, cette nébuleuse est toujours observable.

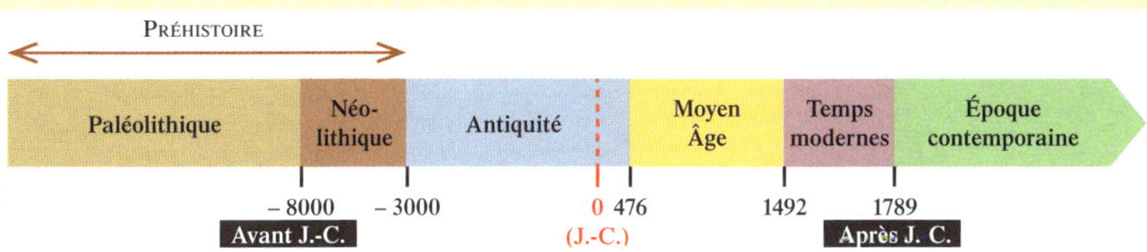

a) En quelle année a été observée l'explosion de cette étoile sur Terre ?
b) À quelle époque a réellement eu lieu cette explosion ?
c) Justifier la phrase « Observer les étoiles, c'est observer le passé. »

3. Le Soleil est l'étoile la plus proche de la Terre. 150 millions de kilomètres séparent ces deux astres.
a) Dans quels milieux se propage la lumière du Soleil lors de son trajet jusqu'à la Terre ?
b) Calculer la durée du trajet de la lumière du Soleil pour parvenir jusqu'à la Terre sachant que la lumière se propage à la vitesse de 300 000 kilomètres par seconde.

CORRIGÉ

1. a) L'année-lumière est une unité de longueur parce qu'elle exprime **la distance que va parcourir la lumière en une année**.

b) Pour convertir la distance entre Véga et la Terre en années-lumière, il faut diviser cette distance en km par la valeur d'une année-lumière.

$d = 237\,500 \times 10^9 / 9\,500 \times 10^9 = 25$ a.l.

La distance entre Véga et la Terre est de 25 années-lumière.

c) Il faut privilégier l'emploi de l'année-lumière pour exprimer les distances dans l'univers car les distances sont très grandes (utilisation de puissance de 10) et difficiles à comparer. L'utilisation de l'année-lumière simplifie l'écriture de ces distances et permet de les comparer facilement.

2. a) L'explosion de cette étoile a été observée sur Terre en **1054**.

b) L'étoile se situe à 6 300 a.l. de la Terre. La lumière produite par l'explosion de cette étoile a donc mis 6 300 années pour parvenir jusqu'à la Terre.

La lumière observée en 1054 a donc été émise en 1054 – 6300 = –5246 avant J.-C., soit au néolithique.

c) Lorsqu'on observe le ciel et les étoiles, on voit une lumière qui a voyagé dans l'univers. Plus l'étoile est éloignée, plus la lumière produite va mettre de temps pour parvenir jusqu'à nous. Une étoile située à 1 a.l. est vue avec une année de décalage. Une étoile située à 100 a.l. est vue avec 100 années de décalage. Observer les étoiles, c'est donc observer le passé.

3. a) Lors de son trajet jusqu'à la Terre, **la lumière du Soleil traverse le vide de l'espace puis l'air de l'atmosphère terrestre**.

b) La lumière se propage à la vitesse de 300 000 kilomètres par seconde. 150 millions de kilomètres séparent la Terre et le Soleil. La durée du trajet de la lumière du Soleil pour parvenir jusqu'à la Terre s'obtient par le calcul :

$t = d / v = 150 \times 10^6 / 300\,000 = 500$ secondes, soit 8 minutes et 20 secondes.

La lumière du Soleil met 8 minutes et 20 secondes pour parvenir jusqu'à la Terre.

Sujet 48

Des signaux pour observer et communiquer

Exercice : 10 points

ÉNONCÉ Les différents types de signaux

Observer le fond des océans

Le sonar d'un bateau utilise des ultrasons de fréquence 44 000 Hz qui se propagent dans l'eau à la vitesse v = 1 500 m/s. Lorsqu'ils rencontrent un obstacle, les ultrasons se réfléchissent et repartent vers le sonar. En mesurant la durée t entre l'émission et la réception des ultrasons, on peut déterminer la distance séparant le bateau de l'obstacle.

Document 1 : Principe de fonctionnement d'un sonar.

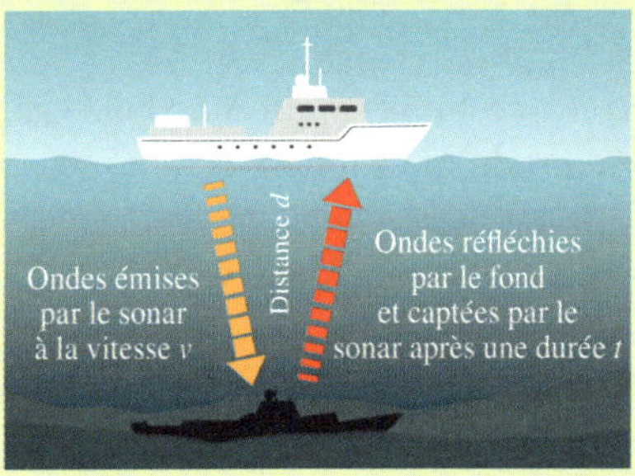

Document 2 : Fréquence des sons audibles par l'homme.

Document 3 : Carte sous marine.

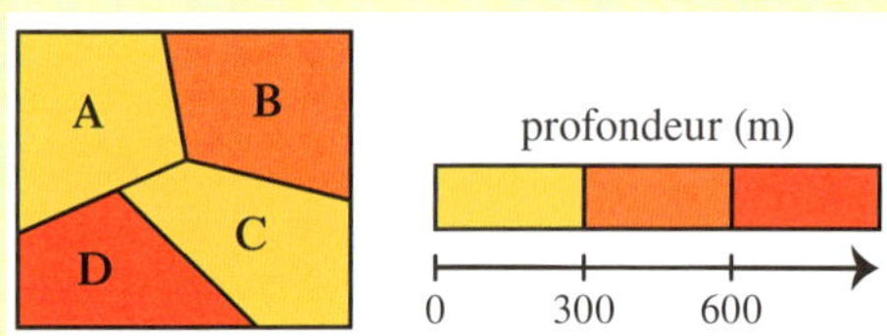

1. Dans quel milieu se propagent les ultrasons émis par le sonar ? À quelle vitesse se propagent-ils ?

2. Ces ultrasons sont-ils audibles par l'homme ? Justifier la réponse.

3. Rappeler l'expression de la vitesse en fonction de la distance parcourue d et de la durée du parcours t, puis calculer la distance parcourue par les ultrasons pour faire un aller-retour entre le bateau et l'épave, sachant que le sonar reçoit un signal réfléchi 0,64 seconde après l'émission.

4. En déduire la profondeur à laquelle se trouve l'épave ainsi que la zone de la recherche.

CORRIGÉ

1. Les ultrasons émis par le sonar se propagent **dans l'eau à une vitesse de 1 500 m/s.**

2. Les **ultrasons ne sont pas audibles par l'homme car leur fréquence (44 000 Hz) est supérieure à la gamme des fréquences audibles par l'homme** (de 20 à 20 000 Hz).

3. $v = d/t$ avec d en mètre et t en seconde.

La distance aller-retour parcourue par les ultrasons est donc $d = v \times t$.

$d = 1\,500 \times 0{,}64$

$d = 960$ m.

Les ultrasons ont parcouru 960 mètres pour faire l'aller-retour entre le bateau et l'épave.

4. L'épave est donc à une profondeur de 960/2 **= 480 mètres.**

La profondeur 480 m correspond à la **zone de recherche B** car la profondeur dans cette zone est comprise entre 300 et 600 mètres.

Sujet 49

Des signaux pour observer et communiquer

Exercice : 7 points

ÉNONCÉ Les propriétés des signaux

Fonctionnement d'un thermomètre

La grippe peut être transmise par contact. L'un des symptômes de la contamination est une élévation de la température corporelle. Il existe différents types de thermomètres médicaux. On se propose d'étudier le fonctionnement du thermomètre infrarouge.

Document 1 : Caractéristiques techniques du thermomètre infrarouge avec visée laser.
La prise de température infrarouge se fait à une distance de 50 à 150 mm, donc sans contact nécessaire. Un pointeur laser de couleur rouge permet d'orienter facilement le thermomètre vers l'endroit de la mesure. Sa technologie sans contact prévient de tout risque de transmission de maladie.
Plage de mesure de température corporelle : 32,0 à 42,0 °C

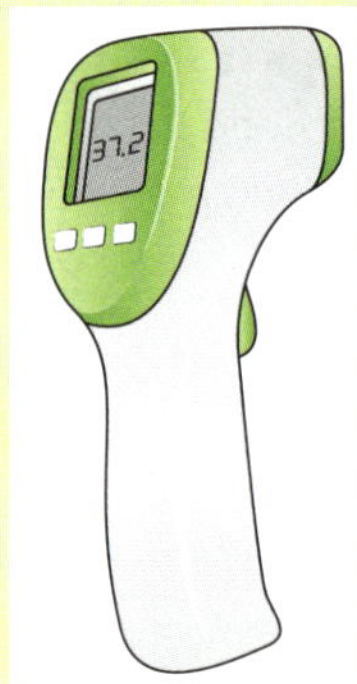

Document 2 : Principe de fonctionnement du thermomètre infrarouge.
Le corps d'un être humain produit un rayonnement infrarouge naturel. Ce rayonnement est proportionnel à la température du corps. Le thermomètre possède un capteur qui reçoit ce rayonnement et le convertit en signal électrique. Une fois ce signal obtenu, le thermomètre affiche la température sur l'afficheur.

1. Justifier la phrase : « La technologie sans contact du thermomètre infrarouge prévient de tous risques de transmission de maladie. »

2. Ce thermomètre pourrait-il être utilisé pour relever les températures lors de l'étude de la vaporisation de l'eau ? Justifier la réponse à l'aide des documents et de vos connaissances.

3. Quel est le rôle du pointeur laser qui équipe le thermomètre ? Quel type de rayonnement utilise-t-il ?

4. Décrire la propagation de ce rayonnement et en proposer une modélisation sur l'annexe 2.

5. a) Quel type de rayonnement reçoit le capteur du thermomètre ?
b) Modéliser sur l'annexe 3 le trajet de ce rayonnement.

ANNEXE 1 : État de l'éthanol.

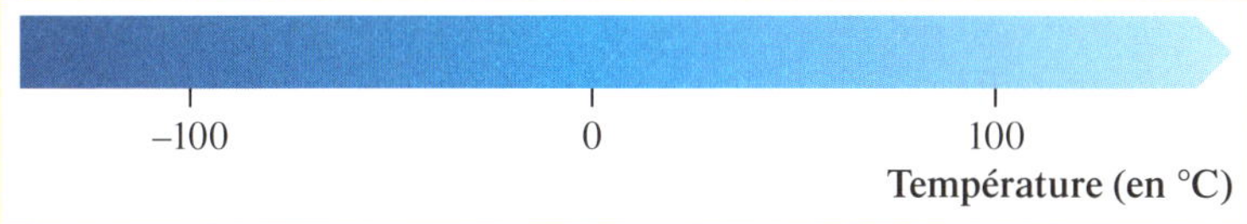

ANNEXE 2 : Trajet du rayonnement produit par le pointeur.

ANNEXE 3 : Trajet du rayonnement reçu par le thermomètre.

CORRIGÉ

1. La grippe peut être transmise par contact lors de la mesure de la température avec un thermomètre classique par exemple. La mesure de la température avec le thermomètre infrarouge ne nécessite pas de contact et élimine donc tout risque de transmission de maladie.

2. L'eau se vaporise, à la pression normale, à la température de 100 °C. **Ce thermomètre ne pourrait pas être utilisé pour relever les températures lors de l'étude de la vaporisation de l'eau** car sa plage de mesure est comprise entre 32,0 et 42,0 °C. **La plage de mesure n'est pas assez étendue.**

3. Le pointeur laser qui équipe le thermomètre permet d'**orienter facilement le thermomètre vers l'endroit de la mesure, sur le front par exemple. Le rayonnement produit est un faisceau lumineux de couleur rouge.**

4. La lumière se propage en **ligne droite du thermomètre vers le front du malade**. Pour modéliser son trajet, on utilise le modèle du rayon lumineux. La flèche indique le sens de propagation de la lumière.

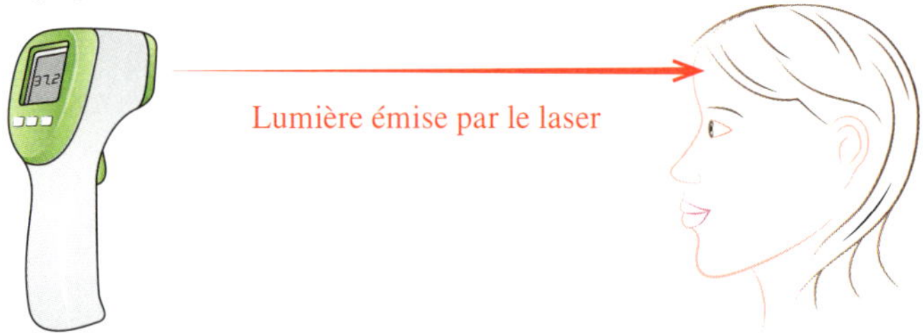

5. a) Le capteur du thermomètre **reçoit un rayonnement infrarouge émis par le corps humain**. C'est une lumière invisible pour l'œil humain.

b)

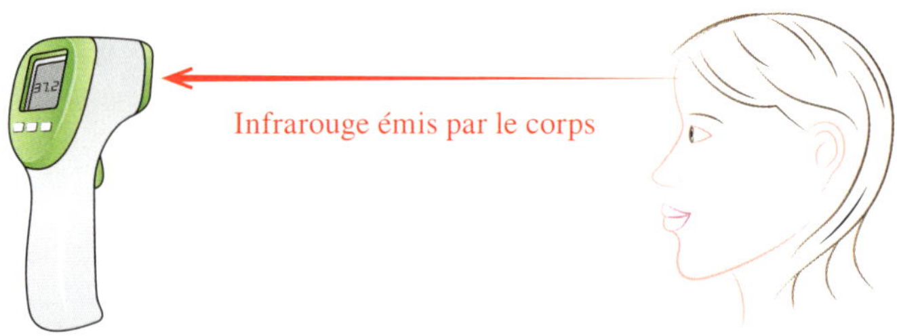

TECHNOLOGIE

Sujet 50

Création, innovation et créativité

Exercice : 23 points

ÉNONCÉ

Répondre à un besoin, matérialiser une idée en intégrant une dimension design

Le dispositif de freinage sans blocage des roues (Anti Blocage System : ABS)

Lors d'un freinage, il est important pour la sécurité de ne pas bloquer les roues car cela permet de conserver de bonnes conditions d'adhérence avec la route et d'éviter la perte du contrôle du véhicule en cas de changement de trajectoire ou de conditions différentes de contact des roues avec le sol (une roue sur une flaque d'eau et les autres sur le bitume sec).

La structure matérielle de l'équipement ABS est représentée sur le document suivant.

Document 1 : Principe du système anti-blocage (ABS).

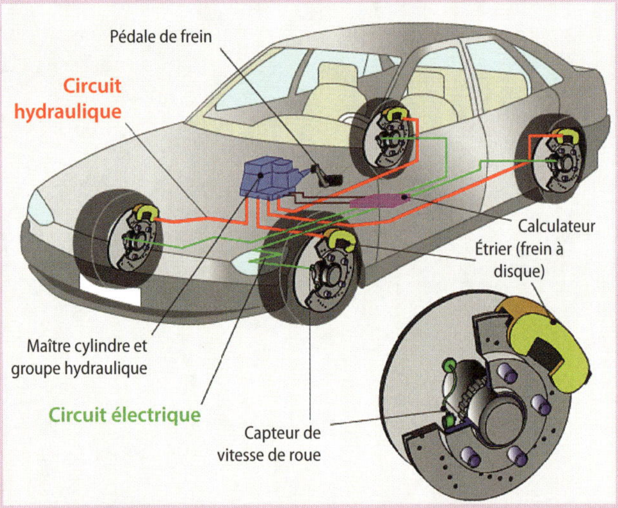

Lorsque le chauffeur appuie sur la pédale de frein, le maître-cylindre alimente en huile le groupe hydraulique qui régule la pression d'huile dans le circuit hydraulique. Les pistons portés par les étriers et disposés de part et d'autre du disque sont poussés par l'huile sous pression, ils pincent fortement le disque solidaire de la roue qui ralentit. Si le pincement est trop fort, la roue peut se bloquer. Pour éviter cela, un capteur détecte la vitesse de la roue et délivre cette information au calculateur. Si la vitesse devient trop faible et proche du blocage, le calculateur donne l'ordre au groupe hydraulique de diminuer la pression. Ainsi, grâce à l'ensemble capteur de vitesse-calculateur-groupe hydraulique, la pression est régulée lors d'un appui sur la pédale de frein pour obtenir la meilleure efficacité du freinage sans blocage.

1. Expliquer pourquoi il est indispensable de doter les quatre roues d'un capteur de vitesse.

2. À partir de l'analyse du document 1, compléter le document 2 ci-après en associant un composant matériel à chaque fonctionnalité.

Document 2.

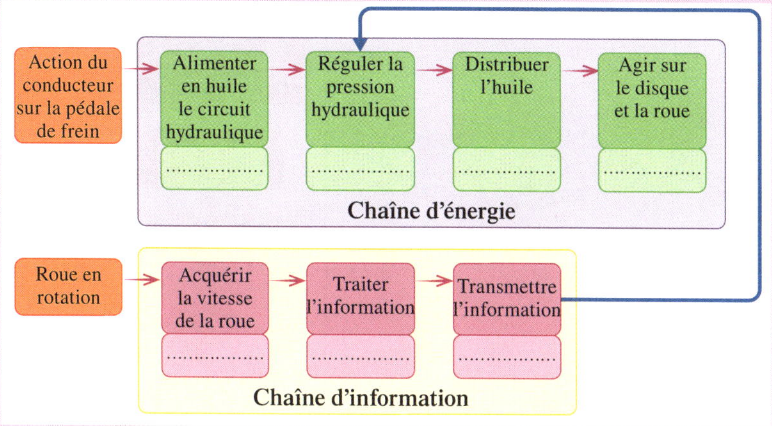

3. Le document 3 ci-contre présente l'algorithme du freinage ABS pour une roue. Compléter les parties manquantes.

Document 3.

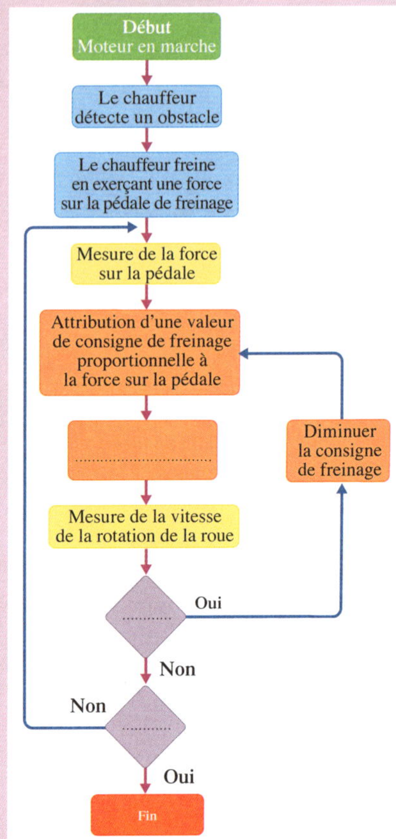

CORRIGÉ

1. Il est indispensable de doter les quatre roues d'un capteur de vitesse pour éviter le blocage d'une roue en cas de freinage trop brusque. Pour que le véhicule freine correctement sans perte d'adhérence ni changement de trajectoire, les quatre roues doivent avoir la même vitesse. Si une roue ne possède pas de capteur de vitesse, le calculateur ne peut pas donner l'ordre au groupe hydraulique de diminuer la pression. Cela pourrait provoquer un changement brusque de trajectoire, voire un accident.

2.

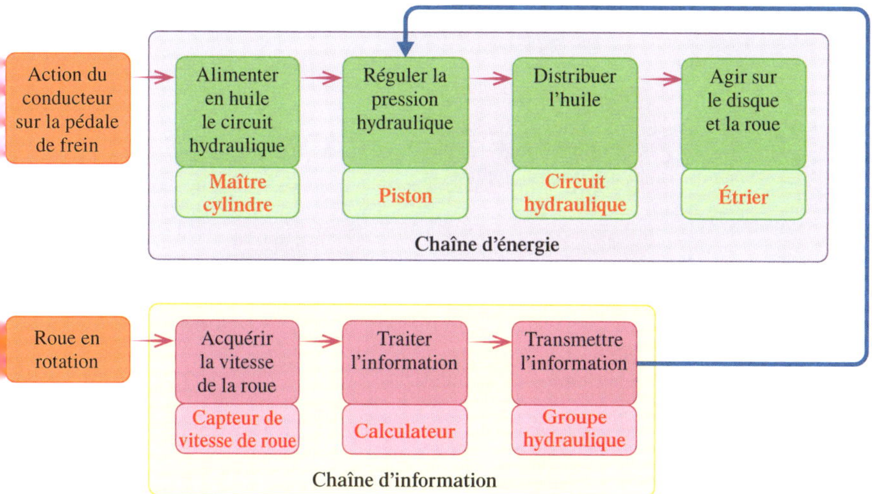

3. Voir page suivante.

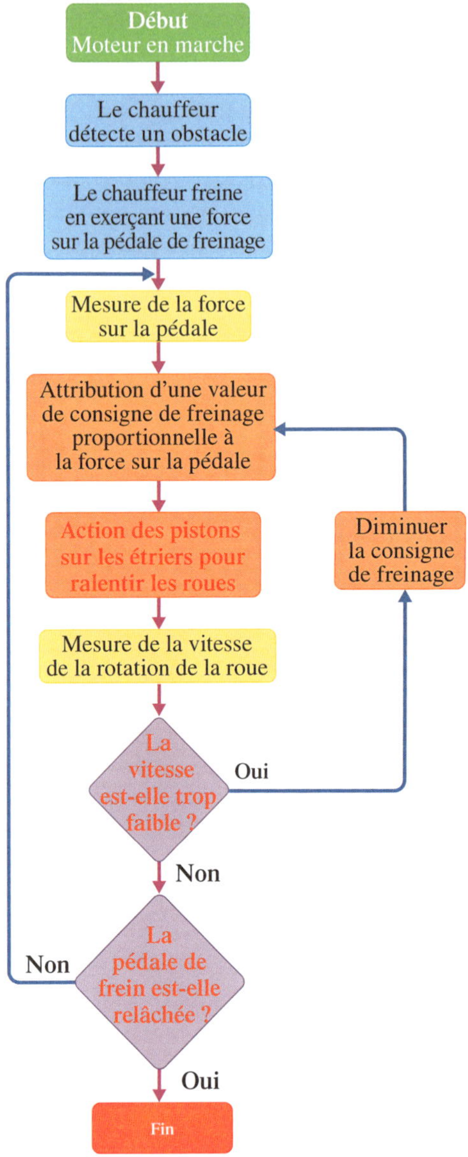
Début
Moteur en marche
Le chauffeur détecte un obstacle
Le chauffeur freine en exerçant une force sur la pédale de freinage
Mesure de la force sur la pédale
Attribution d'une valeur de consigne de freinage proportionnelle à la force sur la pédale
Action des pistons sur les étriers pour ralentir les roues
Diminuer la consigne de freinage
Mesure de la vitesse de la rotation de la roue
La vitesse est-elle trop faible ?
Oui
Non
La pédale de frein est-elle relâchée ?
Non
Oui
Fin

Sujet 51

Création, innovation et créativité

Exercice : 10 points

ÉNONCÉ Objet communicant

La société Labteam est spécialisée dans la fabrication de matériel de mesure pour le secteur de l'industrie chimique. Cette société a développé une nouvelle gamme d'appareils dédiés aux produits liquides, capables de mesurer jusqu'à quatre grandeurs physiques simultanées. Pour créer cette nouvelle gamme de produits, la société Labteam a réalisé une analyse fonctionnelle. Cela lui a permis d'élaborer le cahier des charges du produit afin de lancer la fabrication. On se propose d'étudier les différentes étapes de l'élaboration d'un appareil de la gamme, le Labteam2.

Description du besoin et des fonctions à satisfaire

1. Description du besoin

Document : Description de la gamme Labteam et des grandeurs mesurées.

	Labteam1	**Labteam2**	**Labteam3**	**Labteam4**
Mesure de la température	OUI	OUI	OUI	OUI
Mesure de la salinité	X	X	X	OUI
Mesure du pH	X	OUI	OUI	OUI
Mesure de la concentration en ions nitrate	X	X	OUI	OUI

a) Répondre aux questions suivantes puis compléter le diagramme « bête à cornes » ci-contre.
– À qui rend service le Labteam2 ?
– Sur quoi va-t-il intervenir ?
– Quel est le but de cet appareil ?

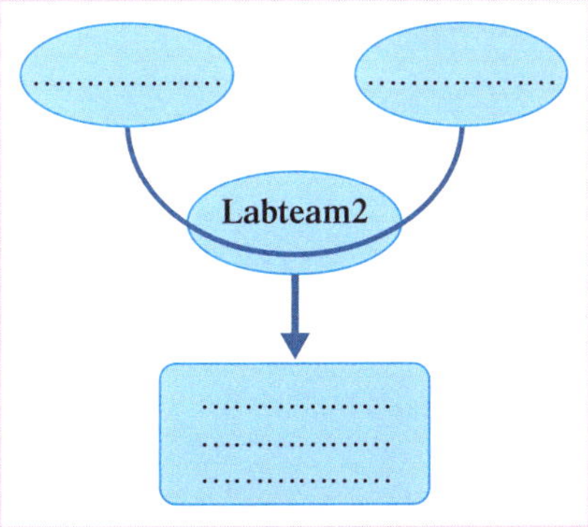

b) Utiliser vos connaissances pour définir la fonction principale d'un objet technique.

c) Énoncer les deux fonctions principales du Labteam2.

2. Détermination des fonctions à satisfaire

La réalisation de l'appareil Labteam2 doit répondre au cahier des charges suivant. L'appareil doit :

– mesurer la température et le pH ;
– posséder un mode de mesure manuel et automatique ;
– être alimenté par une batterie au lithium de 3,7 V rechargeable ;
– avoir une autonomie de 10 h en utilisation et de 40 h en veille ;
– pouvoir stocker les données dans la mémoire interne ;
– communiquer les données avec un ordinateur en Bluetooth ;
– posséder un écran de visualisation.

a) Associer la description à la fonction de service correspondante.

Fonctions de service		Description
FC1	**Énergie**	
FC2	**Mesures**	
FC3	**Données**	
FC4	**Écran**	
FC5	**Communication**	

b) Comment peut-on nommer ces cinq fonctions ?

☐ Fonctions principales ☐ Fonctions secondaires
☐ Fonctions contraintes ☐ Fonctions complémentaires

c) Compléter le diagramme des interactions du Labteam2 en indiquant ses différentes fonctions.

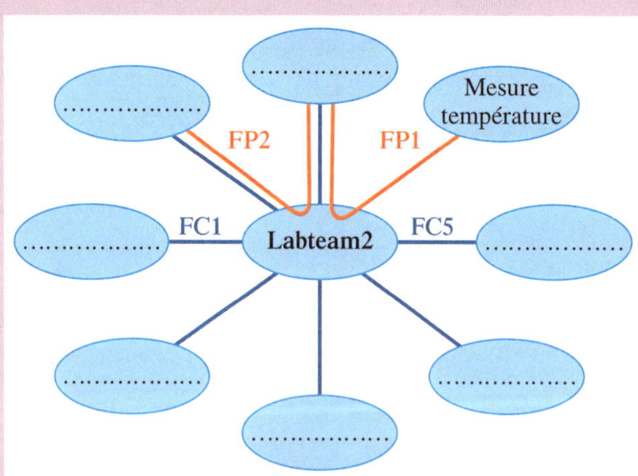

CORRIGÉ

1. a) – Le Labteam2 **rend service au client : le secteur professionnel de l'industrie chimique.**
– Le Labteam2 **intervient sur les liquides.**
– Le but de cet appareil est de **mesurer la température et le pH d'un liquide.**

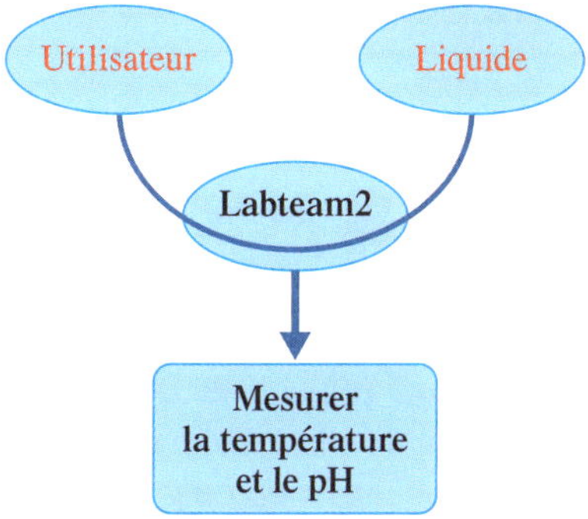

b) La fonction principale d'un objet technique **représente la ou les actions accomplies par l'objet technique pour répondre au besoin de l'utilisateur.**

c) Les fonctions principales de l'appareil sont de **mesurer le pH et la température d'un liquide.**

2. a)

Fonctions de service		Description
FC1	**Énergie**	Fonctionner grâce à une batterie rechargeable.
FC2	**Mesures**	Mesurer en mode manuel ou automatique.
FC3	**Données**	Stocker dans la mémoire interne.
FC4	**Écran**	Visualiser les mesures sur l'appareil.
FC5	**Communication**	Communiquer avec un appareil en Bluethooth.

b) Ces cinq fonctions sont des **fonctions contraintes**.

c)

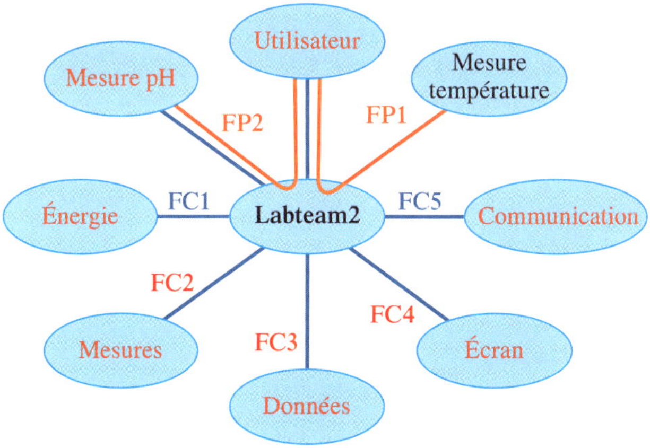

Sujet 52

Objets techniques

Exercice : 10 points

ÉNONCÉ Évolutions des objets techniques

La lampe, un objet technique

En 1879, Thomas Edison perfectionne la première lampe à incandescence en faisant le vide dans l'ampoule de la lampe afin que le filament dure plus longtemps. L'éclairage électrique était né. Progressivement, la lampe se perfectionne. Le filament n'est plus en carbone mais en tungstène. Dans l'ampoule on place un gaz inerte (Argon) pour augmenter la durée de vie de la lampe. Mais le rendement de ces types de lampe est faible. Uniquement 5 % de l'énergie électrique utilisée et convertie en énergie lumineuse. 95 % de l'énergie est perdue sous forme de chaleur. En 1959 apparaît la lampe à incandescence halogène, plus efficace qu'une ampoule à incandescence simple. Depuis 2009, le Grenelle de l'Environnement a pris des dispositions pour que les ampoules à incandescence soient définitivement retirées du marché.

Dès 1974, l'apparition des lampes fluo compactes a permis de pallier ce gaspillage d'énergie. Fonctionnant sur le principe de la luminescence générée par une décharge électrique dans un gaz, 20 % de l'énergie électrique utilisée et convertie en énergie lumineuse. Mais en matière d'économie d'énergie, les lampes à Led sont les plus performantes. Les premiers modèles apparaissent dès 1997. Elles fonctionnent sur le principe de l'électro luminescence mais ne nécessitent ni gaz, ni poudre fluorescente, ni mercure. Leur durée de vie est de 3 à 10 fois supérieure aux autres types de lampes et leur rendement est 3 fois supérieur à celui des lampes fluo compactes.

Document 1 : Fonctionnement d'une lampe à incandescence simple.

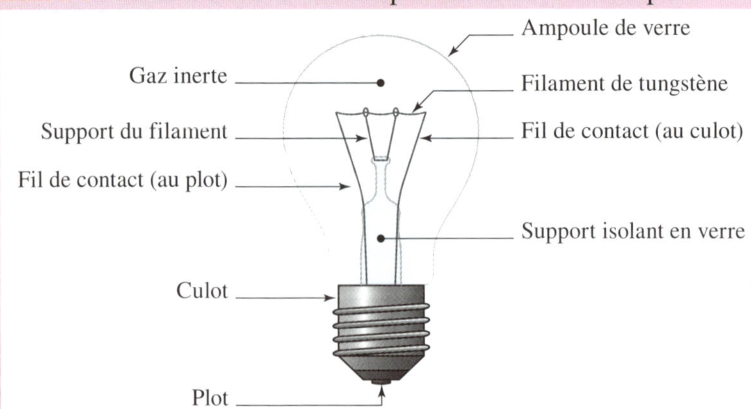

Le courant électrique traverse le filament de tungstène. Cela provoque son échauffement. Le filament devient incandescent : il produit alors de la lumière.

Document 2 : Fonctionnement d'une lampe basse consommation.

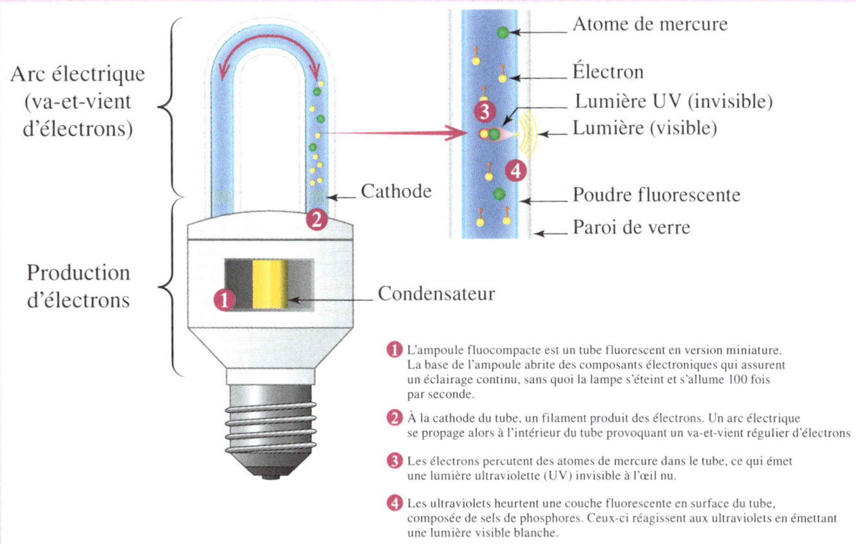

1. Construire une frise chronologique présentant l'évolution de la lampe.
2. Comparer le fonctionnement technique de la lampe à incandescence simple avec celui de la lampe fluo compacte.
3. À partir du texte, compléter les diagrammes d'énergie de la lampe à incandescence et de la lampe fluo compacte (**doc. 3**) en indiquant les énergies mises en jeu et les rendements en pourcentage.

Document 3.

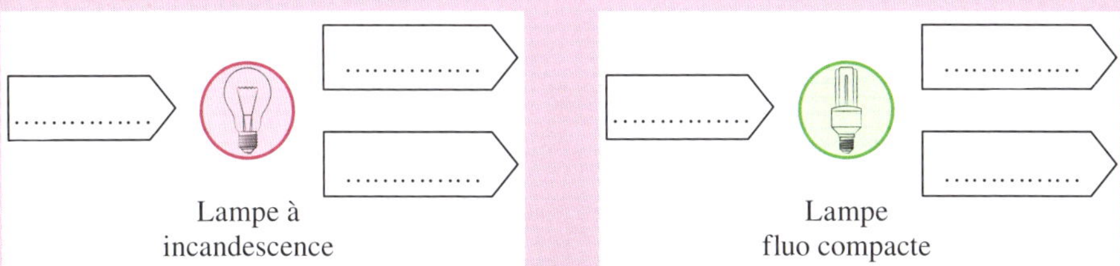

4. Expliquer pourquoi le Grenelle de l'environnement a pris des dispositions pour que les lampes à incandescence soient définitivement retirées du marché. Quelle technologie faut-il alors privilégier ?
5. Compléter la classification des lampes (**doc. 4**) en indiquant le nom des deux technologies utilisées pour produire de la lumière ainsi que les différents modèles de lampes.

Document 4.

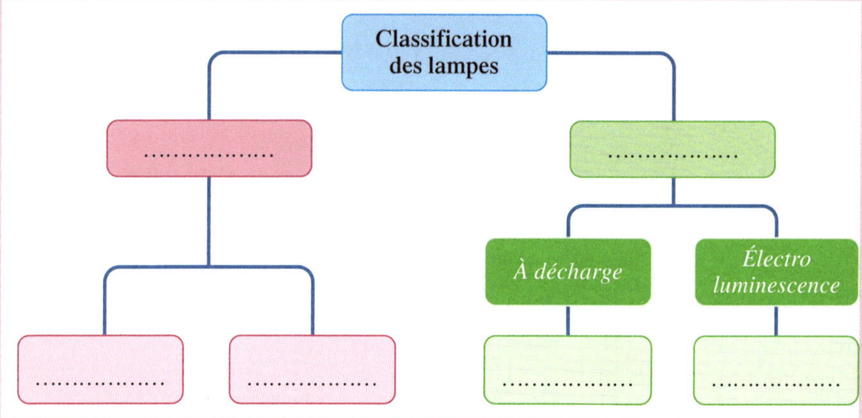
Classification des lampes
....
....
À décharge
Électro luminescence
....
....
....
....

CORRIGÉ

1.

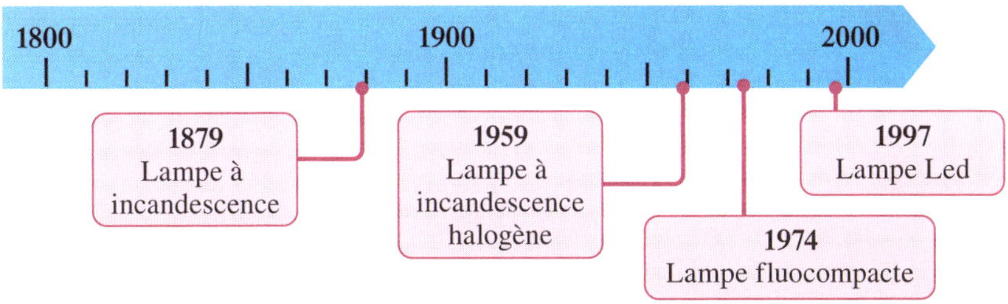

2. La lampe à incandescence fonctionne grâce à un filament en tungstène contenu dans une ampoule de verre qui contient un gaz inerte (argon). Lorsque le courant traverse le filament, la température augmente jusqu'à rendre le filament incandescent. Il produit alors de la lumière.

Dans une lampe fluo compacte, les électrons produits par un arc électrique entrent en contact avec le gaz contenu dans la lampe. Cela produit une lumière UV qui, à son tour, heurte une couche fluorescente à la surface du tube. Cela crée une lumière visible.

3.

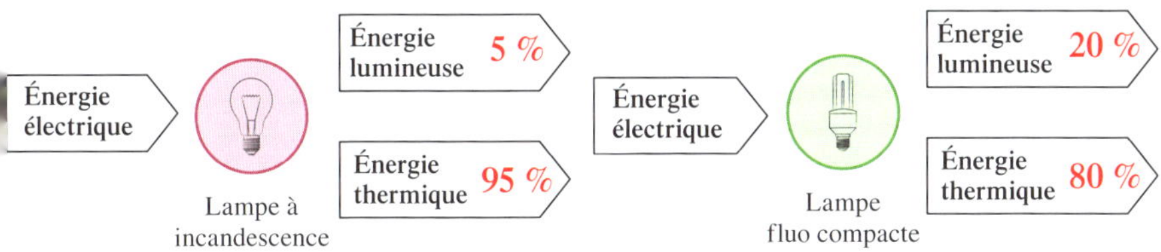

4. La décision du Grenelle de l'environnement s'explique par le fait que **les lampes à incandescence ont un faible rendement**. Seulement 5 % de l'énergie électrique qu'elles reçoivent est convertie en énergie lumineuse, 95 % de l'énergie est donc perdue sous forme de chaleur. **Pour économiser de l'énergie il faut donc privilégier les lampes Led.**

5.

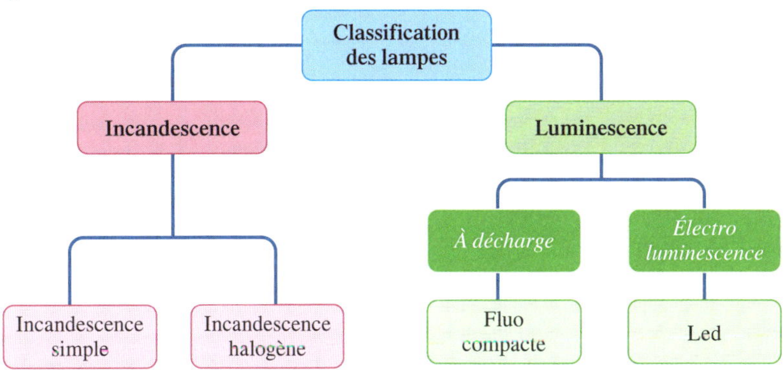

Sujet 53

Objets techniques

Exercice : 12 points

ÉNONCÉ Outils de description

Étiquette énergie

Pour informer le consommateur des caractéristiques d'un produit, de ses performances énergétiques et afin de faciliter le choix parmi différents modèles, chaque produit possède une étiquette énergie. Cette classification permet de classer les produits par efficacité énergétique notée de A à G.

Document 1 : Étiquettes énergie et caractéristiques de deux lampes.

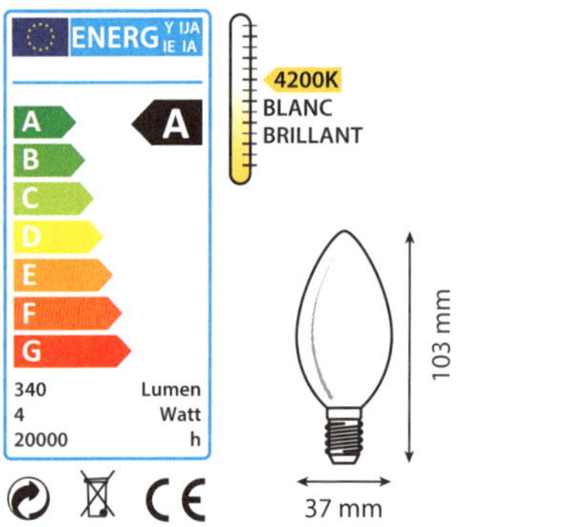

Étiquette énergie d'une lampe LED

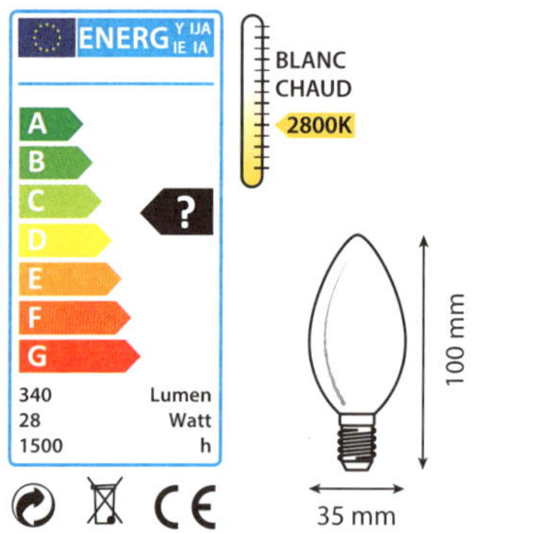

Étiquette énergie d'une lampe halogène

Caractéristiques

Flux lumineux : 340 lumens
Consommation : 4 watts
Culot : E 14
Durée de vie : 20 000 heures
Nombre de cycles :
10 000 Allumages / Extinctions
Tension : 230 volts
Variateur de puissance : Non
Temps d'allumage : < 0,3 s
Temps de chauffage à 60 % : < 1 s
Teneur en mercure : 0
Prix : 5,65 €

Caractéristiques

Flux lumineux : 340 lumens
Consommation : 28 watts
Culot : E 14
Durée de vie : 1 500 heures
Nombre de cycles :
8 000 Allumages / Extinctions
Tension : 230 volts
Variateur de puissance : Oui
Temps d'allumage : < 0,3 s
Temps de chauffage à 60 % : < 1 s
Teneur en mercure : 0
Prix : 2,10 €

Document 2 : Classe d'efficacité pour les lampes.

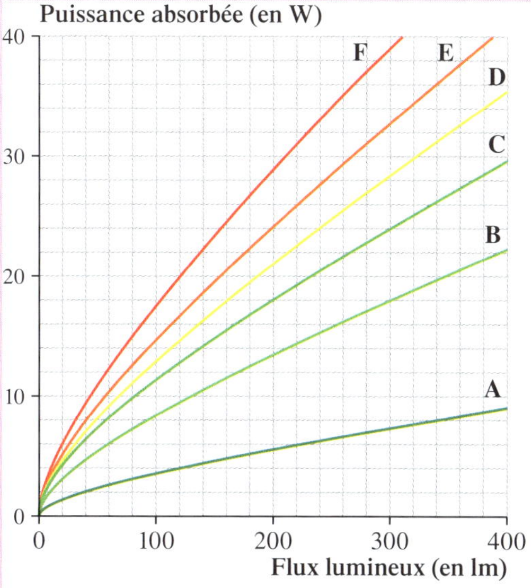

1. Citer 4 informations figurant sur l'étiquette énergie d'une lampe.
2. Utiliser les documents pour déterminer la classe énergétique de la lampe halogène.
3. Construire un tableau permettant de comparer les quatre caractéristiques techniques figurant sur l'étiquette et le prix des deux lampes.
4. Citer deux arguments permettant de convaincre rapidement un utilisateur de privilégier l'utilisation de lampes LED.
5. Un consommateur décide de changer les 4 lampes halogènes de son lustre par 4 lampes LED. Déterminer le coût de son investissement et expliquer pourquoi cet investissement est rentable.

CORRIGÉ

1. L'étiquette énergie indique la **classe énergétique**, le **flux lumineux en lumen**, la **consommation en watt** et la **durée de vie en heures**.

2. La lampe halogène utilise une puissance de 28 watts et produit un flux lumineux de 340 lumens. Ces deux informations se croisent sur le graphique du document 2 dans la zone C. **La classe énergétique de cette lampe halogène est donc C.**

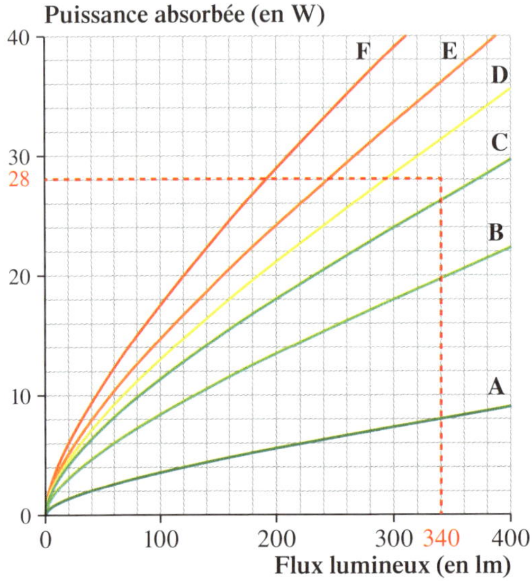

3.

	Flux lumineux	Consommation	Durée de vie	Classe énergétique	Prix
Lampe Led	340 lm	4 W	20 000 h	A	5,65 €
Lampe halogène	340 lm	28 W	1 500 h	C	2,10 €

4. Pour un même flux lumineux, la **lampe Led consomme 7 fois moins d'électricité** (28/4 = 7), et **dure 13 fois plus longtemps** (20 000 / 1 500 ≈ 13).

5. L'investissement pour 4 lampes Led est de 4 × 5,65 = 22,6 €.

La durée de vie (théorique) des lampes est de 20 000 heures.

L'investissement pour 4 lampes halogène est de 4 × 2,10 = 8,4 €.

La durée de vie (théorique) des lampes n'est que de 1 500 heures.

Après 1 500 heures, il faut les changer. Pour 20 000 heures, il faudrait les changer plus de 13 fois (20 000/1 500 ≈ 13), soit un investissement de 8,4 × 13 = 109,2 €.

Investir dans des lampes Led est donc rentable d'un point de vue financier.

Une lampe Led consomme 4 W, donc 4 lampes Led consomment 16 W.

Une lampe halogène consomme 28 watts.

Investir dans les lampes Led est donc rentable d'un point de vue énergétique.

Sujet 54

Modélisation et simulation

Exercice : 22 points

ÉNONCÉ Fonctionnement et structure d'un objet

Fonctionnement d'une éolienne

Document 1 : Description d'une éolienne.

Une éolienne utilise une source d'énergie mécanique : le vent. L'éolienne est composée d'un mât (de 45 à 115 mètres de haut) et d'une nacelle à l'intérieur de laquelle se trouve une génératrice électrique. Le rotor de la nacelle (constitué de 2 ou 3 pales) permet d'obtenir une énergie mécanique de rotation afin de mettre en mouvement la génératrice (par l'intermédiaire d'un système d'arbres et de multiplicateur). L'électricité produite est alors acheminée vers un transformateur puis envoyée dans le réseau électrique. Une éolienne fonctionne si la vitesse du vent ne dépasse pas les 90 km/h. Au-delà de cette vitesse, l'éolienne est bridée grâce à un frein placé derrière l'arbre primaire afin que les pales ne se brisent pas. La mesure de la vitesse du vent s'effectue grâce à un anémomètre. Un système d'orientation est relié à une girouette afin d'optimiser la production d'électricité, l'éolienne devant toujours être orientée face au vent.

Document 2 : Principe de fonctionnement du multiplicateur.

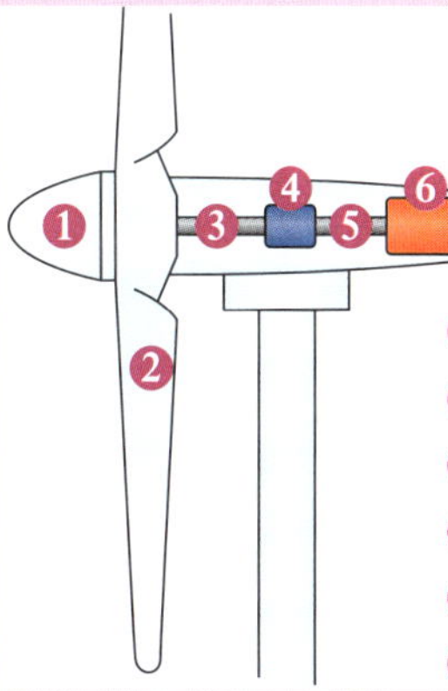

1 Rotor
2 Pale
3 Arbre Primaire
4 Boîte de vitesses
5 Arbre secondaire
6 Génératrice

Le rotor est relié à un arbre de transmission primaire qui entraîne le multiplicateur. La vitesse de rotation du rotor (20 tours/minute) n'est pas suffisante pour entraîner la génératrice.

Le multiplicateur de vitesse (boîte de vitesses) augmente cette vitesse à 2000 tr/min. Il est relié par un arbre secondaire à la génératrice qui peut alors produire de l'électricité.

Document 3 : Production électrique annuelle en France et dans le monde.

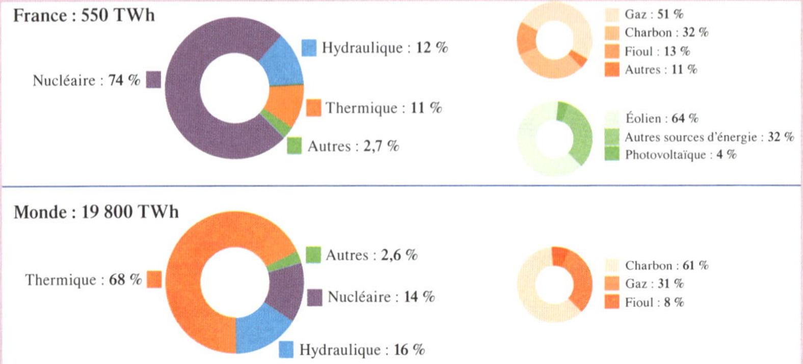

1. Utiliser les documents pour compléter le tableau de la nomenclature de l'éolienne (**Document 4**).

Document 4 : Nomenclature de l'éolienne.

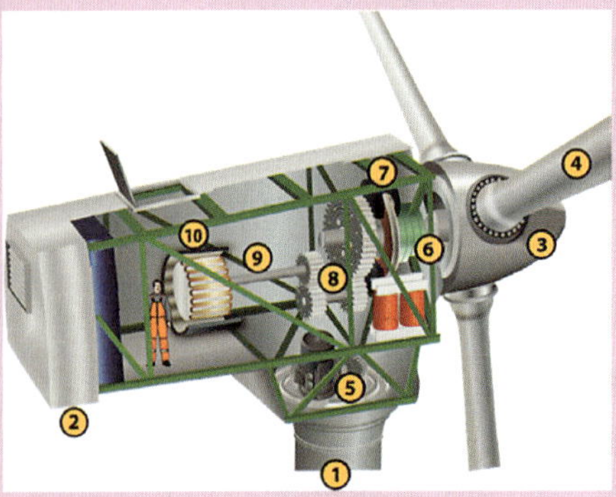

Repère	Désignation
1	
2	
3	
4	
5	
6	
7	
8	
9	
10	

2. Quelle est la source d'énergie primaire utilisée par une éolienne ? Cette énergie est-elle renouvelable ? Justifier la réponse et citer une autre source d'énergie renouvelable utilisée pour produire de l'électricité.

3. Compéter le diagramme énergétique de l'éolienne.

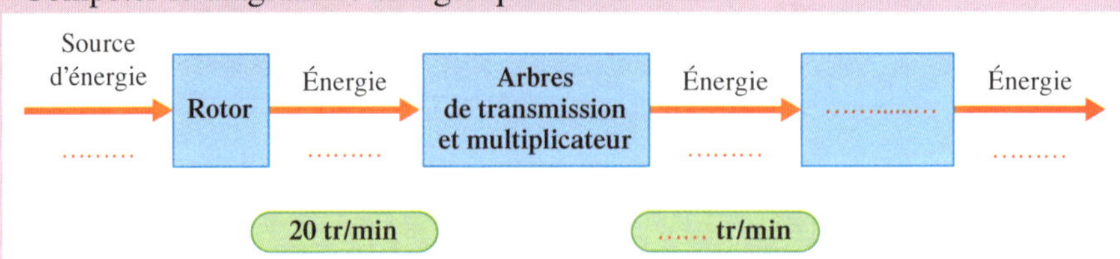

4. Calculer, en TWh, l'énergie produite par l'éolien en France.

5. La figure ci-dessous présente l'algorithme du système d'orientation et de freinage de l'éolienne. Compléter les parties manquantes.

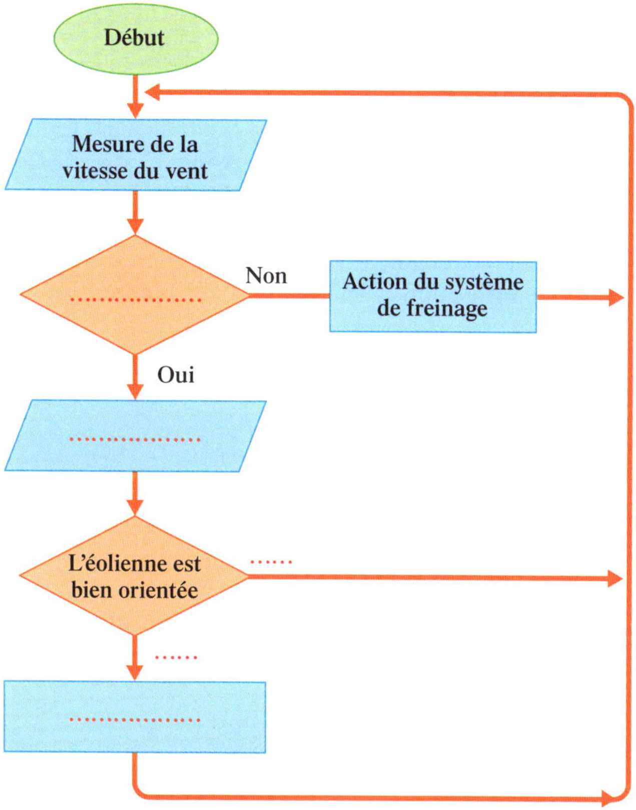

CORRIGÉ

1.

Repère	Désignation
1	Mât
2	Nacelle
3	Rotor
4	Pâle
5	Système d'orientation

Repère	Désignation
6	Arbre de transmission primaire
7	Frein
8	Multiplicateur (boîte de vitesses)
9	Arbre de transmission secondaire
10	Génératrice

2. Une éolienne utilise le **vent** comme source d'énergie primaire. C'est une **énergie renouvelable car son utilisation n'entraîne pas la diminution de sa réserve à l'échelle de l'humanité.**

L'**eau** est aussi une source d'énergie renouvelable. Elle est utilisée pour produire de l'électricité dans les centrales hydroélectriques.

3.

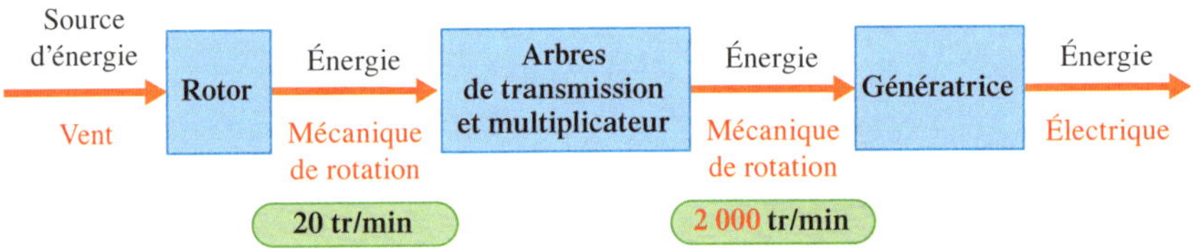

4. La France produit annuellement 550 TWh. La production d'électricité d'origine éolienne se trouve dans la partie verte du diagramme (**Document 3**) qui représente 2,7 % de la production totale.

$E = 550 \times 2{,}7 / 100 = 14{,}85$ TWh.

L'éolien représente 64 % de cette partie, soit :

$E_{éolien} = 14{,}85 \times 64 / 100 =$ **9,504 TWh.**

5.

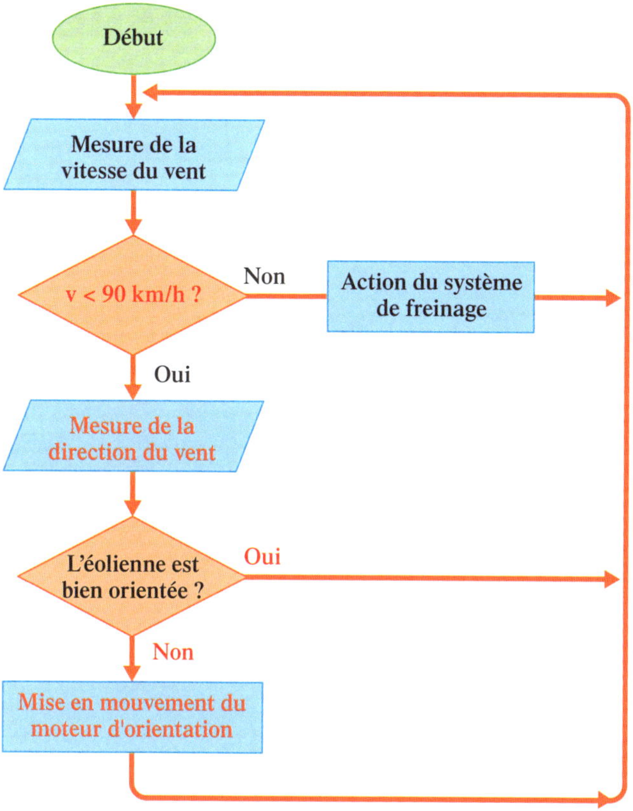
Début
Mesure de la vitesse du vent
v < 90 km/h ?
Non
Action du système de freinage
Oui
Mesure de la direction du vent
L'éolienne est bien orientée ?
Oui
Non
Mise en mouvement du moteur d'orientation

Sujet 55

Informatique et programmation

Exercice : 11 points

ÉNONCÉ Programmation

La société Labteam est spécialisée dans la fabrication de matériel de mesure pour le secteur de l'industrie chimique. Elle a développé une nouvelle gamme d'appareils dédiés aux produits liquides, capables de mesurer jusqu'à quatre grandeurs physiques simultanées. Pour cette création, la société Labteam a réalisé une analyse fonctionnelle qui lui a permis d'élaborer le cahier des charges du produit afin de lancer la fabrication. On se propose d'étudier le programme de mesure automatique de l'appareil Labteam2.

Programmation du Labteam2

Le Labteam2 peut être programmé pour effectuer des mesures de température et alerter l'utilisateur en cas de température excessive. Construire l'algorithme en utilisant la description du programme température et les règles d'écriture d'un algorithme.

Document 1 : Description du programme.

Début
Saisie température maximale Tmax
Mesure de la température T
T< Tmax ?
    Oui : Mesure de la température
    Non : Déclenchement de l'alarme
Alarme sonore désactivée ?
    Oui : Éteindre alarme
    Saisie température Tmax
    Non : Alarme sonore désactivée ?

Document 2 : Règles d'écriture d'un algorithme.

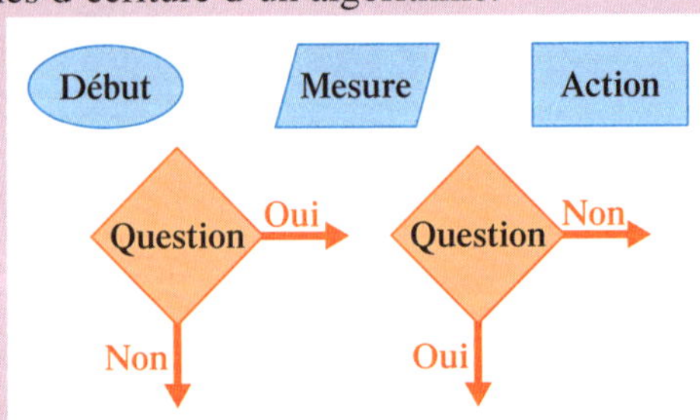

CORRIGÉ

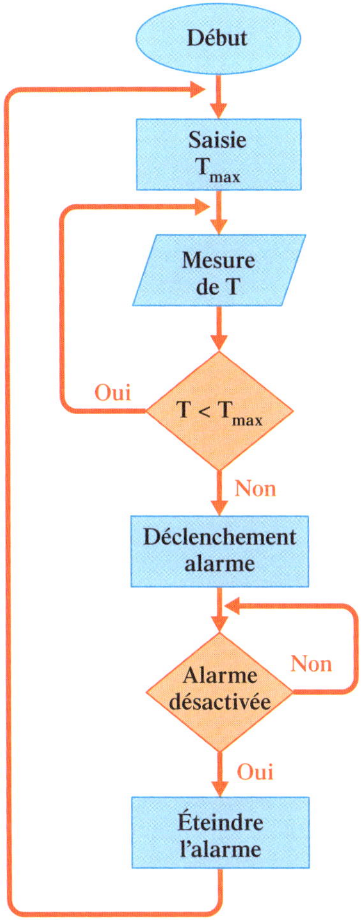
Début
Saisie T_{max}
Mesure de T
Oui
$T < T_{max}$
Non
Déclenchement alarme
Non
Alarme désactivée
Oui
Éteindre l'alarme

Sujet 56

Informatique et programmation

Exercice : 25 points

ÉNONCÉ Réseau informatique – Programmation

L'analyse de l'acide désoxyribonucléique (ADN) est utilisée dans de nombreuses situations (détection de maladies génétiques, identification de lien de parenté), notamment par la police scientifique lors de recherches de preuves. Les laboratoires en charge de ces analyses sont équipés de systèmes automatisés permettant un traitement d'échantillons en grande quantité.

Description du système automatisé existant

Le système est constitué d'un bioanalyseur, un ordinateur portable et une imprimante autonome. L'ordinateur est connecté via un câble Universal Serial Bus (USB) à un bioanalyseur qui réalise l'analyse de l'ADN.

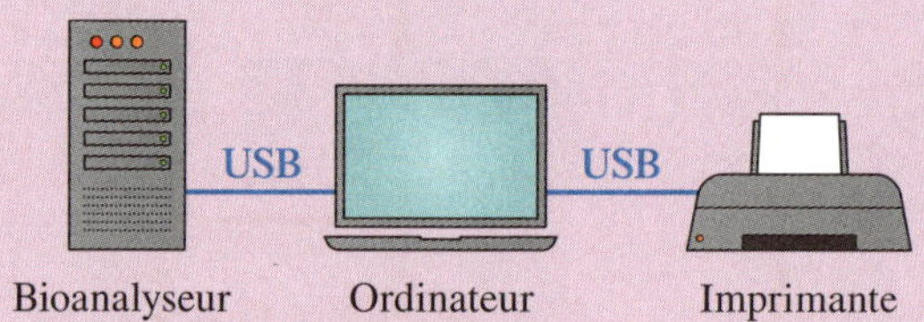

L'ordinateur pilote l'analyseur et archive les données sur son disque dur.

Il est également relié à une imprimante permettant l'impression de certaines données pour le client.

Le constructeur du bioanalyseur souhaite faire évoluer le système pour s'adapter aux nouvelles exigences des utilisateurs dans les laboratoires.

L'étude porte sur les solutions techniques qui répondent aux améliorations souhaitées, notamment la réalisation d'un réseau informatique intégrant tous les éléments de l'analyse et une interface Homme-machine.

Document 1 : Améliorations souhaitées pour le système.

Le service marketing a rassemblé les améliorations souhaitées par les utilisateurs :

– **besoin 1 :** permettre le pilotage, la visualisation et le suivi de l'avancement de l'analyse depuis n'importe quel emplacement du laboratoire sans rester à côté de l'analyseur ;

– **besoin 2 :** imprimer les résultats sur l'imprimante connectée au réseau informatique du laboratoire ;

– **besoin 3 :** garantir la sauvegarde des résultats d'analyse de façon sécurisée sur le réseau ;

– **besoin 4 :** transmettre de manière sécurisée les résultats des analyses à des clients via internet.

1. Afin de répondre aux améliorations souhaitées décrites dans le document 1, cocher les solutions techniques à envisager.

☐ a. Ajouter un modem-routeur au réseau informatique.

☐ b. Ajouter une imprimante réseau au réseau informatique.

☐ c. Acheter une tablette et créer une application de pilotage du bioanalyseur pour tablette.

☐ d. Ajouter un point d'accès Wifi au réseau.

☐ e. Ajouter une carte réseau au bioanalyseur pour le relier au réseau informatique du laboratoire par un câble Ethernet.

☐ f. Ajouter un écran tactile sur le bioanalyseur.

☐ g. Ajouter un serveur de fichier sécurisé sur le réseau.

Parmi les solutions techniques retenues, le constructeur valide l'intégration d'une tablette numérique pour réaliser l'interface entre utilisateur et l'analyseur. La tablette permet de piloter le bioanalyseur et d'accéder aux résultats d'analyse stockés au sein du serveur de fichiers du réseau informatique.

Document 2 : Composants d'un réseau informatique.

- Un commutateur réseau (switch) est un équipement qui permet de relier plusieurs ordinateurs par des câbles Ethernet.
- Un point d'accès Wifi permet de relier sans fil des ordinateurs au réseau.
- Un modem-routeur assure la liaison entre un réseau et internet.

2. Sur le schéma du réseau ci-dessous, et à l'aide du document 2, représenter le trajet du flux d'informations entre la tablette et le bioanalyseur lorsque l'utilisateur pilote le démarrage de l'analyse.

Le trajet est représenté par un symbole :

– •))) si la liaison est réalisée sans fil ;

– →→ si la liaison est réalisée par câble.

Schéma du réseau informatique du laboratoire

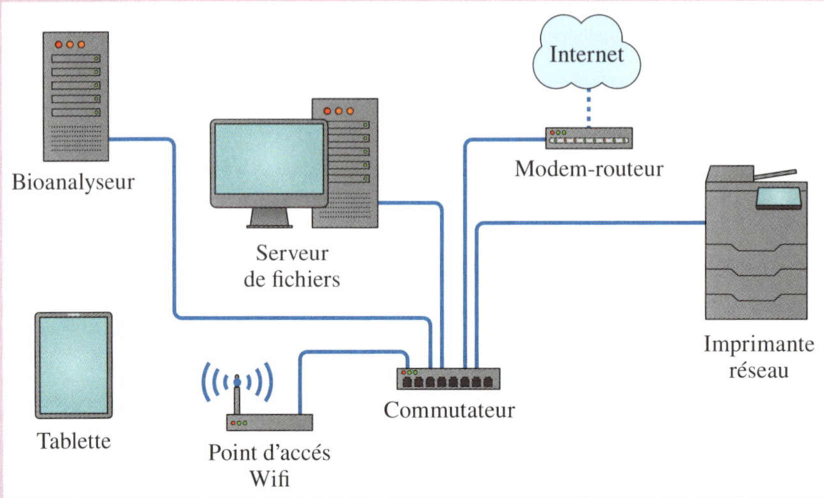

3. Le serveur de fichiers contient un logiciel qui protège les données contre le piratage d'un réseau informatique. Ce logiciel est nommé « pare-feu ».

À l'aide du schéma de la question 2, justifier l'utilisation d'un logiciel « pare-feu » sur le serveur en précisant :
- les données qui sont sensibles ;
- les constituants du réseau par lesquels un hacker peut s'introduire pour pirater les données sensibles ;
- l'utilisation abusive et interdite que le hacker peut en faire.

La tablette reçoit des informations provenant du bioanalyseur et les stocke dans une variable nommée « État ». Certaines d'entre elles indiquent l'état de son fonctionnement par 3 caractères distinctifs :
- prêt à fonctionner (caractère = P) ;
- incapable de fonctionner (caractère = E) ;
- en cours d'analyse (caractère = A).

L'écran de la tablette affiche une zone de message qui traduit l'état de fonctionnement du bioanalyseur par un texte évocateur :
- caractère P $\rightarrow$ Prêt ;
- caractère E $\rightarrow$ Erreur ; – caractère A $\rightarrow$ Analyse.

Document 3 : Diagramme d'activité de la zone de texte « Affichage état ».

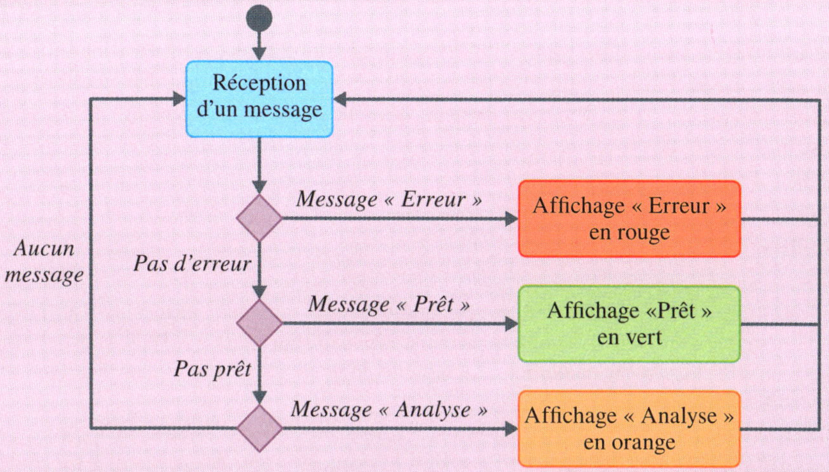

4. À l'aide du document 3, compléter, sur la capture d'écran ci-dessous, la modélisation du programme de gestion de la zone de texte « Affichage état ».

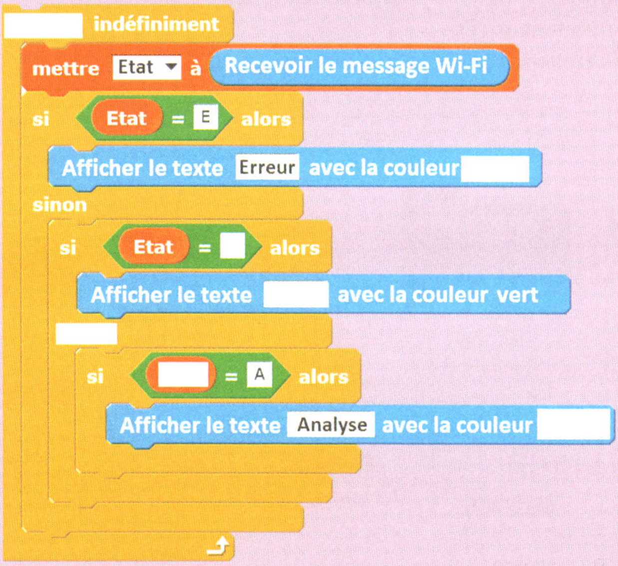

CORRIGÉ

1. Le document 1 présente quatre améliorations souhaitées par les utilisateurs. Il faut comparer ces demandes avec les solutions techniques envisageables proposées.
Les solutions techniques à retenir sont a, b, c, d, e, g.
– **besoin 1** : e, c, d.
– **besoin 2** : b.
– **besoin 3** : g.
– **besoin 4** : a.

2.
– Lorsque l'utilisateur pilote le démarrage de l'analyse, il doit envoyer un flux d'informations de la tablette vers le bioanalyseur. Attention, le bioanalyseur n'est pas Wifi. Il est commandé par l'ordinateur du serveur de fichiers. La tablette ne peut pas communiquer directement avec le bioanalyseur.
– La tablette communique en Wifi (sans fil) avec le point d'accès Wifi (**A**).
– Le point d'accès Wifi envoie le flux vers le commutateur (via réseau Ethernet) (**B**).
– Le commutateur le transmet (via réseau Ethernet) à l'ordinateur de serveur de fichier (**C**).
– L'ordinateur, qui pilote le bioanalyseur, envoie le flux d'informations (via réseau Ethernet) vers le commutateur (**D**).
– Le commutateur le transmet (via réseau Ethernet) au bioanalyseur (**E**).

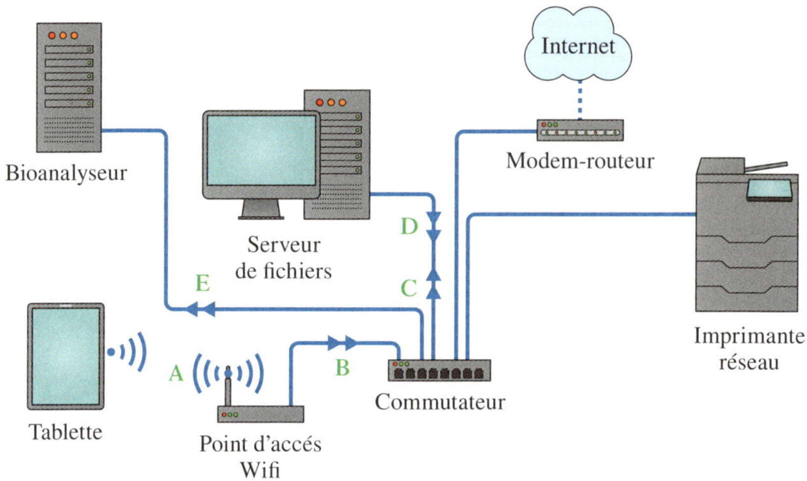

Schéma du réseau informatique du laboratoire

3. Le serveur de fichiers doit donc contenir un logiciel « pare-feu » afin de protéger les données contre le piratage du réseau informatique car :
- **le serveur de fichier contient des données sensibles** comme des analyses ADN pouvant être utilisées pour détecter des maladies génétiques ou pouvant servir à l'identification d'individus par la police scientifique dans le cadre de recherches de preuves ;
- le système étant relié au réseau internet, **un hacker pourrait parvenir à ces données** par le biais d'internet en se connectant au modem routeur puis au commutateur afin d'accéder aux données se trouvant sur le serveur de fichiers ;
- **ces données étant strictement privées, une utilisation malveillante** (effacement, modification ou communication des données à un tiers ou au grand public) pourraient modifier le bon déroulement d'une enquête de police scientifique ou révéler des données privées.

4. Le document 3 est un diagramme, il va permettre de compléter le programme du document 4.
Le document 3 indique que :
- le programme ne s'arrête pas, **répéter** indéfiniment ;
- le message erreur apparaît de couleur **rouge** ;
- la couleur verte correspond à l'état Prêt, caractère **P** et au message Prêt ;
- pour passer à l'autre test, on utilise la conjonction **sinon** ;
- le caractère A correspond à un **état** de fonctionnement de l'appareil ;
- le message analyse s'affiche en **orange**.

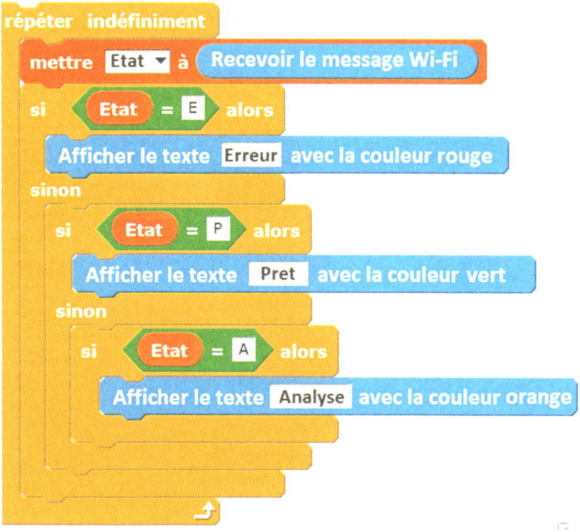

Sujet 57

Création, innovation et créativité

Exercice : 25 points ✓

ÉNONCÉ **Objet innovant**

L'échographie est une technologie d'imagerie 2D qui permet de visualiser certaines parties du corps humain, non visibles à l'œil nu.
Un constructeur d'échographes souhaite intégrer une transmission des résultats d'une vidéo de l'échographie en haute définition (HD). Afin de garantir une bonne disponibilité de cet appareil, il est nécessaire d'améliorer l'autonomie de la batterie et d'indiquer l'état de sa charge électrique.

Document 1 : Principe de fonctionnement d'un échographe portable.

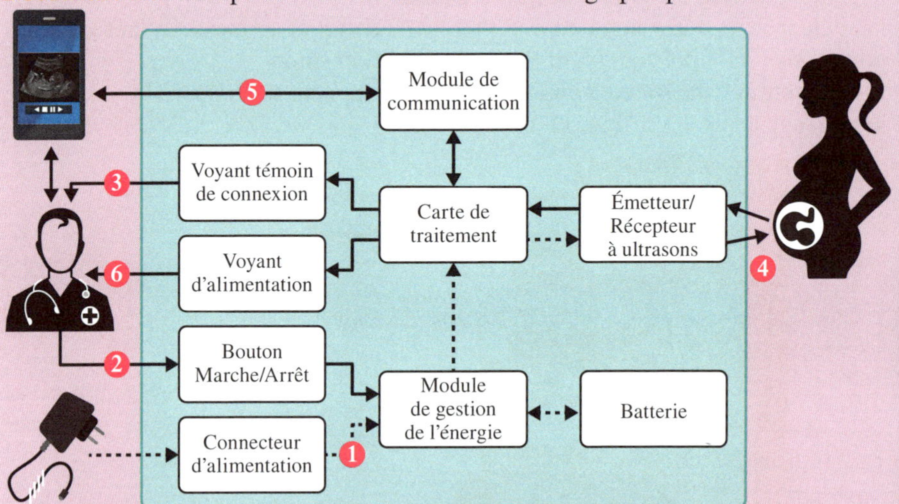

Diagramme simplifié des blocs internes

Lorsque le médecin appuie sur le bouton marche/arrêt (flèche 2), la carte de traitement est alimentée. Un voyant témoin de connexion avec la tablette est allumé (flèche 3).
La consigne de début et de fin d'acquisition des images, ainsi que sa visualisation, se font sur la tablette tactile. La tablette transmet les consignes (flèche 5) au module de communication qui les transmet à la carte de traitement.

La carte de traitement alimente l'émetteur à ultrasons en énergie électrique. L'émetteur à ultrasons convertit l'énergie électrique en signal sonore (flèche ❹) qui se propage au sein du corps du patient. L'écho du signal sonore est capté par le récepteur qui le convertit en signal électrique transmis à la carte de traitement puis au module de communication. Celui-ci renvoie les résultats du traitement (flèche ❺) à la tablette pour l'affichage des images.

1. À l'aide du document 1, qui décrit le principe de fonctionnement d'un échographe ainsi que les flux (information et énergie) représentés par les flèches, compléter le tableau suivant en mettant, pour chaque flèche numérotée, une croix pour identifier la nature et le type de flux de chaque liaison.

Lien	**Nature de l'interaction**					**Type de flux**	
Flèche	**Signal sonore**	**Signal lumineux**	**Courant électrique**	**Ondes radio (sans fil)**	**Consigne utilisateur**	**Flux d'énergie**	**Flux d'information**
①							
②							
③							
④							
⑤							
⑥		X					X

Pour une transmission de vidéo en HD, il est nécessaire d'adapter la solution technique pour le module de communication.

Document 2 : Caractéristiques des technologies de transmissions sans fil.

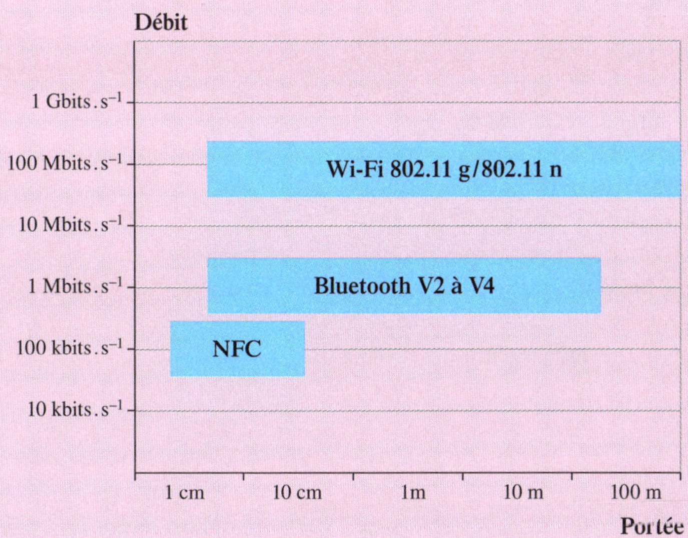

2. À l'aide des données du document 2, choisir la solution technique que le constructeur doit intégrer au nouvel appareil et argumenter la réponse en précisant le ou les critères de choix.

Afin de répondre aux exigences du cahier des charges, le constructeur remplace la batterie utilisée de type Ni-Cd par une batterie de type Li-ion.

Document 3 : Caractéristiques des batteries

Critère \ Type batterie	Plomb	Ni-Cd	Ni-Mh	Li-ion
Rapport énergie stockée / masse	40 $Wh \cdot kg^{-1}$	60 $Wh \cdot kg^{-1}$	85 $Wh \cdot kg^{-1}$	170 $Wh \cdot kg^{-1}$
Prix pour 1 Wh	0,15 €	0,60 €	0,65 €	0,70 €
Source de pollution	élevée	élevée	faible	faible
Durée de vie (ans)	4 à 5	2 à 3	2 à 4	2 à 3

3. À l'aide du document 3, préciser les exigences qui ont été déterminantes dans le choix du constructeur.
Argumenter la réponse.

Pour informer l'utilisateur sur l'état de charge de la batterie, le constructeur étudie la possibilité d'intégrer un module d'information et de gestion de la charge au sein de l'appareil.

Document 4 : Gestion de la charge de la batterie

Un module de gestion gère la charge de la batterie et communique les informations suivantes à la carte de traitement :

- charge en cours - état vrai ou faux ;
- batterie déchargée - état vrai ou faux ;
- batterie chargée - état vrai ou faux.

L'information de l'utilisateur est réalisée à l'aide d'une LED tricolore respectant le principe de fonctionnement suivant.

En permanence :

- lorsque la batterie est en charge, la LED clignote en orange (1 s allumée, 1 s éteinte) ;
- lorsque la batterie est en charge et qu'elle a atteint son niveau chargé, la LED s'allume en vert ;
- si la batterie est déchargée, la LED séclaire en rouge.

4. À l'aide du document 4, compléter sur le document ci-dessous la modélisation du programme de gestion du voyant d'alimentation de l'appareil d'échographie.

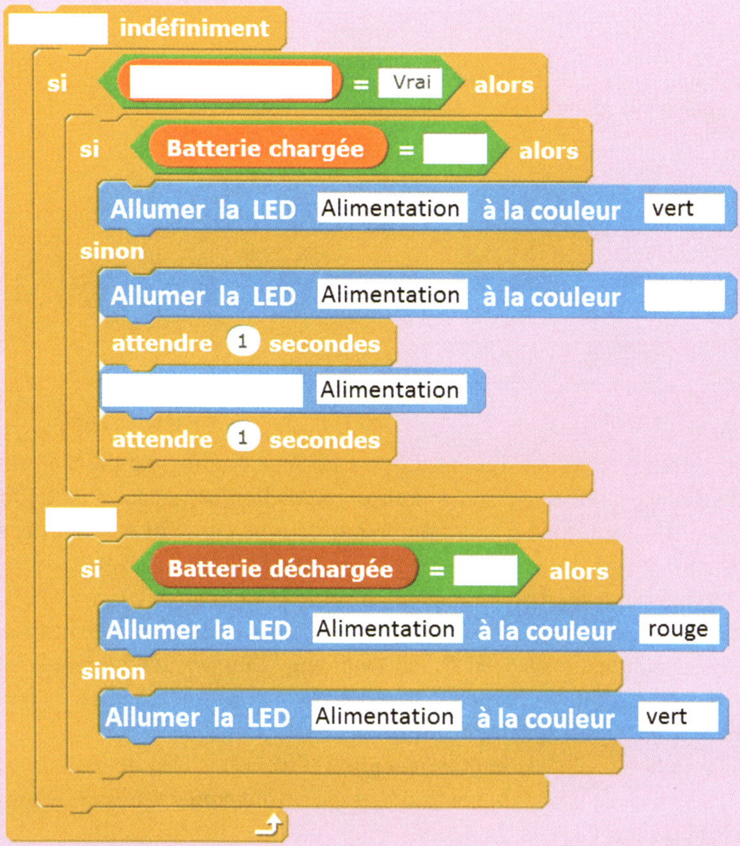

CORRIGÉ

1.

Lien	Nature de l'interaction					Type de flux	
Flèche	Signal sonore	Signal lumineux	Courant électrique	Ondes radio (sans fil)	Consigne utilisateur	Flux d'énergie	Flux d'information
❶			X			X	
❷					X		X
❸		X					X
❹	X						X
❺				X			X
❻		X					X

Explications :

❶ La flèche indique une liaison entre le connecteur d'alimentation et le module de gestion de l'énergie. Cette liaison a pour objectif d'alimenter le module de gestion en électricité. Il s'agit donc d'une interaction de type **courant électrique**. C'est un **flux d'énergie** électrique.

❷ La flèche indique une action du médecin sur le bouton marche/arrêt. Il s'agit donc d'une interaction de type **consigne utilisateur**. C'est un **flux d'information**.

❸ La flèche indique la mise en fonctionnement d'un voyant lumineux indiquant l'état de la connexion de la tablette. Il s'agit donc d'une interaction de type **signal lumineux**. C'est un **flux d'information**.

❹ La flèche indique l'émission et la réception d'ultrasons afin de réaliser une échographie. Il s'agit donc d'une interaction de type **signal sonore** (les ultrasons sont des sons inaudibles pour l'oreille humaine). C'est un **flux d'information**.

❺ La flèche indique la transmission des résultats de traitement du module de communication à la tablette. Il s'agit donc d'une interaction de type **onde radio**. C'est un **flux d'information**.

2. Le constructeur d'échographes souhaite intégrer une transmission des résultats de l'échographie en vidéo haute définition (HD).

D'après le document 2 cette transmission HD nécessite un débit de 10 Mbits.s^{-1}. Le document 2 présente aussi les caractéristiques des technologies de transmissions sans fil (NFC, Bluetooth et Wifi).

Sur l'axe vertical du graphique figure le débit et sur l'axe horizontal la portée.

Seule la technologie Wifi est capable de fournir un débit minimum de10 Mbits.s^{-1}.

Le choix se portera donc sur la solution technique Wifi.

3. Le constructeur d'échographes souhaite garantir une bonne disponibilité de son appareil, il souhaite donc améliorer l'autonomie de la batterie. Il remplace alors la batterie utilisée de type Ni-Cd par une batterie de type Li-ion.
Pour identifier les exigences qui ont été déterminantes dans ce choix, il faut comparer les batteries Ni-Cd et Li-ion.
Quatre critères sont renseignés dans le tableau du document 3.
– *Rapport énergie stockée/masse* : on remarque que la batterie Li-on est presque trois fois plus performante que la batterie Ni-Cd (Ni-Cd : $60 \text{Wh} \cdot \text{kg}^{-1}$ et Li-Ion : $170 \text{Wh} \cdot \text{kg}^{-1}$).
Ce critère a donc été déterminant lors du choix de la batterie.
– *Prix pour 1Wh* : le prix du Wh est plus élevé pour la technologie Li-Ion que pour la technologie Ni-Cd.
Ce critère n'a donc pas été déterminant lors du choix de la batterie.
– *Source de pollution* : La batterie Li-Ion est une source faible de pollution alors que la batterie Ni-Cd est une source de pollution élevée.
Ce critère a donc été déterminant lors du choix de la batterie.
– *Durée de vie* : Les deux batteries ont la même durée de vie.
Ce critère n'a donc pas été déterminant lors du choix de la batterie.
L'autonomie accrue (rapport énergie stockée/masse) ainsi que la faible source de pollution sont les deux critères qui ont été déterminants dans le remplacement des batteries Ni-Cd par des batteries Li-Ion.

4.

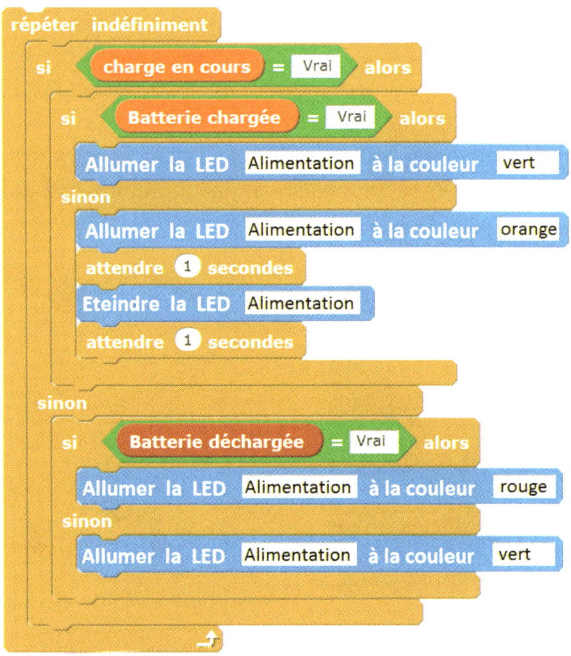

Sujet 58

Amérique du nord 2021

Physique-Chimie-SVT

Indication portant sur l'ensemble du sujet

Toute réponse, même incomplète, montrant la démarche de recherche du candidat sera prise en compte dans la notation.

PHYSIQUE-CHIMIE

La neige

Trois conditions sont nécessaires à la formation de la neige : l'atmosphère doit être suffisamment humide ; la température doit être suffisamment basse ; des particules solidesdoivent être présentes dans l'air.

Document 1 : Croissance d'un flocon de neige.

À l'origine de la croissance d'un flocon de neige setrouve une minuscule gouttelette d'eau d'un rayond'environ 10 µm. La solidification de la goutteletteen un noyau de glace (aussi appelé noyau de condensation) est engendrée par la présence de fines particules solides. Ensuite, les molécules d'eau présentes dans l'atmosphère se fixent à la surface du noyau de condensation. Ainsi, le floconde neige croît jusqu'à atteindre une taille de l'ordredu millimètre.
Les flocons de neige possèdent six branches car les molécules d'eau dans la glace s'organisent à l'échelle microscopique selon une structure cristalline hexagonale.

Flocon de neige

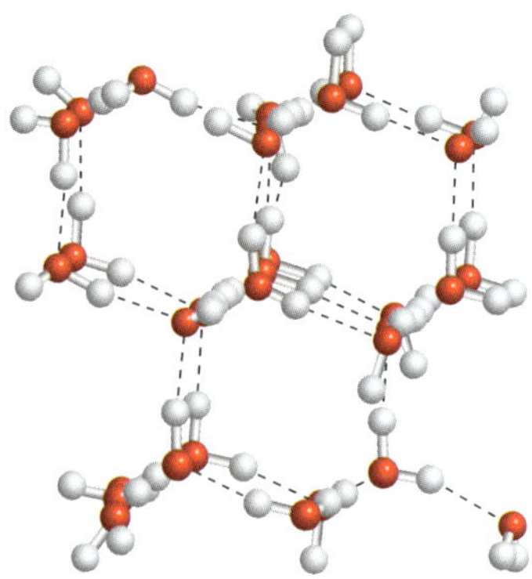

Structure cristalline hexagonale de la glace

QUESTION 1 4 points

Donner la formule chimique de la molécule d'eau et décrire sa composition.

Corrigé page 187

QUESTION 2 4 points

Classer par ordre de taille croissante les trois « objets » suivants : *flocon de neige ; molécule d'eau ; atome d'oxygène.*

Corrigé page 188

QUESTION 3 3 points

D'après certaines observations, il semblerait que les précipitations de neige soient plus fréquentes dans les grandes villes que dans les campagnes environnantes. Parmi les propositions suivantes, identifier l'hypothèse qui permettrait d'expliquer cela.
(Ne pas recopier la proposition choisie, mais indiquer uniquement la lettre correspondante sur la copie.)

A. Les températures sont plus élevées en ville qu'à la campagne.
B. L'air atmosphérique est plus chargé d'humidité à la campagne.
C. L'air atmosphérique des villes est plus pollué, notamment en particules solides.
D. L'air atmosphérique des villes est plus riche en dioxyde de carbone.

Corrigé page 188

QUESTION 4 14 points

Lorsque les précipitations de neige sont importantes, l'effondrementd'une toiture est possible. Ainsi, le toit de l'abri de bus représenté sur le document 2 n'est pascapable de supporter un poids supérieur à 2 000 N.
En exploitant le document 2, et en effectuant les calculs nécessaires, indiquer si ce toit d'abride bus peut résister à une épaisseur de neige fraîche de 50 cm.

Corrigé page 188

Données : Volume d'un pavé droit = longueur × largeur × hauteur.
Masse volumique de la neige fraîche : 40 kg/m^3.
Intensité de la pesanteur sur Terre : g = 10 N/kg.

Document 2 : Dimensions de l'abri de bus

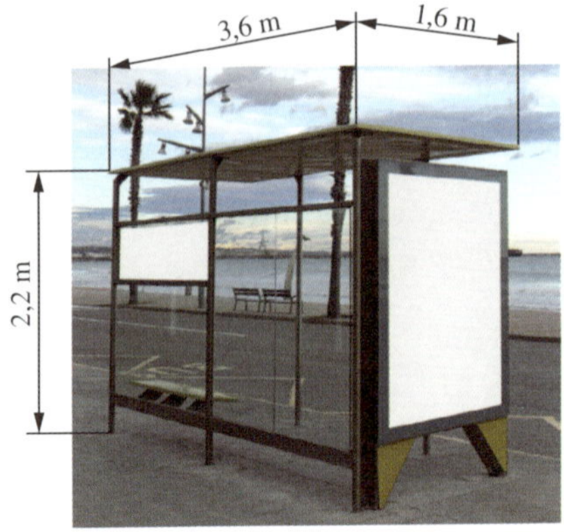

SVT

Madame X ne prend plus de moyen de contraception depuis deux ans, mais ne parvient pas à avoir d'enfant. Elle et son conjoint décident de consulter une équipe médicale spécialisée. Les examens montrent que le conjoint de Madame X ne présente pas d'anomalie de fertilité.

Document 1 : Le taux de fertilité féminin selon les tranches d'âges

La fertilité désigne la capacité pour un individu à se reproduire et obtenir une descendance viable. On parle d'infertilité en cas de difficulté à avoir un enfant. Ce serait peut-être le cas de Madame X qui a 42 ans.

Graphique présentant le taux de fertilité féminin en fonction des tranches d'âges

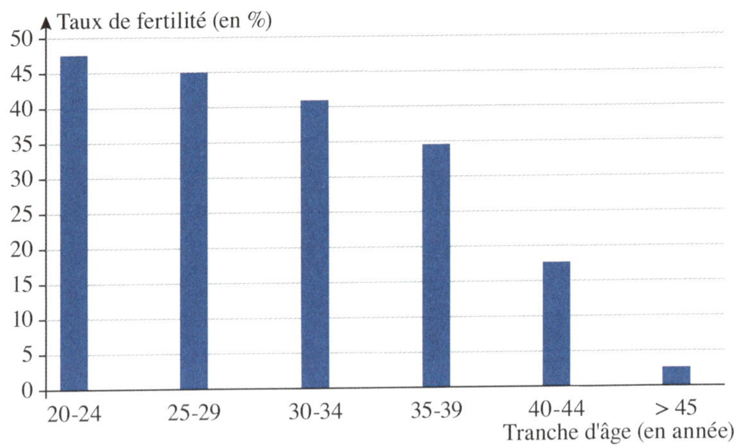

D'après la source : New England Journal of Medecine, 2004

QUESTION 1 — 6 points

En utilisant des données chiffrées significatives, décrire l'évolution du taux de fertilité féminin en fonction de l'âge et déterminer le taux de fertilité de Madame X.

Corrigé page 190

Document 2 : Examen radiographique de l'appareil reproducteur féminin

L'hystérographie est un examen qui permet de visualiser l'utérus et les trompes de Fallope grâce à un produit injecté dans l'utérus via une sonde. Le produit va se diffuser à partir de l'utérus jusqu'aux ovaires, en passant par les trompes.
Lorsque les trompes sont « bouchées », le produit utilisé lors de l'examen n'arrive pas jusqu'aux ovaires. Dans ce cas, les trompes et les ovaires ne sont pas visibles sur l'hystérographie.

Hystérographies d'une femme fertile (à gauche) et de la patiente, Madame X (à droite)

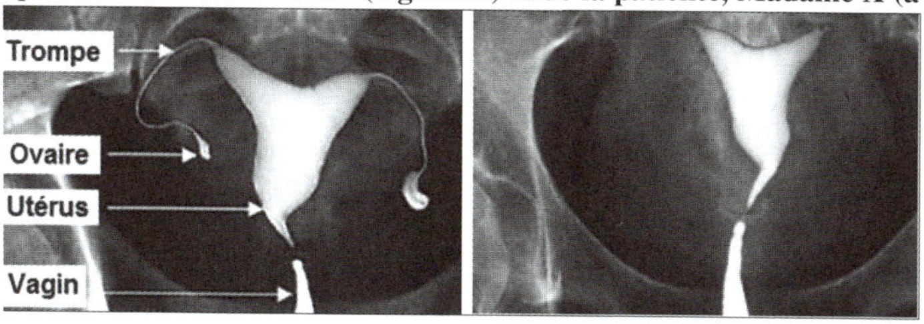

D'après la source : Bac ST2S de biologie physiopathologie humaine (2014 – Polynésie)

QUESTION 2 — 6 points

À l'aide du document 2 et de vos connaissances, expliquer l'origine de l'infertilitéde Madame X.

Corrigé page 190

Document 3 : Définition : qu'est-ce que la PMA ?

La procréation médicalement assistée (PMA) consiste à manipuler un ovule et/ ou un spermatozoïde pour favoriser l'obtention d'une grossesse. Elle permet de résoudre certaines difficultés à concevoir, sans nécessairement traiter la cause de l'infertilité.

L'une des techniques de PMA est **l'insémination artificielle** qui consiste à introduire artificiellement le sperme du conjoint ou d'un donneur au niveau du col de l'utérus ou dans la cavité utérine de la femme pour aboutir à la fécondation d'un ovule. Une autre technique de PMAest **la fécondation *in vitro* (FIV)** qui consiste à recueillir ovules et spermatozoïdes, à procéder àune fécondation artificielle pour ensuite introduire le(s) embryon(s) obtenu(s) dans l'utérus de la femme.

En 2015 en France, 3,1 % des enfants sont nés grâce à une PMA, soit une naissance sur 32 environ. La recherche vise à améliorer les techniques utilisées, de manière à augmenter les chances de succès de grossesse.

Schéma de deux méthodes de procréation médicalement assistée (PMA)

Insémination artificielle
Introduire artificiellement le sperme dans la cavité utérine de la femme

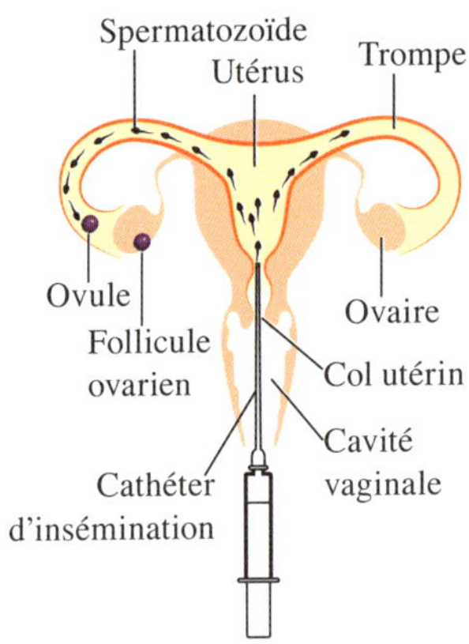

Fécondation *in vitro* (FIV)
❶ Stimulation : maturation des follicules* par injections hormonales

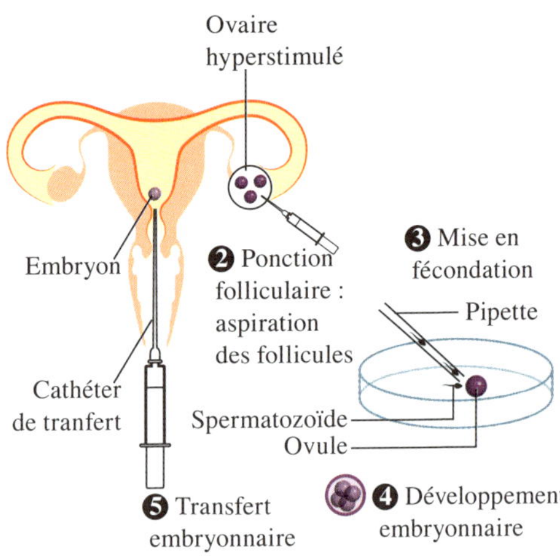

D'après la source : https://www.publicsenat.fr

* Follicule (élément contenant l'ovule)v

QUESTION 3 — 4 points

D'après le document 3, cocher la bonne réponse pour chaque proposition.

1. Lors d'une insémination artificielle, la fécondation, c'est-à-dire la rencontre entrele spermatozoïde et l'ovule a lieu :

☐ dans l'utérus,
☐ au niveau des trompes, proche de l'ovaire,
☐ à l'extérieur de l'organisme féminin.

2. Lors d'une fécondation *in vitro*, l'embryon obtenu est ensuite placé :

☐ dans l'utérus, ☐ dans l'ovaire, ☐ dans les trompes.

3. Lors d'une fécondation *in vitro*, la fécondation a lieu :

☐ dans l'utérus, ☐ dans l'ovaire, ☐ à l'extérieur de l'organisme féminin.

4. En 2015, le pourcentage d'enfants nés en France grâce à la PMA est de :

☐ 0,31 %, ☐ 3,1 %, ☐ 31 %.

Corrigé page 190

QUESTION 4 — 6 points

À l'aide des documents, proposer, parmi les deux techniques de PMA, celle qui permettrait à Madame X d'avoir un enfant. Justifier votre raisonnement.

Corrigé page 190

CORRIGÉS

PHYSIQUE-CHIMIE

Question 1 (Énoncé p. 184)

La formule chimique de l'eau est $\mathbf{H_2O}$.

Dans la formule chimique, la lettre H représente l'atome d'hydrogène et la lettre O l'atome d'oxygène.

La molécule d'eau est donc composée de **deux atomes d'hydrogène et d'un atome d'oxygène**.

Question 2 (Énoncé p. 184)

Le classement par objet de taille croissante signifie : « de l'objet le plus petit à l'objet le plus grand ».

Un flocon de neige est composé de molécules d'eau, donc :

$\text{taille}_{\text{molécule d'eau}} < \text{taille}_{\text{flocon neige}}$.

Une molécule d'eau est composée d'atomes d'hydrogène et d'oxygène, donc :

$\text{taille}_{\text{atome d'oxygène}} < \text{taille}_{\text{molécule d'eau}}$.

Classement par ordre de taille croissante :

$\text{taille}_{\text{atome d'oxygène}} < \text{taille}_{\text{molécule d'eau}} < \text{taille}_{\text{flocon neige}}$

Question 3 (Énoncé p. 184)

Il faut identifier l'hypothèse (donc une seule réponse est attendue) permettant d'expliquer l'observation suivante : « *il semblerait que les précipitations de neige soient plus fréquentes dans les grandes villes que dans les campagnes* ».

Pour cela, il faut utiliser le premier paragraphe du sujet qui indique les trois conditions nécessaires à la formation de la neige :

– l'atmosphère doit être suffisamment humide,

– la température doit être suffisamment basse,

– des particules solides doivent être présentes dans l'air.

Seule l'hypothèse C « *l'air atmosphérique des villes est plus pollué, notamment en particules solides* » permet de satisfaire l'une des trois conditions : « *Des particules solides doivent être présentes dans l'air* ».

Réponse : hypothèse C.

Question 4 (Énoncé p. 184)

Point méthode : *Il faut déterminer si le toit de l'abribus peut résister à une épaisseur de 50 cm de neige fraîche. L'énoncé nous indique que le toit est capable de supporter un poids maximum de 2 000 N. L'objectif de l'exercice est donc de calculer le poids de 50 cm de neige fraîche et de comparer la valeur obtenue avec la valeur maximale admise par l'abribus.*

Pour faire ce calcul, on utilisera la formule $P = m \times g$ *avec* m *: masse de la neige et* g *intensité de la pesanteur (données). L'énoncé ne nous donne pas la masse. Il faudra donc la calculer.*

On connaît la masse volumique de la neige fraîche (données). En utilisant la formule $\rho = m/V$, *on va déterminer la masse de la neige.*

L'énoncé ne nous donne pas le volume V de la neige. Il faudra donc le calculer en utilisant la formule de volume du pavé droit (données), ainsi que les dimensions de l'abribus (document 2).

Scénario de rédaction :

1 : Calcul de volume occupé par la neige (en utilisant la formule du volume du pavé droit)

2 : Calcul de la masse de la neige (en utilisant la formule $\rho = m/V$*)*

3 : Calcul du poids de la neige (en utilisant la formule $P = m \times g$*)*

4 : Comparaison de la valeur obtenue avec la valeur maximale admise par l'abribus

Étape 1 : calcul du volume occupé par la neige fraîche

V = longueur × largeur × hauteur

Attention, les valeurs doivent être dans la même unité. Il faut convertir 50 cm en mètre : 50 cm = 0,5 m.

$V = 3{,}6 \times 1{,}6 \times 0{,}5$

La longueur et la largeur du toit se trouvent dans le document 2 : $L = 3{,}6$ m et $l = 1{,}6$ m.

$V = 2{,}88 \text{ m}^3$

La neige occupe un volume de 2,88 mètres cubes.

Étape 2 : calcul de la masse de la neige fraîche sur le toit

$\rho = m/V$ donc $m = \rho \times V$

$m = 40 \times 2{,}88$

La valeur de ρ se trouve dans les données : $\rho = 40 \text{ kg/m}^3$.

$m = 115{,}2$ kg

La masse de la neige est de 115,2 kilogrammes.

Étape 3 : calcul du poids de la neige fraîche sur le toit

$P = m \times g$

La valeur de g se trouve dans les données : $g = 10$ N/kg.

$P = 115{,}2 \times 10$

$P = 1\,152$ N

Le poids de la neige est de 1 152 newtons.

Étape 4 : comparaison de la valeur obtenue

La valeur maximale admise par le toit **est de 2 000 newtons.**

Le poids de 50 cm de neige fraîche sur le toit de l'abribus **est de 1 152 newtons.**

Cette valeur est inférieure à la valeur maximale admise par le toit (1 152 < 2 000), donc le toit de l'abribus résistera à une épaisseur de 50 cm de neige fraîche.

SVT

Question 1 (Énoncé p. 186)

Nous voyons dans le document 1 que le taux de fertilité baisse en fonction des tranches d'âges. Il est en effet d'environ 47 % entre 20 et 24 ans et de 2,5 % au-delà de 45 ans Madame X, âgée de 42 ans, a un taux de fertilité d'environ 17,5 %.

Question 2 (Énoncé p. 186)

Nous voyons dans le document 2 que, sur l'hystérographie de Madame X, les trompes de Fallope et les ovaires ne sont pas visibles. Comme indiqué dans le document, cela signifie que les trompes sont bouchées.

Nous savons que les spermatozoïdes doivent passer par les trompes depuis l'utérus pour rejoindre l'ovule afin que la fécondation puisse avoir lieu.

Nous pouvons en déduire que l'infertilité de Madame X a pour origine l'anomalie de ses trompes de Fallope : le fait qu'elles soient bouchées rend la fécondation impossible

Question 3 (Énoncé p. 187)

1. Lors d'une insémination artificielle, la fécondation, c'est-à-dire la rencontre entre le spermatozoïde et l'ovule a lieu :

☐ dans l'utérus,
☒ au niveau des trompes, proche de l'ovaire,
☐ à l'extérieur de l'organisme féminin.

2. Lors d'une fécondation *in vitro*, l'embryon obtenu est ensuite placé :

☒ **dans l'utérus**, ☐ dans l'ovaire, ☐ dans les trompes.

3. Lors d'une fécondation *in vitro*, la fécondation a lieu :

☐ dans l'utérus, ☐ dans l'ovaire, ☒ **à l'extérieur de l'organisme féminin**

4. En 2015, le pourcentage d'enfants nés en France grâce à la PMA est de :

☐ 0,31 %, ☒ **3,1 %**, ☐ 31 %.

Question 4 (Énoncé p. 188)

Nous savons grâce au document 1 que Madame X a un taux de fertilité faible (environ 17,5 %), dû à son âge.

Nous savons grâce au document 2 que les trompes de Madame X sont bouchées, rendant impossible la fécondation.

Nous savons grâce au document 3 qu'il existe deux grandes techniques de PMA :

L'insémination artificielle, nécessitant des trompes de Fallope fonctionnelles pour être efficace. Le sperme est en effet placé dans la cavité utérine et les spermatozoïdes doivent rejoindre l'ovule en passant par les trompes de Fallope.

La fécondation *in vitro*, permettant d'implanter directement un embryon dans l'utérus après avoir réalisé une fécondation en laboratoire.

Nous pouvons en déduire que la technique de PMA qui permettrait à Madame X d'avoir un enfant est la fécondation *in vitro*

Sujet 59

Centres étrangers 2021

Physique-Chimie-Technologie

PHYSIQUE-CHIMIE

Triathlon

Le triathlon est une discipline sportive réunissant trois épreuves : la natation, le cyclisme et la course à pied.

1. Épreuve de natation ✅ 6 points

Les concurrents démarrent le triathlon par une épreuve de natation.

Chronophotographie d'une partie du déplacement d'une nageuse

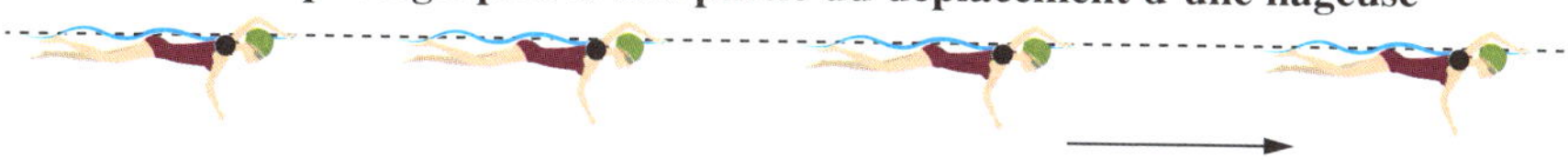

Une chronophotographie est une succession de clichés pris à intervalles de temps égaux.

QUESTION 1

Décrire la trajectoire de la nageuse.

Corrigé page 198

QUESTION 2

Décrire l'évolution de la vitesse de la nageuse au cours du temps. Justifier la réponse.

Corrigé page 199

QUESTION 3

Qualifier le mouvement de la nageuse en choisissant deux termes parmi les suivants :

rectiligne – circulaire – ralenti – uniforme – accéléré

Corrigé page 199

2. Épreuve de cyclisme ✅ 6 points

À la sortie de l'eau, les concurrents récupèrent leur vélo.

2.1. Une athlète souhaite utiliser le vélo le plus léger possible parmi deux modèles à sa disposition.

Modèle	 Vélo 1	 Vélo 2
Matériau utilisé pour le cadre	Fibre de carbone	Aluminium

Les dimensions des deux modèles sont strictement identiques. Les volumes des tubes constituant les cadres sont les mêmes. Seuls les matériaux utilisés pour les cadres diffèrent.

QUESTION 4

Préciser le modèle choisi par l'athlète. Justifier.

Corrigé page 199

Données :
– Masse volumique de la fibre de carbone : $1{,}8 \times 10^3$ kg/m^3
– Masse volumique de l'aluminium : $2{,}7 \times 10^6$ g/m^3

2.2. La pression des pneus est une donnée importante pour augmenter les performances.
Le graphe ci-dessous donne la pression des pneus recommandée en fonction du poids du cycliste.

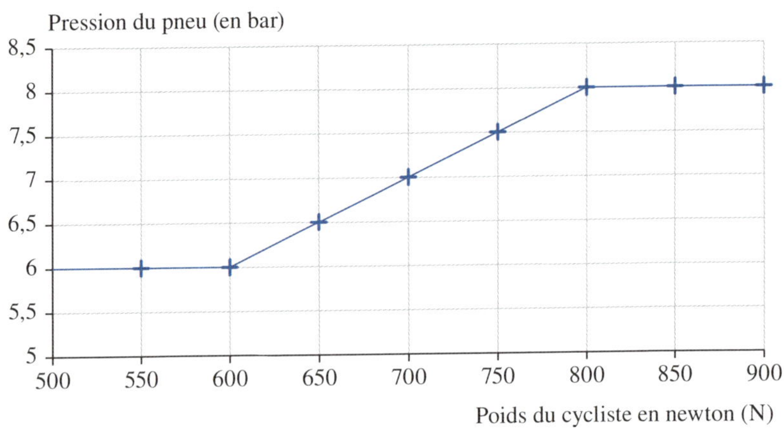

QUESTION 5

Déterminer la valeur de la pression à appliquer aux pneus du vélo d'une cycliste dont la masse est de 65 kg. Toute démarche proposée sera prise en compte.

Corrigé page 199

Donnée : pour l'intensité de la pesanteur sur Terre, on prendra $g_T = 10$ N/kg.

3. Épreuve de course à pied ✓ 13 points

Les concurrents terminent le triathlon par une épreuve de course à pied.
Sur le parcours, des verres de boisson énergisante à base de glucose sont proposés aux points de ravitaillement.

3.1. Une molécule de glucose a pour formule chimique $C_6H_{12}O_6$.

QUESTION 6

Préciser le nombre et le nom de chacun des atomes composant une molécule de glucose.

Corrigé page 200

Donnée : extrait de la classification périodique des éléments

1 H Hydrogène							2 He Hélium
3 Li Lithium	4 Be Béryllium	5 B Bore	6 C Carbone	7 N Azote	8 O Oxygène	9 F Fluor	10 Ne Néon
11 Na Sodium	12 Mg Magnésium	13 Al Aluminium	14 Si Silicium	15 P Phosphore	16 S Soufre	17 Cl Chlore	18 Ar Argon

3.2. Au niveau des muscles a lieu une transformation chimique modélisée par la réaction entre le glucose et le dioxygène. Cette transformation s'accompagne d'un dégagement d'énergie.
L'équation de réaction est :

$$C_6H_{12}O_6 + 6\ O_2 \rightarrow 6\ CO_2 + 6\ H_2O$$

QUESTION 7

Justifier qu'il s'agit bien d'une transformation chimique.

Corrigé page 200

3.3. L'énergie chimique est convertie en énergie cinétique et en énergie thermique.

QUESTION 8

Recopier et compléter le diagramme énergétique d'un muscle, représenté ci- contre.

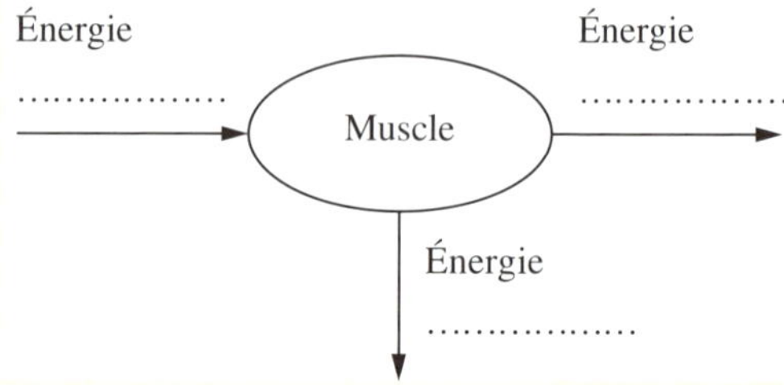

Corrigé page 200

3.4. Pour couvrir ses besoins énergétiques, l'athlète consomme une boisson énergétique.
Durant une heure de course à pied, la dépense énergétique moyenne de l'athlète est d'environ 30 kJ par kg de masse corporelle.
Une athlète de 65 kg court pendant 30 min.

QUESTION 9

Déterminer le nombre de verres de boisson énergisante nécessaire pour couvrir la dépense énergétique sachant qu'un verre de boisson énergisante apporte une énergie d'environ 335 kJ à l'athlète.

Corrigé page 200

Détailler le raisonnement. Toute démarche proposée sera prise en compte.

TECHNOLOGIE

Aide au stationnement

Le radar de recul est un système utilisé à l'arrière des véhicules pour faciliter la manœuvre de stationnement.

Il est constitué de 4 capteurs à ultrasons positionnés sur le pare-chocs du véhicule. Lorsqu'un obstacle est détecté (mur, véhicule, arbre, personne… voir document 1), le système émet des bips sonores et affiche la position de l'obstacle sur un écran au tableau de bord.

Chaque capteur est capable d'émettre et de recevoir des ultrasons. Lorsqu'un obstacle est présent face au capteur, le délai entre l'émission et la réception de l'onde permet de connaître la distance qui le sépare de l'obstacle (voir document 2). Les informations sont ensuite traitées par l'ordinateur de bord.

Document 1

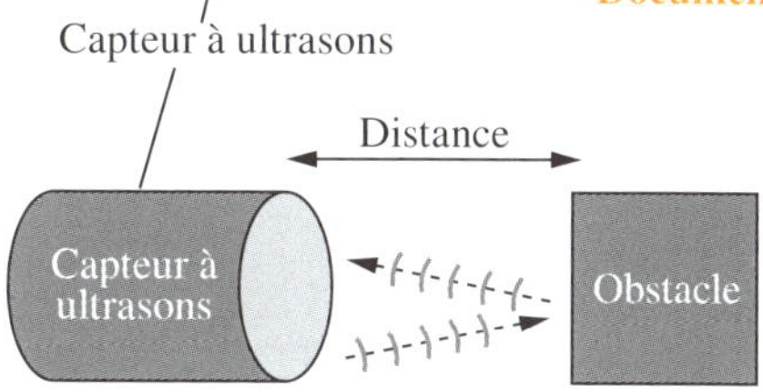

Document 2

Affichage du tableau de bord

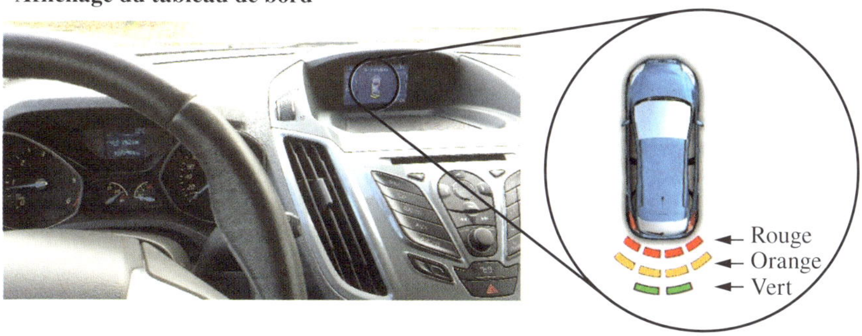

Document 3

L'affichage au tableau de bord s'active lorsque la distance avec l'obstacle est inférieure ou égale à 2 m. Des voyants verts apparaissent, puis orange, puis rouges, au fur et à mesure que le véhicule se rapproche de l'obstacle (voir document 3). Ils sont accompagnés d'un signal sonore émis par un buzzer dont le rythme s'accélère lorsque la distance diminue.

Document 4 : Signaux visuels et sonores pour le conducteur

Distance de l'obstacle (en mètre)	Couleur du voyant	Rythme du signal sonore (en seconde)
À partir de 2 m et jusqu'à 1 m	Voyant vert	Signal toutes les 0,5 s
Inférieure à 1 m et jusqu'à 0,50 m	Voyant orange	Signal toutes les 0,25 s
Inférieure à 0,50 m	Voyant rouge	Signal continu

QUESTION 1

2 points

Donner la fonction d'usage du radar de recul (rédiger la réponse).

Corrigé page 201

QUESTION 2

2 points

Qu'est-ce qu'un capteur ? (Identifier, puis cocher la bonne définition.)

☐ Un élément permettant d'avertir par un signal sonore.
☐ Un élément capable de prélever une information.
☐ Un élément pouvant transformer un mouvement.
☐ Un élément permettant d'alimenter en énergie.

Corrigé page 201

QUESTION 3

3 points

a) Compléter les 2 affirmations ci-dessous concernant le capteur ultrasons en utilisant les mots : **court** et **long**.

– Plus la distance est petite, plus le délai émission/réception de l'onde est ....

– Plus la distance est grande, plus le délai émission/réception de l'onde est ....

b) Quel paramètre permet de déterminer la distance entre le véhicule et l'obstacle ?

☐ Le délai entre l'émission et la réception de l'onde.
☐ La vitesse du véhicule.
☐ Le nombre de capteurs.

Corrigé page 201

QUESTION 4 — 6 points

Compléter la chaîne d'information du système d'aide au stationnement.

a) Compléter les 2 cases par une fonction (verbe à l'infinitif).

b) Replacer les solutions techniques sur les pointillés :

buzzer – capteur ultrasons – écran avec voyants – ordinateur de bord

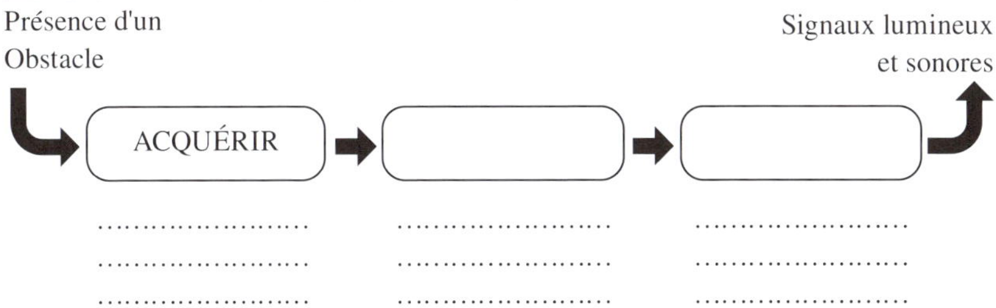

Corrigé page 201

Pour le bon fonctionnement du système, le capteur à ultrasons doit avoir un temps de réponse inférieur à 500 ms et doit capter un obstacle à partir de 2 m de distance.

Document 5 : Différents modèles de capteurs à ultrasons

	Capteur à ultrasons modèle A	**Capteur à ultrasons modèle B**	**Capteur à ultrasons modèle C**
Détection entre	8 m et 0,1 m	0,6 m et 0,065 m	2 m et 0,2 m
Temps de réponse	240 ms	64 ms	530 ms
Diamètre	35 mm	65 mm	30 mm

QUESTION 5 — 4 points

À partir du document 5, choisir le capteur le plus approprié. Justifier le choix.

Corrigé page 201

QUESTION 6 — 8 points

À partir du document 4 et du document 6, compléter les 8 cases blanches du programme ci-après, lié au fonctionnement du radar de recul (les distances sont en mètres).

Corrigé page 202

Document 6 : Système de codage informatique des couleurs

Les couleurs sont notées « RVB » pour le système de codage informatique.
Code couleur RVB pour le **vert** : (rouge 0 ; vert 255 ; bleu 0)
Code couleur RVB pour le **rouge** : (rouge 255 ; vert 0 ; bleu 0)
Code couleur RVB pour l'**orange** : (rouge 255 ; vert 150 ; bleu 20)

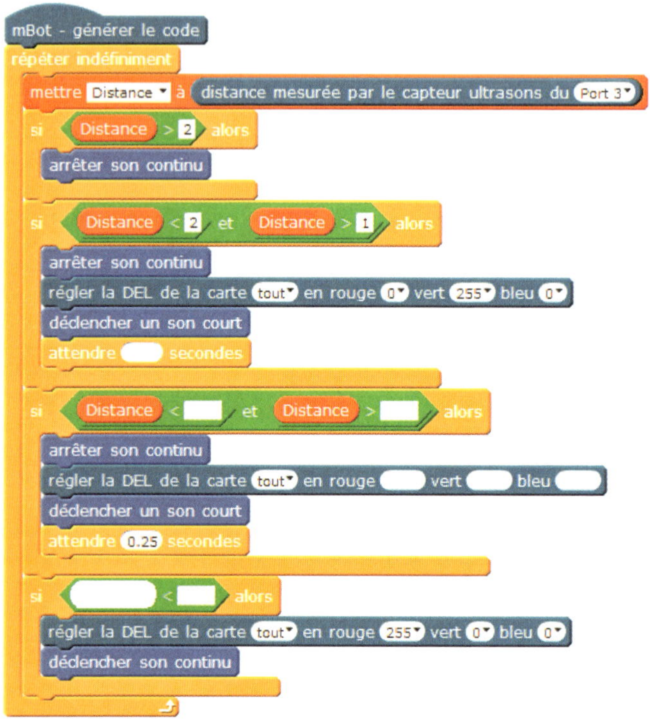

CORRIGÉS

PHYSIQUE-CHIMIE

Question 1 (Énoncé p. 191)

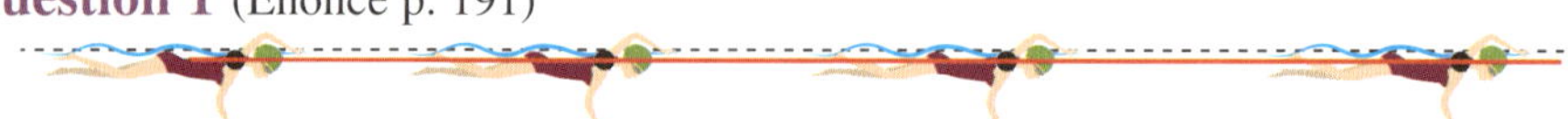

Sur la chronophotographie, les positions successives prises par la nageuse lors de son

déplacement sont repérées par des points noirs. Ces points sont alignés et forment une droite. La trajectoire de la nageuse est donc une droite. **Son mouvement est rectiligne.**

Question 2 (Énoncé p. 191)

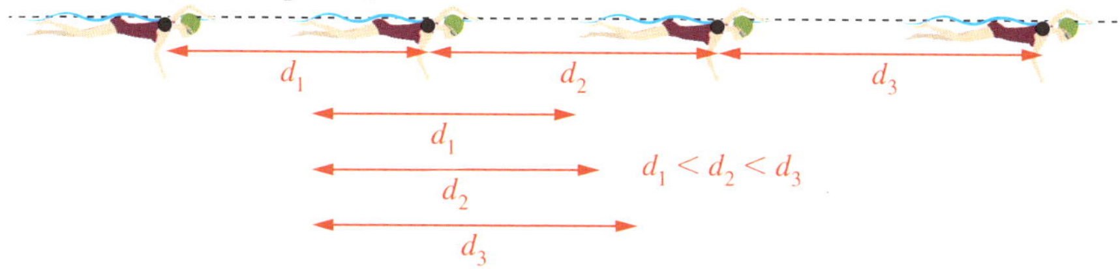

Sur la chronophotographie, la distance entre deux clichés pris à intervalles de temps égaux successifs augmente. **La vitesse de la nageuse augmente donc au cours du temps.**

Question 3 (Énoncé p. 191)

La trajectoire est une droite : le mouvement est rectiligne.
La vitesse augmente : le mouvement est accéléré.
Le mouvement de la nageuse est rectiligne accéléré.

Question 4 (Énoncé p. 192)

Les deux vélos ont le même volume. Pour déterminer le vélo le plus léger, on va comparer la masse volumique des matériaux utilisés. Le vélo le plus léger sera celui constitué du matériau ayant la plus petite masse volumique.
Les deux masses volumiques ne sont pas dans la même unité, l'une est en g/m^3 et l'autre en kg/m^3. Avant de les comparer, il faut donc les exprimer dans la même unité.
Il y a deux possibilités : écrire les masses volumiques en g/m^3 ou en kg/m^3.
Si l'on choisit de les écrire en g/m^3, il faut alors convertir la masse volumique de la fibre de carbone en g/m^3.

$\rho_{\text{fibre de carbone}} = 1{,}8 \times 10^3\ \mathbf{k}g/m^3$

Le préfixe **k** désigne la puissance de dix : $\mathbf{10^3}$. On remplace la lettre k par 10^3.

On peut donc écrire $\rho_{\text{fibre de carbone}} = 1{,}8 \times 10^3 \times \mathbf{10^3}\ g/m^3 = 1{,}8 \times 10^6\ g/m^3$

$\rho_{\text{aluminium}} = 2{,}7 \times 10^6\ g/m^3$ et $\rho_{\text{fibre de carbone}} = 1{,}8 \times 10^6\ g/m^3$

$1{,}8 \times 10^6 < 2{,}7 \times 10^6$

$\rho_{\text{fibre de carbone}} < \rho_{\text{aluminium}}$

L'athlète doit donc choisir le vélo en fibre de carbone.

Question 5 (Énoncé p. 193)

Pour déterminer la pression des pneus, il faut connaître le poids du cycliste et faire une lecture graphique. On cherche donc le poids du cycliste.

$P = m \times g$

$P = 65 \times 10$

$P = 650$ N

Le poids du cycliste est de 650 newtons.

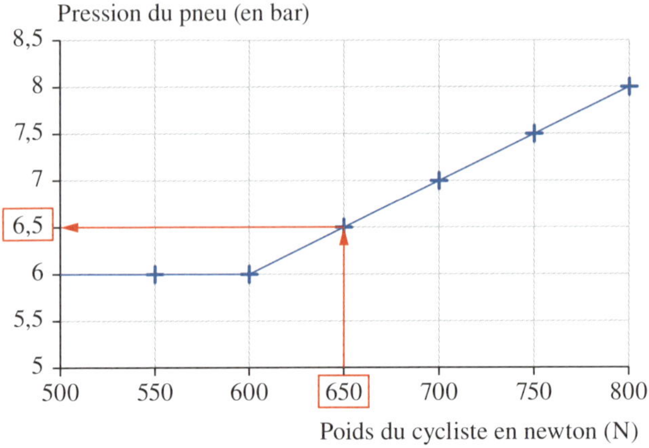

Par lecture graphique, on trouve que **la pression** correspondant à un poids de 650 newtons **est de 6,5 bars.**

Question 6 (Énoncé p. 193)

La **molécule de glucose** est composée de **6 atomes de carbone, 12 atomes d'hydrogène** et **6 atomes d'oxygène.**

Question 7 (Énoncé p. 193)

$$\underbrace{C_6H_{12}O_6 + 6\,O_2}_{\textbf{réactifs}} \rightarrow \underbrace{6\,CO_2 + 6\,H_2O}_{\textbf{produits}}$$

Il s'agit d'une transformation chimique car l'équation de réaction montre que **les molécules des réactifs** (glucose et dioxygène) **réagissent pour former de nouvelles molécules : les produits** (dioxyde de carbone et eau).

Question 8 (Énoncé p. 194)

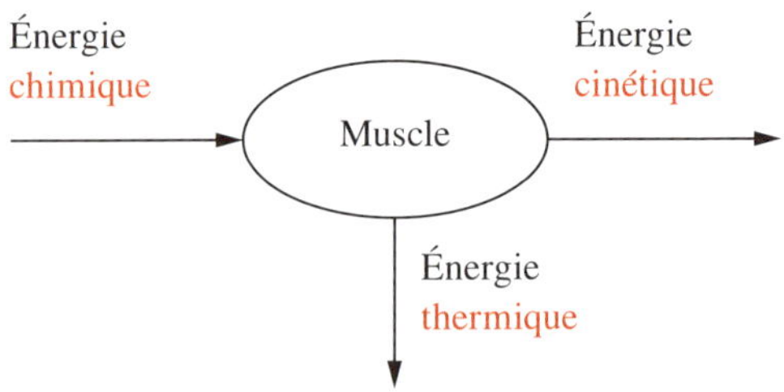

Question 9 (Énoncé p. 194)

On cherche l'énergie dépensée par l'athlète pendant un effort de 30 minutes.

La dépense énergétique moyenne de l'athlète est de 30 kJ/kg pour un effort d'une heure.

L'athlète pèse 65 kg.

Pour une heure d'effort : $E = 30 \times 65 = 1\,950$ kJ.
Pour 30 minutes d'effort (1/2 heure) $E = 1\,950/2 = 975$ kJ.
L'athlète a dépensé une énergie de 975 kJ pour 30 minutes d'effort.
Un verre de boisson énergisante apporte 335 kJ à l'athlète.
Le nombre de verres nécessaire permettant de couvrir sa dépense énergétique s'obtient par le quotient :
Nombre de verres = énergie dépensée/énergie apportée par un verre de boisson
Nombre de verres = 975/335
Nombre de verres = 2,9
Il faudra donc **environ 3 verres à l'athlète pour couvrir sa dépense d'énergie.**

TECHNOLOGIE

Question 1 (Énoncé p. 196)

La fonction d'usage d'un objet répond à la question : à quoi sert l'objet ?
Le radar de recul facilite la manœuvre de stationnement d'un véhicule.
Il permet au conducteur d'estimer la distance séparant son véhicule d'un obstacle lors d'une marche arrière en émettant un signal sonore et lumineux.

Question 2 (Énoncé p. 196)

☒ **Un élément capable de prélever une information.**

Question 3 (Énoncé p. 196)

a) Plus la distance est petite, plus le délai émission/réception de l'onde est **court.**
Plus la distance est grande, plus le délai émission/réception de l'onde est **long.**
b) ☒ **Le délai entre l'émission et la réception de l'onde.**

Question 4 (Énoncé p. 197)

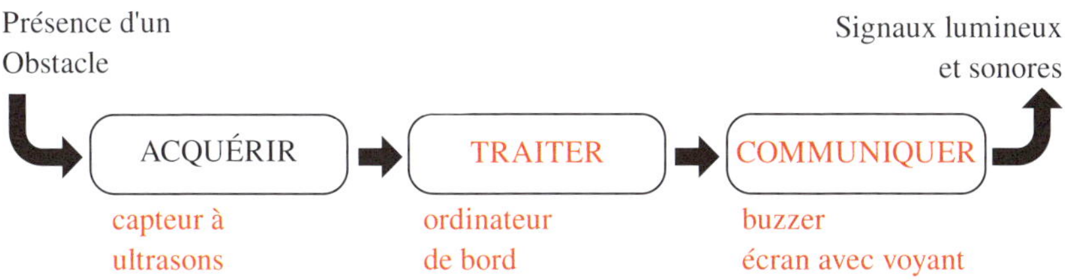

Question 5 (Énoncé p. 197)

Le capteur le plus approprié est le capteur à ultrasons **modèle A.**
Justifications :
Le capteur doit satisfaire à deux critères :
– avoir un temps de réponse inférieur à 500 millisecondes ;
– être capable de détecter un obstacle à partir de 2 mètres.

Seul le capteur A répond aux deux critères :

– Le capteur A possède un temps de réponse de 240 ms : il répond au premie critère.

– Le capteur A possède une détection comprise entre 0,1 m et 8 m : il répond au second critère.

Le capteur B possède un temps de réponse de 64 ms : il répond au premier critère.
Le capteur B possède une détection comprise entre 0,065 m et 0,6 m : il ne réponc pas au second critère.
Le capteur B ne répond pas aux deux critères.

Le capteur C possède un temps de réponse de 530 ms : il ne répond pas au premie critère.
Le capteur C possède une détection comprise entre 0,2 m et 2 m : il répond au secon critère.
Le capteur C ne répond pas aux deux critères.

Question 6 (Énoncé p. 197)

Pour compléter le programme, on va utiliser le document 4 ainsi que le document 6.

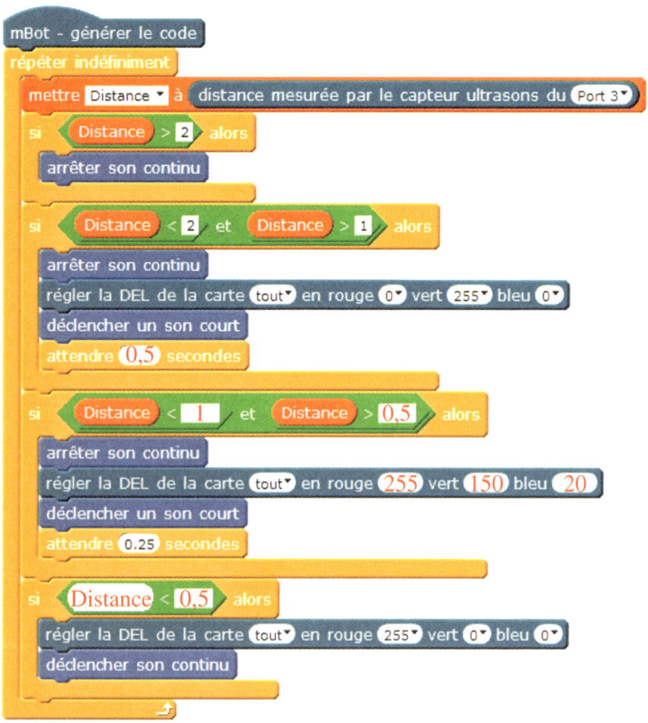

Formulaire de SVT

La planète Terre, l'environnement et l'action humaine

• Les particularités de notre planète

La Terre est la seule **planète tellurique** de notre système solaire à abriter la vie. Cela est permis par sa distance au Soleil et la présence de son atmosphère.

• La structure interne de la Terre

La lithosphère rigide est en mouvement sur l'asthénosphère moins rigide : c'est la **tectonique des plaques**.

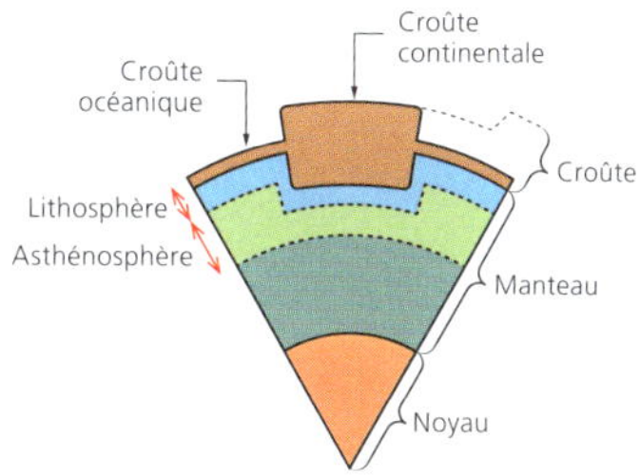

• Les deux types de volcanisme

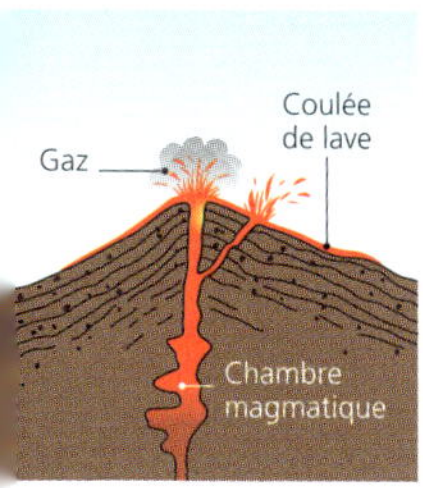

Volcanisme effusif

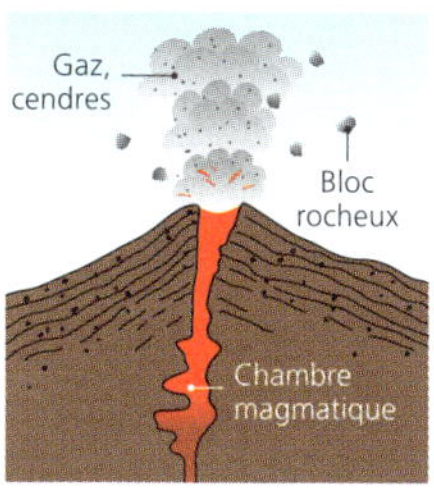

Volcanisme explosif

Ils ne sont pas localisés au hasard sur notre planète et délimitent, avec les zones sismiques, les plaques lithosphériques.

• Météo et climat

Météo : temps qu'il fait en ce moment ou dans les jours qui viennent.
Climat : Valeurs moyennes du temps sur des semaines et des années.

Le vivant et son évolution

• Les besoins des cellules animales

Une cellule animale produit sa matière organique à partir de matière organique et de matière minérale qu'elle prélève dans son milieu de vie.

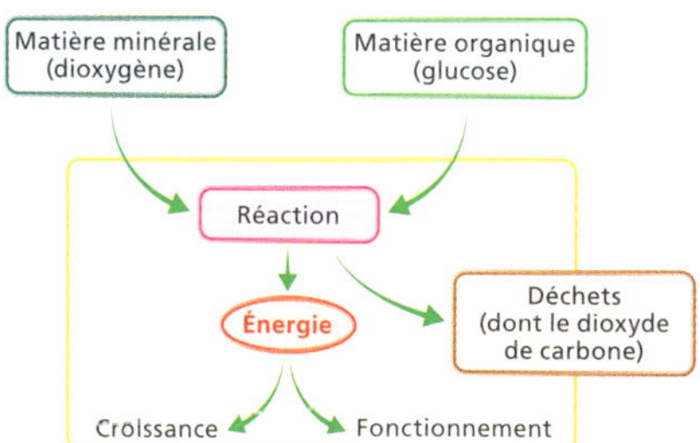

• Les enzymes digestives

Certains organes du système digestif libèrent des enzymes digestives assurant la transformation des molécules alimentaires (lipides, glucides, protides) en **nutriments** (ex. : le glucose).

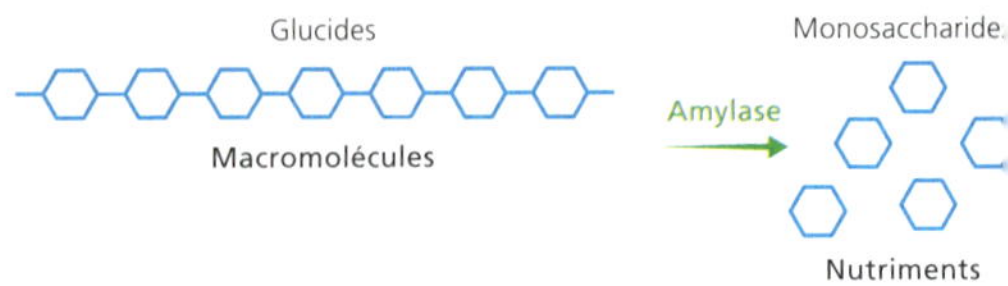

• Absorption et rejet du dioxygène

L'absorption de dioxygène et le rejet de dioxyde de carbone par l'organisme se font au niveau de surfaces d'échange.

Respirer dans l'air avec des poumons :

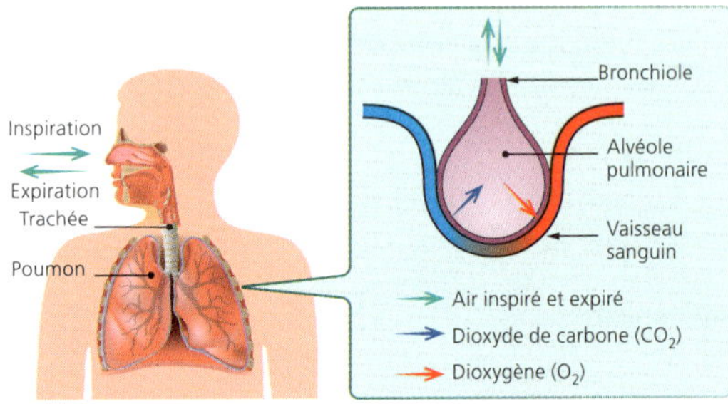

Respirer dans l'air avec des trachées :

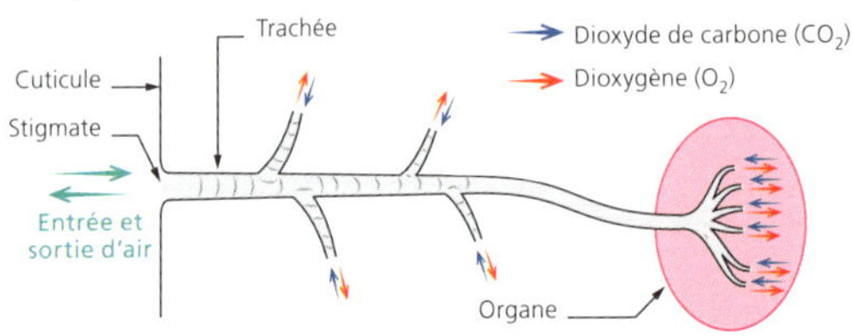

Respirer dans l'eau avec des branchies

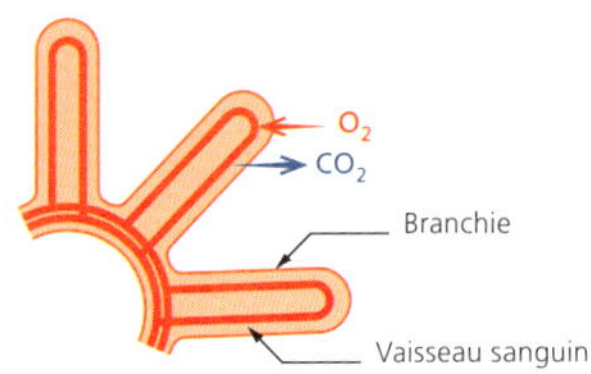

• La fécondation

C'est la rencontre entre **un gamète mâle et un gamète femelle**, qui aboutit à la formation d'un **cellule-œuf**. Elle peut être interne ou externe.

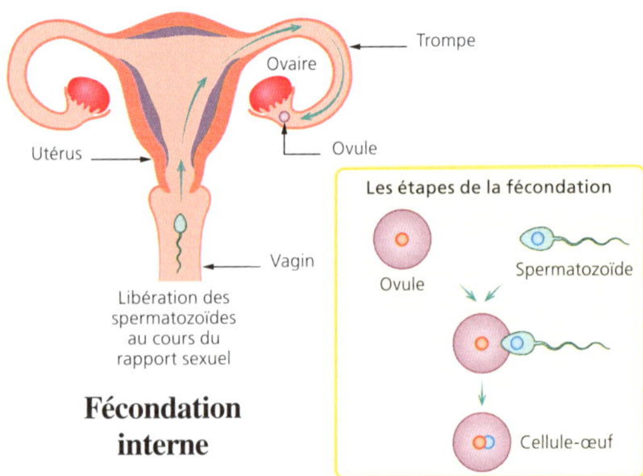

Fécondation interne

Le corps humain et la santé

Chromosomes, gènes et allèles

Un **caryotype** représente l'ensemble des **chromosomes** d'une cellule d'un individu. Chaque chromosome porte de nombreux **gènes** qui eux-mêmes, peuvent présenter plusieurs **allèles**.

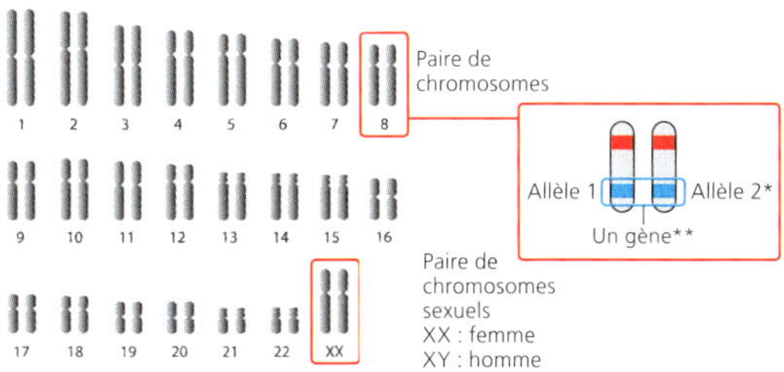

** Version d'un gène*
*** Portion de chromosome contenant une information concernant un caractère héréditaire*

Le trajet du message nerveux

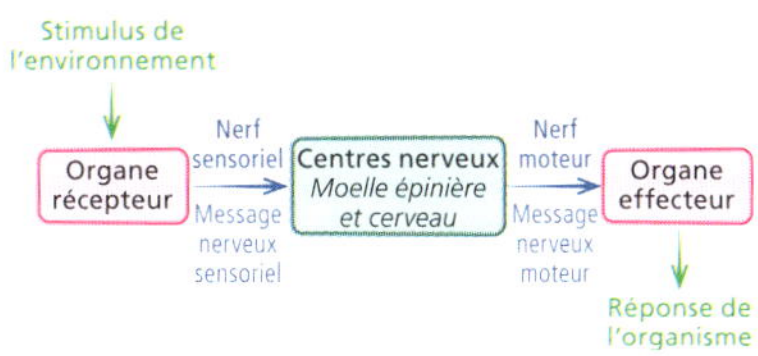

Le cœur et la circulation sanguine

Le cœur, en propulsant le sang dans les différents vaisseaux sanguins, assure l'apport en O_2 et en nutriments aux organes en fonctionnement.

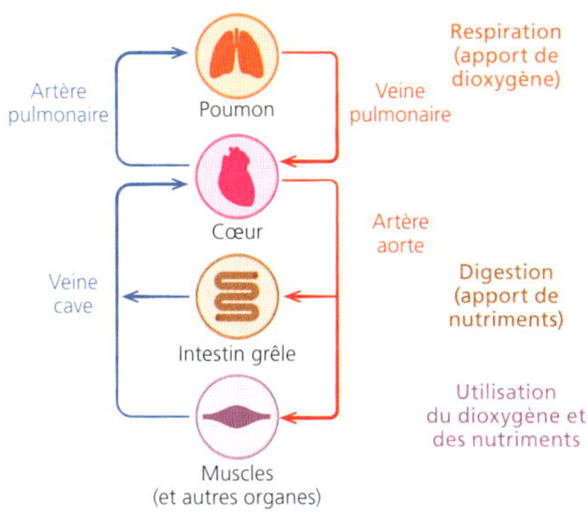

Formulaire de Physique-Chimie

Chimie

Organisation et transformations de la matière

• Atomes et molécules

Une **molécule** est composée à partir d'**atomes**. Elle est représentée par une formule chimique e modélisée par un modèle moléculaire.

Atome	Carbone	Oxygène	Hydrogène	Azote
Symbole	C	O	H	N
Représentation				

H_2O

Ex. : La molécule d'eau contient 2 atomes d'hydrogène et 1 atome d'oxygène. Sa formule chimique est H_2O.

• Le modèle de l'atome

Un atome est électriquement neutre. Il est composé d'un **noyau** et d'un **nuage d'électrons**.

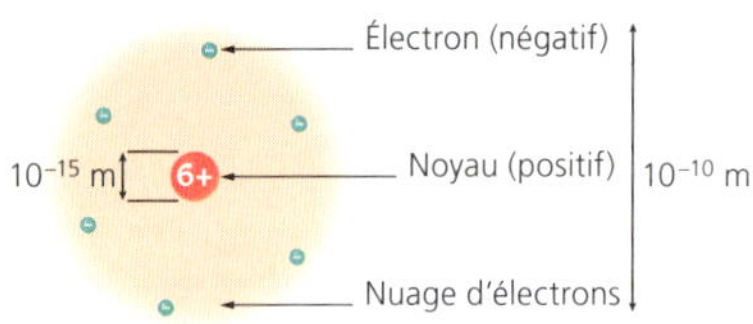

Le noyau est constitué de nucléons : les **protons** (chargés positivement) et les **neutrons** (neutres)

• Les ions

Un **ion** provient d'un atome ayant gagné (ou perdu) un ou plusieurs électrons. Un ion es électriquement chargé.

• Le pH des solutions

L'**ion H^+** (ion hydrogène) est responsable de l'acidité. L'**ion HO^-** (ion hydroxyde) est responsabl de la basicité.

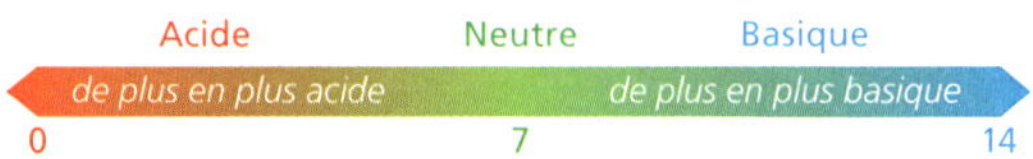

La masse volumique

$$\rho = \frac{m}{V}$$

- ρ : masse volumique (g/cm³)
- m : masse (g)
- V : volume (cm³)

La formule peut aussi s'écrire : $m = \rho \times V$.

Physique

Mouvement et interactions

La vitesse

$$v = \frac{d}{\Delta t}$$

- v : **vitesse (m/s)**
- d : **distance (m)**
- Δt : **durée (s)**

$d = v \times \Delta t$

$\Delta t = \frac{d}{v}$

Convertir des distances, des durées, des vitesses

1 kilomètre = 1 000 mètres
1 heure = 60 minutes
1 minute = 60 secondes
1 heure = 3 600 secondes

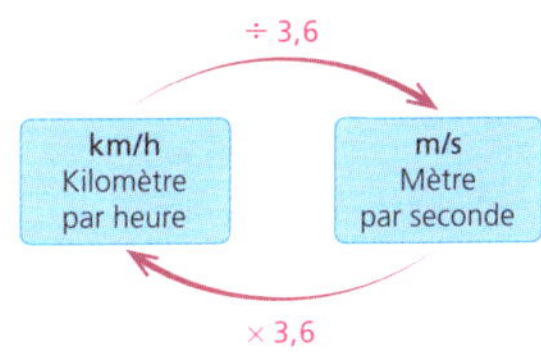

Mouvements

Pour décrire le mouvement d'un objet, il faut définir le **référentiel d'étude** et préciser la **trajectoire** de l'objet (une droite, un cercle ou une courbe) ainsi que son **allure** (uniforme, accélérée, ralentie).

Interaction

Une interaction peut être modélisée par une **force** (notée F). Une force se caractérise par quatre paramètres : son **point d'application**, sa **direction**, son **sens** et sa **valeur** (en newtons). Elle est représentée par un vecteur.

Ex. : La force exercée par la voiture sur la caravane se note $F_{V/C}$.
On a : $F_{V/C} = 1\ 500$ N.
Le segment fléché représentant cette force se note $\overrightarrow{F_{V/C}}$.
À l'échelle 1 cm ⇔ 1 000 N, il mesure 1,5 cm.

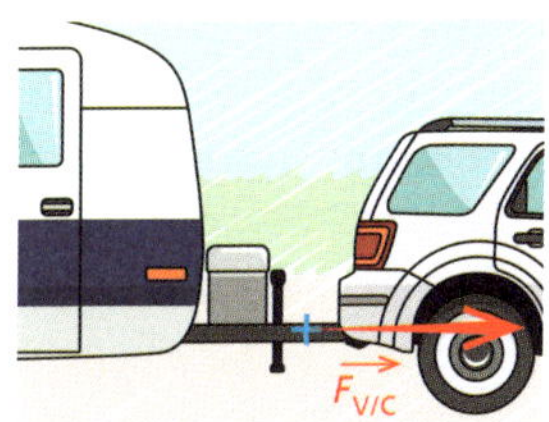

Poids d'un corps

$$P = m \times g$$

- P : poids (N)
- m : masse (kg)
- g : intensité de la pesanteur (N/kg)

Sur Terre, $g = 9{,}8$ N/kg. Sur la Lune, $g = 1{,}6$ N/kg.

L'énergie et ses conversions

• **L'énergie cinétique**

$$E_c = \frac{1}{2} m v^2$$

énergie cinétique (J) ; masse (kg) ; vitesse (m/s)

• **L'énergie mécanique**

$$E_M = E_p + E_c$$

énergie mécanique ; énergie de position ; énergie cinétique

• **La puissance électrique**

$$P = U \times I$$

puissance (W) ; **tension (V)** ; **intensité (A)**

• **L'énergie électrique**

$$E = P \times \Delta t$$

énergie (J) ; **puissance (W)** ; **durée (s)**

Pour calculer une consommation électrique, mieux vaut exprimer la durée en heures et la puissanc en kilowatts. L'énergie s'exprime alors en **kilowattheures** (kWh).

Des signaux pour observer et communiquer

• **Signaux sonores**

Un **son** a besoin d'un milieu matériel pour se propager.
Dans l'air, le son se propage à **340 m/s** (à 20 °C).

• **Signaux lumineux**

La **lumière** se propage dans tous les milieux transparents (air, verre, eau, etc.), même dans le vide
Vitesse (célérité) de la lumière ≈ **300 000 km/s**.

• **L'année-lumière (al)**

Une année-lumière correspond à la distance parcourue par la lumière en une année.

1 al = $9{,}5 \times 10^{12}$ km

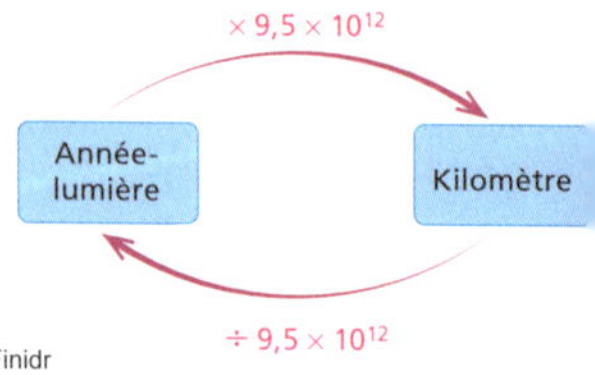

Achevé d'imprimer en Juillet 2021 en République tchèque par Finidr
Dépôt légal : Août 2021 - Édition 01
21/2735/4

PAPIER À BASE DE FIBRES CERTIFIÉES

hachette s'engage pour l'environnement en réduisant l'empreinte carbone de ses livres. Celle de cet exemplaire est de : 750 g éq. CO_2
Rendez-vous sur www.hachette-durable.fr